十宮星
십자성
칠왕의 땅

십자성-칠왕의 땅 13

허담 新무협 판타지 소설

초판 1쇄 찍은 날 § 2016년 10월 25일
초판 1쇄 펴낸 날 § 2016년 11월 1일

지은이 § 허담
펴낸이 § 서경석

편집책임 § 조현우
디자인 § 신현아

펴낸곳 § 도서출판 청어람
등록번호 § 제387-1999-000006호
등록일자 § 1999. 5. 31
어람번호 § 제2-2688호

주소 § 경기도 부천시 원미구 부일로 483번길 40 서경B/D 3F (우) 14640
전화 § 032-656-4452 팩스 § 032-656-4453
http://www.chungeoram.com
E-mail § chungeorambook@daum.net

ⓒ 허담, 2015

ISBN 979-11-04-91023-4 04810
ISBN 979-11-04-90503-2 (세트)

13

십자성의 이름으로

十字星

십자성

칠왕의 땅

허담 新무협 판타지 소설
FANTASTIC ORIENTAL HEROES

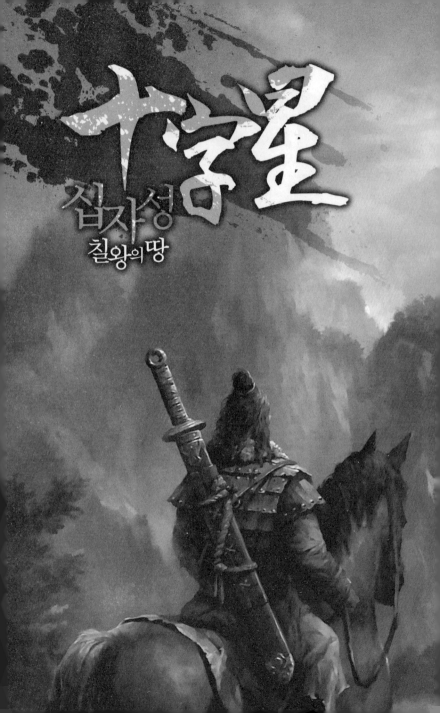

十字星
십자성
칠왕의 땅

제1장
만찬(晚餐)

"유모는 어떻게 생각해?"

평소와 다르게 항상 몸에 두르고 있던 전갑 대신 가벼운 무복으로 갈아입은 아바르의 삼황녀 적화우가 나이 든 노파에게 물었다.

시녀들이 적화우의 옷매무시를 정리하는 것을 보고 있던 노파, 얼굴엔 주름이 가득하고, 두 다리만으로는 힘겨운지 반들거리는 나무로 만든 지팡이를 짚고 서 있던 여인이 대답했다.

"생각보다… 괜찮더군요."

"어려운 대답이네. 유모는 지금도 날 가르치려는 버릇이 남아 있어. 어릴 때처럼 말이야."

"사람은 평생 배워도 부족하지요."

"그 말, 사실은 내가 유모에게 말하지 않고 유리사를 살수로 보낸 것에 대한 질책인 거지?"

"그렇습니다. 그때 전 알았지요. 황녀께선 좀 더 배우셔야 한다는 걸요."

노파는 삼황녀 적화우를 어려워하지 않았다.

어떻게 보면 꾸짖는 모습 같기도 했는데 이상한 것은 삼황녀 적화우가 그런 노파의 꾸짖음을 전혀 거부감 없이 받아들인다는 것이었다.

"알았어요. 나도 이번 일은 내가 실수했다는 거 인정해요."

삼황녀가 존댓말까지 쓰며 자신의 실수를 인정했다.

"단우하, 단 노사는… 생각보다 무척 중요한 사람입니다. 요즘 아바르의 전사들은 그가 어떤 사람인지 모릅니다. 그는 아바르에서 아마도 무황님 다음으로 중요한 인물일 겁니다."

노파의 말에 적화우가 지금까지완 달리 심각한 표정으로 노파를 돌아봤다.

"정말 그렇게 생각해?"

다시 하대를 한다. 그러나 노파는 그런 적화우의 말투가 익숙한지 전혀 신경 쓰는 모습이 아니다.

"그럼요. 무황께서 왜 사황자를 데려오는 일을 십대호위가 아닌 그에게 맡겼겠습니까? 그리고 또한 그는 왜 은둔의 삶을 깨고 무황님의 명에 따라 그 어렵고 험한 길을 갔겠습니까? 그건 그와 무황님의 생각이 같기 때문입니다."

"생각이야 같을 수도 있지. 더군다나 그는 아버님의 오랜 수하인데 명을 따르는 것은 당연한 일이고……."

"그렇지가 않습니다. 이 일은 사실 아바르의 운명과 깊이 관계된 일이지요. 그런 일을 그에게 맡겼다는 건 무황께서 아바르의 운명을 그에게 맡겼다는 말과 같습니다. 무황께 그는 분신과 같은 존재인 겁니다. 사람들은 항상 너무 당연한 일에 대해선 소홀하게 생각하는 면이 있지요."

"그건 또 무슨 가르침이에요?"

적화우의 말투가 다시 변했다.

"평소 우리는 단우하를 단 노사라거나 단 어르신이라고 부릅니다."

"그런데요?"

"하지만 무황께선 그를 어떻게 부르시죠?"

노파가 물었다.

그러자 적화우가 대답을 하려다 말고 입을 다물었다. 그러고는 마치 잊었던 악몽을 떠올린 것 같은 표정을 지었다.

대답은 노파가 대신했다.

"무황께선 그를 언제나 아우라고 부릅니다. 이게 뭘 뜻하는지 아십니까? 사람들은 그저 의형제인 그를 친근하게 부르는 것이라 생각겠지만 무황께선 황자 황녀님이나 삼후 등 각 성의 성주들이 아닌 단 노사 그를 이 땅의 이인자로 생각하신다는 뜻입니다."

"이인자……."

적화우가 중얼거렸다.

"그런 그에게 황녀님은 제법 많은 실수를 하셨지요."

노파가 질책하듯 말했다.

"휴우. 그렇긴 해. 나도 유리사를 보낸 후에야 생각났어. 유리사를 내게 맡긴 사람이 그였다는 것을. 그리고 절대 손에 검을 들게 하지 말라고 부탁했었던 것도 말이야. 나도 나이가 적지 않아. 곧 육십이 넘을 거야. 그래서인지 옛 기억이나 약속들이 가물가물하다고……."

적화우가 변명하듯 말했다.

"어쨌든 실수는 실수지요. 그러니 유리사에 대한 미련은 버리세요. 다시 돌려달라거나 혹은 사황자에게 항복한 것에 대한 죄를 묻지도 마세요."

"그래도 본보기를 보여줘야 하지 않을까? 유리사를 그대로 두면 누가 내게 진심으로 복종하겠어."

적화우가 고집스러운 표정으로 말했다.

"유리사를 벌하신다면 단 노사와의 관계는 회복 불가능하게 될 겁니다."

"어차피 그는 이미 넷째 사람 아닌가?"

"단 노사는 누구의 사람도 아닙니다. 그는 오직 무황님의 사람이죠."

"여전히 중립일 거라 생각해?"

"물론 그간 사황자와 어떤 관계를 맺었느냐에 따라 정도의 차이는 있겠지요. 그러나 여전히 그는 무황님의 사람입니다."

"흐흠… 그럴 수도 있겠지. 하지만… 그래도 내 명을 어기고 넷째에게 항복한 아이를 그냥 두는 것은 아무래도 자존심이 상하는데……."

적화우가 고집스럽게 말했다.

"그래도 이번에는 참으세요. 기회는 언제든 찾아오니까. 그 일로 단 노사나 사황자의 첫 번째 적이 되는 것은 옳지 않습니다."

노파가 신중하면서도 강력하게 충고했다.

그러자 적화우가 더 이상 대답을 하지 않은 채 묵묵히 침묵을 지키다가 갑자기 의자에서 몸을 일으켰다.

"그만 됐다!"

적화우가 화가 난 듯 자신의 머리를 빗겨 내리던 시녀의 손에서 황금 빗을 빼앗아 바닥에 던져 버렸다. 대신 한쪽에 놓여 있던 검은색 끈으로 머리를 질끈 묶었다. 그러니 여인의 모습은 간데없고 영락없는 아바르 전사의 모습이 된 적화우였다.

"일단 만나보고 결정하죠. 넷째의 그릇이 얼마나 되나 보고……."

"그의 능력은 이미 충분히 증명되었습니다."

"아뇨. 난 내 눈으로 본 것만 믿어요."

적화우가 단호하게 말하고는 자리를 벗어났다.

그러자 노파가 한숨을 쉬며 고개를 저었다.

"적씨의 피를 가진 사람들은 왜 하나같이 저렇게 고집이 셀까. 강하면 부러진다는 말이 괜히 나온 것이 아닌데… 아무리 황녀께서 뛰어난 재주를 가지고 있다 해도 이 땅에서 다른 황자들을 제치고 무황님의 후계자가 될 수는 없는데… 여인으로 태어난 것이 불행한 일이시지. 누구보다 뛰어나신 분인데. 후우, 때를 놓친 건가? 무황님의 후계 자리를 탐하지 말라는 아픈 충고를 제대로 할 때를."

노파가 걱정스러운 표정으로 중얼거리며 적화우의 뒤를 따랐다.

아바르의 주인은 무황 적황이지만, 신혈제일성의 주인은 일후 천목이다. 그래서 성 안에서 가장 화려하고 웅장한 거처를 가지고 있는 사람도 일후 천목이다.

그런데 오늘은 천목의 거처가 무황 적황을 위한 장소로 쓰이고 있었다. 적황은 오늘 저녁 만찬을 열고 그 자리에서 자신의 네 번째 아들을 아바르의 주요 인사들에게 소개할 것이라 전했다.

그런데 무황 적황의 토굴 같은 처소는 그런 만찬을 치르기에는 적합하지 않았다. 더군다나 만찬 준비 역시 신혈제일성의 사람들이 해야 했으므로 결국 장소를 내어주고 만찬을 준비해야 하는 것은 천목의 몫이었다.

덕분에 오늘 천목의 거처는 그 어느 때보다 분주했다. 갑자기 결정된 무황의 만찬이지만 준비가 소홀할 수는 없었다.

기름을 담은 솥이 돌기둥에 놓이고, 그 솥에 담근 심지에서 불꽃들이 일어났다.

천목의 거처 곳곳에 그런 유등이 밝혀지자 대전은 대낮처럼 환하게 변했다. 그리고 그 밝은 불빛 아래 흔히 볼 수 없는 진기한 음식들이 놓이기 시작했다.

시간이 흘러 달이 성벽 위로 외롭게 떠오르는 시간이 되자 천목의 대전으로 만찬에 참석할 사람들이 하나 둘 모여들기 시작했다.

대전의 출입구는 물론, 사방에서 아바르의 전사들이 가벼운 갑주 차림으로 물 샐 틈 없는 경계를 서고 있었다.

대전 앞에서 신혈제일성의 주인이자 아바르의 삼후 중 우두머리인 일후 천목이 여유로운 태도와 부드러운 미소로 대전에 들어서는 아바르의 수뇌들을 맞이하고 있었다.

만약 이 만찬이 무황 적황이 주관한 것을 모르는 사람이 있다면 천목이 이 만찬의 주인공이라고 생각할 정도였다.

"어서 오십시오. 일황자님!"

비록 천목이 아바르의 이인자로 불리는 사람이지만 그조차도 무황 적황의 혈육에 대해선 공손함을 잃지 않았다.

"성주께서 고생하십니다."

대전 앞에서 천목의 마중을 받은 일황자 적룡이 조금 언짢은 모습으로 말했다. 그렇다고 그가 천목에게 화가 나거나 불쾌해하는 것은 아니었다.

"고생은요. 무황님 가문의 큰 경사이니 마땅히 제가 잔치를 준비해야지요."

"후후, 경사라. 정말 그렇게 생각하시오?"

적룡이 가벼운 웃음을 흘리며 되물었다.

"무황님의 혈통이 번성하는 것이야말로 아바르를 강하게 만드는 가장 빠른 방법이지요."

"아바르를 강하게 만들지 아니면 혼란에 빠뜨릴지는 두고 봐야 아는 것 아니겠소?"

"언짢으십니까?"

"글세… 좀 과하다는 생각은 드는구려. 아바르에서 이런 대연회가 열린 것은 과거 신혈의 땅에 대한 완전한 정복을 선언할 때 말고는 없었던 것 같은데……."

"그렇긴 하지요."

천목이 고개를 끄덕였다.

"아버님의 지시입니까? 아니면 일후께서 독자적으로 준비하신 것입니까?"

"둘 모두라고 해야겠지요."

천목이 얼굴에서 미소를 잃지 않으며 말했다.

"둘 모두?"

"무황께선 손님들이 불쾌하지 않게 만반의 준비를 하라 명하셨고, 전 그에 맞춰 조금 힘을 썼단 뜻입니다."

천목의 대답에 적룡이 여전히 불쾌한 기운을 보이면서도 고개를 끄덕여 천목의 말을 받아들였다. 그러다가 문득 나직한 목소리로 물었다.

"보셨습니까?"

"사황자님 말입니까?"

천목이 되묻자 적룡이 고개를 끄덕였다.

"얼핏 보긴 했습니다만……."

"어떻습니까? 일후께서 보시기엔……."

"멀리서 보아도 무황님의 혈통이 분명해 보이더군요. 감출 수 없는 사자의 기운을 가지고 계셨습니다."

"후후, 그에게 반하신 모양입니다."

"나쁘진 않다고 생각합니다,."

천목은 적룡을 정중하게 대하긴 했지만 그렇다고 비굴하게 아부를 할 사람은 아니었다. 무공이나 권력의 힘으로 보자면 일후 천목이 오히려 일황자 적룡 위에 있었다.

"아바르의 후계자로는 어떻소?"

적룡이 조금 차가워진 음성으로 물었다.

일후 천목이 갑자기 나타난 막내에 대해 무척 호감을 가진 듯 보이자 부쩍 경계하는 모습이다.

"그 문제는 제가 거론할 것이 못되는군요."

"여전하시군요. 철저한 중립……."

오래전 일후 천목은 세 명의 황자, 황녀에게 자신은 아바르의 후계자 결정에 어떤 의견도 내지 않겠다고 선언했었다. 그리고 지금까지는 그는 자신이 한 말을 지켜오고 있었다.

"외람되지만 전 신혈제일성의 성주입니다. 제가 중립을 지키지 않으면 아바르가 큰 혼란에 빠질 수 있습니다."

"알고 있소. 뭘 걱정하는지. 하지만 아무튼 일후께선 그 아이가 후계자가 되어도 별 불만은 없다는 것 아니오?"

"무황께서 그리 선택하신다면 받아들일 수밖에요. 하지만…

그분은 외인과 같습니다. 아바르의 사정을 잘 모르시지요. 무황께서도 성급하게 결정하시지는 않을 겁니다. 많은 검증이 필요한 일이지요."

"검증이라……."

일황자 적룡이 묘한 표정을 지었다.

"아무튼 세 분 황자, 황녀님께도 사황자님의 등장은 나쁜 일이 아닙니다."

"이유를 물어봐도 되겠소?"

"당연한 일 아닙니까. 전왕의 검이 신혈의 아바르에 들어왔는데… 그간 세 분께서 정식으로 후계자에 지목되지 못한 이유 중 하나는 전왕의 검이 부재한 것이 가장 큰 원인이었지요. 신검 없이 칠왕의 후예들과 대적할 수 있겠느냐는 물음에 세 분 모두 자신할 수 없는 입장이었으니 말입니다. 하지만 이제 전왕의 검이 아바르에 들어왔으니 가장 큰 걸림돌은 해결된 것이지요."

"정말 그렇게 생각하시오?"

적룡이 조금 흥분한 표정으로 물었다. 전왕의 검에 대한 탐욕이 엿보이는 듯했다.

"일황자님의 행운을 기원하겠습니다."

천목이 미소를 지으며 돌려 대답했다. 그러자 적룡이 갑자기 웃음을 터뜨렸다.

"하하하! 과연 일후십니다. 사람들은 말하지요. 일후께선 적이 없는 분이시라고… 그런데 말입니다. 사실 세상에서 가장 무서운 사람이 적이 없는 사람이지요. 아무튼… 오늘의 만찬 기대가 큽니다."

적룡이 호탕한 웃음을 터뜨리고는 일후 천목을 지나쳐 대전 안으로 들어갔다.

순간 천목의 표정이 한차례 굳었다가 풀어졌다. 그러고는 미소를 지은 얼굴로 중얼거렸다.

"명계의 말 중 호부에 견자 없다는 말이 있던가? 그렇군. 일 황자는 어리숙하게 보여도 모든 것을 살필 줄 아는 사람이야. 하지만 역시 부족함이 있긴 하지. 전왕의 검의 주인으로는……."

천목의 중얼거림에 그의 옆에서 그를 도와 손님들을 맞이하던 그의 오랜 심복 아신호가 물었다.

"성주께선 누가 가장 유력한 후계자라 생각하십니까?"

"글쎄……."

"눈에 드시는 사람이 없으시군요."

"자넨 내 생각을 잘 읽지."

천목이 희미한 미소를 지으며 대답했다..

"전왕의 검을 가질 만한 자격을 지닌 자가 없다면… 어쩔 수 있나요. 성주께서 그 무거운 짐을 지실 수밖에."

"허어, 이 사람 정말……."

천목이 일부러 놀란 표정을 지으며 심복 아신호를 바라봤다. 그러자 아신호가 다시 입을 열었다.

"준비는 모두 끝났습니다. 오늘이라도 신혈제일성에 들어온 모든 사람을 제압할 수 있습니다. 언제라도 명을 내리시면……."

"큰일 날 소리. 무황께서 계시는 한 불가능한 일이네."

"하지만 무황님도 예전의 그분이 아니시지요."

"모르는 소리. 세상 모든 사람들이 속아도 난 속지 않아."

천목이 고개를 저으며 말했다.

"속다니요? 누구에게 말입니까?"

아신호가 의아한 듯 되물었다.

"무황께선 건재하시네."

"예? 하지만 천명의 단축은 이미 공공연한 비밀이 아닙니까?"

"그건 사실이지. 하지만 무황님의 힘은 영면하시는 바로 그 순간까지도 건재하실 걸세. 권력으로든 순수한 무의 힘으로든 말일세."

"어떻게 그런 일이 있을 수 있습니까? 수명이 다하면 쇠약해지는 것이 당연한 일인데. 지금 무황님의 상세를 보아도 그렇고……."

"무황께선 단지 힘을 아끼고 계실 뿐이네. 쓰려고 결심하시는 순간 젊은 시절 못지않은 무시무시한 힘을 보이실 걸게. 물론 수명은 또 그만큼 줄어들겠지만……."

"그 말씀은… 원기를 소모하는 것으로 힘을 유지한다는 거군요."

"그렇지."

"그럼… 예상보다 빨라질 수도 있겠군요."

"음… 힘을 보이실 일이 없으면 예정대로겠고… 나로선 제발 그래주셨으면 하네."

천목의 말에 아신호가 이해할 수 없다는 표정으로 천목을 바라봤다.

"왜 그렇게 보는가?"

"성주님의 생각을 모르겠어서 말입니다."

"그게 뭐가 어렵다고. 간단한 문제네. 난 무황께서 살아계신 동안은 그분께 충성할 거네. 이유여하를 막론하고 말이야. 무황께선… 결국 오늘의 나를 만드신 분이네. 그런 분께 불경한 일은 절대 할 수 없어. 하지만, 무황님 사후에는 다르지. 내가 황자들에게 빚진 것은 없으니까."

"무슨 말씀이신지 알겠습니다."

아신호가 이해했다는 듯 고개를 끄덕였다.

"어쨌든 지금은 이 만찬을 제대로 치르는 데 집중할 때네."

"알겠습니다. 성주!"

아신호가 고개를 숙여 보였다.

적풍은 다시 적황과 만나고 있었다.

물론 이번에는 혼자가 아니었다. 적풍은 설루와 적사몽 그리고 십자성의 고수들을 데리고 토굴 같은 적황의 거처에서 그를 만나고 있었다.

평소 적황은 외로운 얼굴을 가진 사람이었다. 그에게는 젊은 시절부터 인연을 맺은 여러 명의 여인들이 있었고, 그들로부터 네 명의 자식을 낳았으나 지금 그의 곁을 지키는 여인들은 없었다.

적풍이 나타나기 전 치열한 후계자 다툼을 하고 있던 황자황녀들의 생모들은 백여 세를 전후해서 세상을 떠났다.

신혈의 피를 잘 다스리면 능히 보통 사람 수명의 배에 이르는 일백 오륙십 세까지 장수할 수 있었으나 이상하게도 무황 적황의 여인들은 백세 전후에 세상을 떠났다.

혹자는 그 이유가 무황 적황의 기운이 너무 강해서 그 아이를 잉태한 여인들의 수명이 단축되는 것이라고 말하기도 했으나, 일반인도 아닌 신혈을 타고 태어난 여인들에게까지 그런 현상이 나타날 것이라고는 누구도 확신하지 못했다.

아무튼 적황의 여인들은 그가 아바르에 신혈의 왕국을 세우던 시기를 전후해서 모두 세상을 떠났다.

그리고 그 즈음에는 그의 세 아들 딸들도 장성하여 능히 한 개 성을 맡을 나이였기 때문에 각자의 성을 정하고 그의 곁을 떠나갔다.

그래서 전마 적황은 불행하게도 그가 가장 찬란한 업적을 이룩한 그 시점부터 세상에서 가장 고독하고 외로운 사람이 되었던 것이다.

애당초 웃음이 빈곤했던 그의 얼굴은 그때부터 더욱더 냉막하고 차가워졌다.

사람들은 그의 얼굴에서 웃음을 본 적이 없었다.

젊은 전사들은 애초에 무황 적황이란 사람이 웃는 법을 알지 못하는 사람이라고 생각했다. 그리고 그런 냉막한 표정이 사람들로 하여금 그에 대한 두려움과 경외심을 한층 더 강하게 느끼게 하는 한 요인이 되기도 했다.

그런 그였는데, 오늘 그의 입가에 미소가 지어졌다. 이 자리에 평소 그를 지켜온 십대호위가 있었다면 그의 미소에서 그들은 오히려 두려움을 느꼈을 지도 모른다.

적풍은 전마 적황이 설루와 적사몽을 보며 미소 짓는 모습을 조금 뒤에서 말없이 지켜보고 있었다. 그리고 새삼 설루에 대해 감탄했다.

자신의 여인이지만, 이 신비한 모성의 힘을 지닌 여인은 그가 겪은 두 개의 세상에서 가장 강하고 위험한 사람이라는 무황조차도 미소 짓게 만드는 힘이 있었던 것이다.

"그래… 그렇게 해서 세 사람이 가족이 된 거군."

설루에게서 적사몽을 아들로 받아들인 일에 대해 설명을 들은 적황이 고개를 끄덕였다.

적사몽은 그런 적황을 두려운 눈으로 바라보고 있었다. 적사몽으로선 이 살아 있는 전설적 존재를 만나고 있다는 것 자체도 두려웠지만, 그가 자신을 어떻게 받아들일지가 더 두려웠다.

신혈의 피는 이 땅에서 고귀함과는 거리가 먼 역사를 지니고 있었지만, 신혈의 아바르를 이룩한 무황의 혈통은 다르다. 오늘날 무황의 피는 이 땅에서 칠왕 그 이상의 의미를 지니고 있었다.

신검의 주인들이 아무리 무황을 잡혈에서 일어난 자라 멸시해도 그 멸시에는 무황에 대한 두려움과 시기심 그리고 스스로에 대한 자괴감이 내포되어 있었다.

그런 절대적인 힘을 상징하는 혈통의 가문에서 무황의 피를 받지 않은 자신이 어떻게 받아들여질지 적사몽은 두려웠다.

흔들리는 눈빛, 어색한 자세, 그 모든 것이 적사몽의 마음이 어떠한지를 보여주고 있었다.

그러나 적사몽은 적풍의 가르침대로 온 힘을 다해 그 두려움에 맞서고 있었다.

적사몽의 얼굴에는 어색하지만 웃음이 있었고, 그의 눈은 불안함이 담겨 있었지만 적황의 시선을 피하지 않았다.

"이름이 사몽이라고?"

무황이 적사몽에게 말을 건넸다. 순간 적사몽이 침을 꿀꺽 삼켰다. 그리고 대답했다.

"네. 무황께 인사드립니다."

적사몽이 용기를 내어 대답하고는 꾸벅 고개를 숙여 보였다.

그러자 적황이 고개를 끄덕이면서 가만히 적사몽을 응시했다. 적사몽의 걱정과 달리 적황의 시선에 못마땅한 기색이나 적사몽에 대한 무시가 담겨 있지는 않았다.

적황은 아주 깊은 눈으로 적사몽을 응시할 뿐이었다. 그리고 한동안 사람들의 시선을 받으며 적사몽을 살피던 적황이 가볍게 탄식했다.

"하아… 과연 위험한 아이구나."

"네?"

적사몽이 화들짝 놀라 되물었다.

그러자 적황이 얼른 고개를 저었다.

"아니, 네가 누굴 위험하게 한다는 뜻은 아니다. 단지 네 스스로 위험해질 수 있다는 뜻이다."

"……?"

적사몽이 적황의 말을 이해하지 못하고 그 답을 찾기 위해 당돌하게 그의 눈을 바라봤다.

"그러나 그 위험은 이제 지나간 것 같구나. 좋은 부모를 만난 듯하니."

그제야 적사몽은 적황이 무슨 말을 하는지 깨달았다. 적사몽이 고개를 돌려 적풍을 바라봤다.

"말씀드렸다. 네게 일어난 일."

적풍이 말했다.

그러자 적황이 뒤를 이어 말했다.

"네 아버지는 그 일에 대해 반드시 대가를 받아야겠다고 하더구나. 넌 어떠냐?"

"저, 전……."

적사몽이 쉽사리 대답하지 못했다. 대가를 받아내야 할 사람이 아바르의 이후 십면불 도광이다. 그는 아바르의 주요 성(城) 중 하나인 우하성의 성주로서 아바르 북쪽 변방을 지키는 대영웅이었다.

그런 사람에게 대가를 받아내겠다는 것은 아바르 전체를 상대할 용기가 있어야 하는 일이다.

"네 생각은 어떠냐?"

적황이 다시 물었다. 그러자 적사몽이 침을 꿀꺽 삼키며 대답했다.

"아버지와 같은 생각입니다."

"상대가 누군지 알지?"

"예."

적사몽이 대답했다.

"그런데도 복수를 하겠느냐?"

"아버지와 어머니가 그만두라시면 그만두겠어요. 그러나 다른 사람은 안 됩니다."

적사몽이 단호하게 말했다.

그러자 적황이 지그시 적사몽을 바라보다가 갑자기 실소를 흘리며 중얼거렸다.

"우리 적가의 피는 정말 어쩔 수 없구나. 고집들이 모두 쇠심줄처럼 세지. 사몽, 너도 우리 가문의 고집을 피하지 못했구나."

그 말에 적사몽도 설루도 그리고 두 사람을 바라보고 있던 적풍조차도 얼굴에 기쁨의 미소가 떠올랐다.

비록 고집 센 성정을 타박하는 듯한 말투지만, 그 말 속에 적사몽을 무황 자신의 후손으로 인정한다는 의미가 담겨 있기 때문이었다.

"자, 그만 갈까? 얼추 모두 모였을 것 같군."

적황이 단우하를 보며 말했다.

"그러시지요."

단우하가 가벼운 미소를 지으며 대답했다. 그러고는 자신이 먼저 걸음을 옮겼다.

그런데 단우하의 뒤를 따라 걸음을 옮기던 적황이 문득 걸음을 멈추고 시선을 설루에게 주며 물었다.

"그런데 천의비문에서 의술을 익혔다고?"

갑작스러운 질문에 당황할 법도 하지만 설루는 침착하게 적황의 물음에 대답했다.

"그렇습니다."

"그래, 의술은 어느 정도 전수받았느냐?"

"가벼운 병이나 상처는 치료할 줄 압니다만……."

설루의 대답에 앞서가던 단우하가 걸음을 멈추고 입을 열었다.

"그렇지가 않습니다. 소주모님의 의술은 천의비문의 사대의선에 못지않으실 겁니다."

"음, 그래?"

적황이 고개를 끄덕이며 대답했다.

그런데 그의 얼굴에 약간의 갈등이 보였다. 그 모습을 놓치지 않은 설루가 조심스레 물었다.

"제 의술이 필요하신 일이 있으신지요?"

"음, 사실 한 가지 일을 부탁을 하고 싶구나."

"무엇입니까?"

설루로서는 처음 보는 적풍의 아버지에게 모든 것을 해주고 싶었다.

그러나 그 모습을 보는 적풍의 표정은 못마땅한 기색이 역력했다. 처음 본 사람에게 아바르의 일을 부탁하려는 적황의 태도가 마음에 들지 않은 것이다.

그러나 지금은 설루와 적황 사이에 끼어들 때가 아니라는 것도 잘 알고 있었다. 왜냐하면 설루 자신이 적황과 가까워질 계기를 원하고 있다는 걸 알기 때문이었다.

"얼마 전 한 사람이 우리 성에 들어왔다. 그런데 부상을 입어서 정신을 잃은 상태다. 그 상태로 벌써 십여 일이 지났다. 다행히 죽지는 않았는데 깨어나질 않는구나. 시간이 된다면 그를 좀 봐 주었으면 한다."

"어려운 일은 아니지요. 하지만 회복시킬 수 있다는 자신은 할 수 없습니다. 그런데 어떤 사람인가요? 아바르의 전사인가요?"

설루가 묻자 적황이 고개를 저었다.

"아니다. 그저 손님이라고 해두자꾸나."

"알겠습니다."

"좋아. 내일 한번 봐다오."

"그렇게 하겠습니다."

설루가 선선히 적황의 부탁을 수락했다.

그러자 적황이 그답지 않게 부드러운 미소를 지으며 사람들에게 말했다.

"자, 이젠 정말 배를 채우러 가자고. 우리 아바르의 전사들은 언제나 든든히 배를 채우고 전장에 나가지."

"어디 싸우러 가시렵니까? 이 밤중에."

단우하가 농을 하듯 되물었다. 아마도 아바르 땅에서 적황에게 이런 말투로 말할 수 있는 사람은 단우하가 유일할 것이다.

"싸움? 사실 몸이 근질거리긴 해. 하지만 이젠 싸움이 필요없게 되었지. 신검도 오고 사람도 왔으니… 그러나 내 싸움은 끝났어도 다른 사람들이 싸움까지 끝난 것이 아니겠지."

말을 하는 적황의 얼굴에 생기가 흐른다.

그런 적황의 모습에 단우하가 우울한 표정으로 되물었다.

"아바르 내부의 다툼입니다. 그게 즐거우십니까?"

"아바르는 그동안 너무 평온했어."

"그렇다고 해도 내분은 좋지 않지요."

"내분이 아니네. 경쟁이지."

"피가 흐르는 경쟁은 내분입니다."

"…음, 그런가? 하긴 말로서 내가 어떻게 자넬 이기겠나. 그러나 말이야. 그래도 난 기대가 되네. 자네가 내분이라 부르는 그 경쟁을 통해 우리 아바르의 전사들이 다시 예전의 그 야생성을 회복하지 않을까 하고 말이야."

적황의 말에 단우하가 무슨 말을 더 하려다 말고 고개를 저으며 몸을 돌려 적황에 앞서 걸음을 걷기 시작했다.

*　　　　　*　　　　　*

거대한 대전에 반달형으로 만들어진 연회장에는 기이한 음식들로 가득 찬 식탁이 길게 줄지어 놓여 있었다.

대전에는 족히 일백여 명에 이르는 아바르의 수뇌들이 모여 있었다.

그럼에도 불구하고 대전은 무척 조용했다. 산해진미를 앞에 두고도 아바르의 수뇌들은 음식을 입에 넣지 않았다.

대신 그들의 시선은 대전의 북서쪽에 나 있는 작은 문으로 향해 있었다.

본래 신혈제일성의 성주 일후 천목의 대전에는 세 개의 출입구가 있었다. 주 출입구는 남동쪽에 위치한 것으로 한 번에 십여 명의 사람들이 드나들 수 있는 큰 문이었다.

나머지 두 개의 출입구는 지금 사람들의 시선이 모여 있는 북서쪽 문과 동쪽에 나 있는 작은 문이었다.

두 문 모두 한두 사람이 어깨를 맞닿아야 출입할 수 있는 문으로 평소에는 일후 천목과 그의 심복들만이 이용하는 문이었다.

그런데 오늘은 그 문으로 일후 천목이 아닌 더 중요한 인물이 들어오기로 되어 있었다.

무황 적황, 그 이름만으로도 칠왕의 땅을 긴장시키는 사람이 오랜만에 수많은 사람들 앞에 모습을 드러내기로 한 것이다.

그러나 사실 무황 적황보다 사람들의 관심을 더 끄는 인물이 있었다. 오늘 이 만찬의 이유가 된 인물이자, 신혈의 아바르를 영구히 보존해 나갈 수 있는 절대적 신물(神物), 전왕의 검을 가져온 무황의 사황자가 바로 그였다.

소문은 그 사람의 됨됨이를 알리는 가장 빠른 수단이지만 또한 세상에서 가장 믿을 수 없는 것이기도 하다.

사황자에 대한 소문도 그러했다.

이곳에 모인 아바르의 수뇌들은 누구나 사황자에 대한 소문을 들어 알고 있었다. 그러나 그들 중 사황자를 직접 만나거나 혹은 대화를 나눠본 사람은 거의 없었다.

그래서 사람들의 관심은 수십 년 아바르를 통치해 온 무황 적황보다도 어쩌면 아바르의 새로운 지배자가 될 수도 있는 사황자에게 쏠려 있었다.

그리고 그 호기심과 긴장감이 사람들로 하여금 산해진미를 앞에 두고도 식욕을 느끼지 못하게 하고 있었다.

탁탁탁!

누군가 빠르게 뛰어 오는 소리가 사람들의 눈빛을 반짝이게 했다. 그리고 잠시 후 북서쪽의 작은 문을 통해 중년의 전사 한 명이 들어왔다.

"무황께서 오십니다."

사내의 전갈에 대전에 모여 있던 모든 사람들이 일제히 자리에서 일어났다. 이 땅의 인물 중 그 누구도 무황 적황을 앉아서 맞을 수는 없었다.

사내가 무황이 오고 있음을 전한 직후 무황이 그의 의제이자 은둔한 검은 전사 단우하와 함께 북서쪽 문을 통해 모습을 드러냈다.

그리고 그 뒤를 따라 마치 검은 구름이 밀려들 듯 적풍과 십자성의 고수들이 대전으로 들어왔다.

대전에 모인 사람들 사이에서 언뜻 나직한 탄식소리가 흘러나오기도 했다.

그들은 적풍과 십자성 고수들이 흘려내는 신혈의 기운을 보고 그간 자신들에게 전해진 소문이 결코 과장되거나 허튼 소문이 아니었다는 것을 본능적으로 깨닫고 있었다.

"어서 오십시오. 주군!"

모두가 긴장한 채 무황 적황을 바라보는 사이, 이 땅의 이인자로 불리는 신혈제일성의 성주 일후 천목이 앞으로 나아가 무황을 맞이했다.

"성주께서 수고하셨소."

"무슨 말씀을! 오랜 만에 형제들과 만찬을 즐길 수 있어서 기쁜 마음으로 준비했습니다."

"그렇다면 다행이오."

무황이 무심한 표정으로 대답했다.

그러자 일후 천목이 무황 뒤쪽에 있는 적풍에게 시선을 돌리며 입을 열었다.

"사황자시군요. 어서 오십시오. 아바르의 모든 전사들과 함께 한마음으로 환영합니다."

"고맙소."

적풍이 짧게 대답했다.

지. 음… 십자성주라 부르는 것이 좋겠느냐?"

적황이 적풍에게 물었다.

"제겐 그게 편하지요."

"좋아. 그럼 십자성주라 하지. 아는 사람도 있겠고, 모르는 사람도 있겠지만 이 친구가 명계에서 십자성이라는 것을 만들어서 그곳의 신혈족들을 자립시켰다는군. 그래서 난 그 무엇보다도 십자성주라는 호칭으로 이 아이를 부르고 싶소. 사실 그 일은… 내가 이 땅의 신혈족을 위해 그들에게 넘긴 고난의 굴레를 해결한 일이라 나 역시 십자성주에게 고마운 마음이오."

무황의 말이 끝나자 천목이 자리에서 일어나 적풍을 보며 말했다.

"아바르의 모든 전사들, 그리고 명계의 신혈족을 두고 이곳으로 돌아온 우리 검은 사자들을 대신해서 감사드립니다."

천목이 적풍에게 정중하게 고개를 숙여 보였다.

사실 지금 천목의 행동은 절대 가식이 아니었다. 무황 적황을 따라 현계로 돌아온 검은 사자들에게는 명계에 남은 신혈족의 고난이 언제나 마음의 짐으로 남아 있었다.

"나와 나의 사람들을 지키기 위해 한 일이니 다른 사람에게 감사받을 일은 아니오."

적풍이 무심하게 대답했다.

그러자 천목이 다시 입을 열었다.

"사황자께서는 그리 생각하실 수도 있지만 저희 검은 사자들로서는 그럴 수 없는 일이지요. 다시 한 번 감사드립니다."

천목이 재차 고개를 숙여 보이고는 자리에 앉았다.

그러자 무황이 다시 입을 열었다.

"십자성주는 아바르의 형제들에게 인사를 하게."

무황의 말에 적풍이 자리에서 일어났다.

그리고 한 걸음 앞으로 나와 한 손으로 허리에 찬 전왕의 검을 잡은 채 입을 열었다.

"아바르의 형제들, 반갑소! 십자성주 적풍이오!"

제2장
원하는 것은 성(城) 하나뿐

　다른 사람에게는 제대로 들리지 않는 수군거림, 입에 들어간 음식이 잘게 부서지는 소리, 그리고 몇몇이 지루함을 이기지 못하고 조심스레 몸을 움직이는 소리…….

　그러나 그런 소리들은 이 침묵에 큰 영향을 주지 못했다.

　사황자의 입성을 축하하기 위한 연회는 그렇게 무거운 분위기 속에서 진행되고 있었다.

　분위기가 무겁게 된 것은 적풍 자신 때문이었다. 적풍의 나이는 사십 전후지만 신혈의 땅에서는 그 나이를 중년의 나이로 보지 않는다.

　보통사람에 비해 두어 배에 이르는 신혈의 기운이 발현한 신혈족들의 수명을 생각하면 적어도 오십은 넘어야 신혈의 아바르에서 중년 무사로서 인정받을 수 있었다.

그러므로 비록 사황자라 해도 적풍은 첫 대면하는 아바르의 수뇌들을 조심스러워할 필요가 있었다. 백여 세가 넘는 인물들이 보통일 정도로, 나이로 보면 아바르의 수뇌들은 적풍에게 예우를 받을 만한 자격이 있는 사람들이었다.

그런데 적풍은 그렇게 행동하지 않았다.

그의 첫인사부터 도도했을 뿐 아니라, 아바르의 수뇌들을 선대의 영웅적인 업적을 이룩한 존경의 대상이 아니라 그저 같은 신혈의 피를 지닌 노인으로서 대했다.

아니 어찌 보면 오히려 아바르의 실질적 건설자들인 노회한 검은 사자들에게 받을 빚이 있는 사람처럼 위압적인 태도를 보이기도 했다.

그런 적풍의 태도가 소문으로만 그를 접한 아바르의 수뇌들을 무척 당혹스럽고 불쾌하게 만든 것은 당연한 일이었다.

대전에 모인 아바르의 수뇌들은 황자들 간의 치열한 후계자 경쟁을 누구보다 잘 알고 있는 사람들이었다.

그래서 세 명의 황자, 황녀는 무황의 혈통임에도 불구하고 언제나 아바르의 실권자들인 각 성의 성주들과 권력자들을 존중했고 그들의 마음을 얻기 위해 노력했다.

그러니 당연히 새로 입성한 사황자 역시 그러리라 생각했던 수뇌들에게 적풍의 도도함은 불쾌함을 넘어 분노를 불러일으킬 만한 행동이었다.

하지만 무황이 주최한 만찬에서 그 분노를 폭발시킬 사람은 아무도 없었다. 그래서 그들을 침묵으로서 그들의 마음을 표현할 뿐이었다.

하지만 그들의 침묵은 적풍과 십자성의 고수들에겐 아무런 영향을 주지 못했다.

말이 없기는 마찬가지였지만 적풍과 십자성의 고수들이 침묵하는 이유는 다른 데 있었다. 그들은 생전 처음 맛보는 진기한 음식에 정신이 팔려 입을 열 사이도 없이 음식을 먹고 있던 것이다.

"아우… 난 이제 더 못 먹겠어."

제법 큰 목소리로 이위령이 식탁에서 멀어지며 말했다. 그의 말이 지난 얼마간의 시간 동안 대전에서 흘러나온 가장 큰 사람의 목소리였다.

그러자 그간의 어색함이 내내 마음에 걸렸던 단우하가 반가운 얼굴로 이위령에게 물었다.

"그래 입에 맞으시나? 색다른 음식이라 걱정했네만……."

"웬걸요. 아주 맛있었습니다. 이런 음식은 처음입니다."

"다행히군. 소공자께선 어떠십니까?"

단우하가 이번에는 적풍에게 물었다. 그러자 적풍이 가볍게 고개를 끄덕였다.

"좋았소."

적풍의 식사는 사실 이미 오래전에 끝나 있었다.

"소주모께선……?"

"훌륭한 요리예요."

설루가 웃으며 대답했다.

그런데 그 순간 놀라운 일이 벌어졌다. 설루가 단우하의 말에 미소를 지으며 답하는 순간 그간의 어색했던 침묵과 냉랭했던 공기가 갑자기 부드럽고 온화하게 바뀌는 것이었다.

그건 마치 침묵의 어둠 속에서 밝은 등불 하나가 켜진 것 같은 느낌이었다.

그래서 침묵의 어둠 속에 있던 사람들은 자연스레 그 등불을 향해 시선을 옮길 수밖에 없었다.

그리고 그들은 눈에 적사몽의 음식들을 챙겨주는 설루와 그런 두 사람을 태산 같은 기운으로 보호하고 있는 적풍이 보였다.

그리고 그 순간 장내의 아바르 수뇌들은 누가 설명하지 않아도 본능적으로 깨달았다. 그들이 무시할 수 없는 거인(巨人)이 아바르에 등장했음을. 그리고 갑자기 그들은 설루와 적사몽이 부러워졌다.

아니 설루와 적사몽뿐 아니라. 누구라도 긴장해야 할 장소에서 전혀 긴장하지 않고 음식을 입에 넣고 있는 십자성의 고수들이 부러워졌다.

이유는 오직 하나, 적풍이 만들어내는 그 태산 같은 기운이 그들에게 만들어주는 평온함 때문이었다.

그 평온의 그늘 속에 그들 자신도 속하고 싶다는 생각이 본능처럼 아바르의 수뇌들 마음속에서 생겨나고 있었다. 그래서 그들 마음속에 품었던 적풍에 대한 적대감이 순식간에 사라지고 오히려 적풍에 대한 이유를 알 수 없는 동경심이 피어나고 있었다.

그 모든 것이 사실은 설루의 힘이라는 것을, 설루가 가지고 있는 그 온화한 기운이 적풍의 강력한 기운과 어우러져 만들어낸 현상이란 것을 눈치챈 사람은 장내에 아무도 없었다.

다만 적풍과 그의 가족에게 모아지는 호감을 담은 시선들을 질시의 눈으로 바라보는 극소수의 사람들은 있었다.

그들 역시 적풍 가족이 만드는 안온함에 잠시 마음이 움직였지만 그들의 오래된 야망이 금세 그들의 마음을 다시 차갑게 돌려놓았고, 거기에 더해 질투의 불꽃에 불을 붙이고 있었다.

그리고 그들의 반발심과 질시, 그리고 피부로 느껴지는 위기감이 그들을 침묵하지 못하게 만들었다.

"그래 아우는 이제 이 땅에서 무엇을 하려는가?"

소소한 일상의 대화가 아닌 모든 사람들의 관심을 집중시키는 질문을 이황자 적호가 던졌다.

그러자 적황이 적호에게 시선을 돌렸다. 그리고 적호의 눈에서 숨길 수 없는 질시의 눈빛을 보았다.

"글쎄요. 뭐, 특별히 할 일이 있겠습니까?"

적어도 적호는 같은 피가 흐르는 형제다. 다른 사람들 대하듯 하대를 할 수는 없는 존재였다.

"그런가? 정말 아무 목적이 없다는 뜻인가?"

"그렇습니다만······."

"그럼 이곳에는 왜 왔는가?"

적호가 적풍의 대답이 마음에 들지 않는 듯 추궁하듯 물었다. 그러자 적풍이 무심하게 대답했다.

"그걸 정말 몰라서 물으시는 겁니까?"

"내가 아우의 속마음을 어찌 알겠는가?"

"제 마음이야 알 필요도 없지요. 내가 이곳에 온 이유는 무황께서 부르셨기 때문입니다. 설마 그 이유 말고 다른 이유가 필요합니까?"

적풍의 대답에 한순간 적호의 말문이 막혔다.

사실은 모두가 알고 있는 문제였다. 적풍에게 물을 이유도 없는 이유, 물론 진심으로 적호가 알고 싶은 것은 적풍에게 아바르의 패권, 무황 적황의 후계자 자리에 대한 욕심이 있는 지에 관한 것이었지만, 적풍의 간단한 대답으로 더 이상 적풍의 대답을 강요할 수 없는 상황이 되어 버렸다.

그러자 이번에는 이젠 네 명이 된 무황의 혈육 중 가장 맏이인 적룡이 입을 열었다.

"아마도 둘째 아우가 묻고 싶었던 것은 자네의 마음속에 있는 아바르에 대한 생각이었을 걸세."

"아바르에 대한 생각이라. 형님께서도 궁금하십니까?"

"여기 있는 모든 사람들이 궁금해할 걸세."

적룡이 말했다.

그러자 적풍이 망설이지 않고 대답했다.

"그 일이라면 이미 무황께 말씀드렸습니다만… 아직 듣지 못하신 모양이군요. 그렇다면 제 입으로 직접 말하는 것이 좋겠군요."

"기대가 되는군. 아바르에서의 자네 계획이……."

적룡이 아바르를 놓고 이 자리에서 담판을 지을 사람처럼 말했다. 하지만 그런 그의 진지함이 만든 긴장감은 적풍의 심드렁한 대답에 부딪혀서 허무하게 사라졌다.

"앞서 말했듯이 제가 이곳에 온 것은 거창한 계획이 있기 때문은 아닙니다. 그냥 한 번쯤은 무황을 뵈어야 할 것 같아서지요. 그래서 사실 나로선 이곳에 온 목적을 이미 이뤘다고 봐도 됩니다. 하지만 아버님을 뵈었다고 온 곳으로 쉽게 돌아갈 수 없다는 건 형님도 잘 아실 겁니다."

"물론 그렇지."

적룡이 고개를 끄덕였다.

그의 표정과 말투가 처음보다는 훨씬 부드러워졌다. 그 이유는 단순했다. 적풍의 말과 태도에서 그에게 아바르의 패권에 대한 욕심이 없다는 걸 깨달았기 때문이었다.

아바르의 후계자 자리를 둔 경쟁이 아니라면 늦게 만난 이 막내아우가 오만하든 말든 별 상관이 없는 적룡이었다. 아니 오히려 그의 마음을 얻고자 노력할 필요가 있었다.

"무황께선 제가 아바르의 일에 관여해 주길 바라시더군요. 그러나 전 그럴 생각도 없습니다."

"아바르의 일에 관여치 않겠다고? 실망스러운 대답이구나.

살아온 곳이 다르다 해도 자넨 아버님의 피를 이어받는 사람이
야. 그런데 어떻게 아바르의 일에 관여치 않을 수 있단 말인가?
더군다나 지금 아바르는 무척 혼란한 시기인데. 이럴 때는 신
혈의 피를 가진 모든 사람이 힘을 모아야 하네. 신혈의 아바르
를 지켜나가기 위해서 말이다."

　적룡이 어떻게 들으면 훈계 같고, 달리 들으면 부탁하는 것
같기도 한 말을 했다.

　그러자 적풍이 무심한 어조로 대답했다.

　"난 오직 내 도움을 필요로 하는 사람들을 위해서만 검을
듭니다. 날 경계하는 사람들을 위해 검을 들 생각은 없습니다."

　"누가 널 경계한다는 거냐?"

　적룡이 되물었다.

　"듣지 못하셨습니까? 내가 이 신혈제일성으로 오면서 겪은
일을! 모르시진 않을 텐데요?"

　적풍이 조금 귀찮은 기색도 보이며 물었다.

　그러자 적룡이 당황한 빛을 보였다. 그는 그제야 자신들이
한 일, 자신과 그의 두 동생이 적풍에게 살수를 보냈었던 사실
을 떠올린 것이다.

　살수를 보낸 그가 이제 와서 단지 적풍이 아바르의 후계자
경쟁에 뛰어들지 않겠다는 말을 듣고 나서야 그에게 아바르를
위해 힘을 보태라고 요구하는 것은 스스로 생각해도 염치없는
짓이었다.

　"오해는 풀면 된다."

적룡이 겨우 그 말을 변명하듯 내뱉었다. 그러자 적풍이 고개를 저으며 말했다.

"오해는 없습니다. 단지 나에게 일어난 일을 교훈으로 삼으면 되는 일이지요. 그래서 난 이 아바르의 일에 관여할 생각이 없습니다. 그러니……."

적풍이 고개를 들어 대전에서 모여 있는 아바르의 수뇌들을 죽 둘러본 후 냉랭한 말투로 말을 이었다.

"여러분께 한 가지 부탁드리겠소. 내가 이 땅에 온 것은 오로지 무황을 한 번 뵙기 위함이었소. 그러니 여러분 중 야망을 가진 분들은 날 경계하지 않아도 좋소. 이미 무황께 말씀드렸지만 내가 이 땅에서 원하는 것은 단 하나요."

"아우가 원하는 것은 무엇이냐?"

그동안 침묵을 지키고 있던 삼황녀 적화우가 물었다.

"내가 원하는 것은 나와 식솔들이 머물 수 있는 작은 성 하나입니다."

"성(城)?"

적화우가 예상치 못한 대답이라는 듯 되물었다.

"그렇습니다. 내가 온 곳으로 돌아가기 전까지 머물 작은 성 하나, 그게 내가 원하는 전부입니다. 물론… 몇 가지 사소하게 해결할 문제가 있긴 하지만 그런 일들이야 아바르의 운명이나 후계자 경쟁 같은 큰일에 비하면 무시할 수도 있는 일이니 여러분이 신경 쓰실 필요는 없습니다."

"겨우 성 하나… 그것으로 아바르의 후계자 자리를, 그리고 전설의 신검인 전왕의 검을 포기하겠단 말이냐?"

적화우가 믿을 수 없다는 표정으로 물었다. 아바르의 후계자든 전왕의 검이든 무엇 하나 포기하기 쉬운 것이 아니었다. 욕망을 지닌 사람이라면…….

"아바르의 운명에 관여하면 수많은 적이 나와 내 사람들을 위협할 테니 어차피 이곳을 떠날 생각인 나에겐 관심이 없는 일이고, 전왕의 검은… 좀 다르지요."

"전왕의 검은 내놓지 않겠다는 뜻이냐?"

"이제 와서 전왕의 검이 아바르를 떠나는 일은 없을 겁니다."

"대체 무슨 뜻이지?"

적화우가 눈을 가늘게 뜨며 물었다.

그러자 적풍이 침착하게 대답했다.

"전왕의 검은 스스로 그 주인을 택하지요. 주인의 자격을 갖춘 자가 나타나 스스로 그 자격을 증명할 때까지는 전왕의 검은 제 손에 있을 겁니다."

"흥, 결국 전왕의 검을 내놓지 않겠다는 뜻 아니냐?"

적화우가 힐난하듯 물었다. 그러자 적풍이 날카로운 눈으로 적화우를 잠시 응시하다가 입을 열었다.

"설혹 내가 전왕의 검을 내놓지 않겠다고 해도 문제될 게 뭡니까? 애초에 난 이미 전왕의 검의 주인입니다. 그나마 전왕의 검을 아바르에 남기겠다는 것도 나로선 무척 큰 호의를 베푸는 것이라 생각합니다만."

적풍의 차가운 말에 적화우의 눈이 한차례 파르르 떨렸다.

"애초에 전왕의 검은 아버님의 것이었다. 그걸 네게 잠시 맡겨두었던 것뿐이다."

적화우가 화를 눌러 참으며 말했다. 그러자 적풍이 고개를 돌려 무황 적황에게 물었다.

"전왕의 검은 누구의 것입니까? 제가 잠시 맡아 둔 것뿐입니까?"

그러자 적황이 망설이지 않고 대답했다.

"전왕의 검은 네 손에 들어간 그 순간부터 네 것이었다. 더군다나 넌 신검 스스로 택한 검의 주인, 누구도 네가 당대 전왕의 검의 주인임을 부인할 수 없다."

적황의 대답이 끝나자 적풍이 시선을 다시 적화우에게 돌렸다.

"대답이 됐습니까?"

적풍의 물음에 적화우가 얼굴을 붉혔지만 반박하지는 못했다.

애초에 전왕의 검은 무황 적황의 것이었다. 아바르가 전왕의 검에 대한 소유권을 주장할 수 있는 근거도 그것이 적황의 손에 있었던 물건이기 때문이었다.

그런데 그 적황이 당대 신검의 주인을 적풍으로 지목한 이상, 누구도 적풍이 전왕의 검의 주인임을 부정할 수 없었다.

대신 한 가지 질문은 던질 수 있었다.

"어떻게 신검의 주인이 될 자격을 증명하라는 것이냐?"

질문은 던진 것은 적호였다. 그의 눈에서는 숨길 수 없는 욕망의 빛이 번들거리고 있었다.

적호의 질문에 적풍이 서슴없이 자신의 허리춤에 매여 있던 전왕의 검을 풀어내 검을 뽑았다.

우우웅!

검집을 벗어난 전왕의 검이 마치 자신의 집에 돌아온 것이 기쁜 듯 무거운 검음을 만들어냈다. 그러면서 세상의 빛을 모두 빨아들이려는 듯 대전을 밝힌 유등의 빛을 빨아들이기 시작했다.

대낮처럼 환하던 대전이 순식간에 어두워졌다. 그 어둠 속에서 적풍이 몇 걸음 앞으로 걸어 나오더니 불쑥 전왕의 검을 허공에 던졌다.

그의 손을 떠난 전왕의 검이 살아 있는 생명처럼 허공을 유영하더니 마치 연약한 두부를 뚫고 들어가듯 그렇게 단단한 석재로 만든 대전 바닥을 뚫고 들어갔다.

사람들의 시선이 바닥에 꽂힌 채 요기로운 검은 빛을 흘려내는 전왕의 검에 쏟아졌다. 그리고 그런 사람들의 귀에 적풍의 목소리가 들렸다.

"자신 있는 사람은 신검을 잡으시오. 그리고 나와 일백 초를 겨룰 수 있다면 전왕의 검이 새로운 주인을 찾았음을 인정하겠소."

순간 대전이 한차례 술렁였다.

전왕의 검에 대한 욕망도 욕망이려니와 그 검을 든 자와 상대해 주겠다는 적풍의 호언이 모욕적으로 느껴지기도 했다.

"전왕의 검을 들지 않은 너를 전왕의 검을 들고 상대하는 것이 신검의 주인이 될 자격을 증명하는 것이란 말이냐?"

적호가 차갑게 물었다.

"그렇습니다. 대신 한 가지 조건이 있습니다."

"그렇겠지. 다른 조건 없이 그런 오만한 제안을 할 수는 없겠지. 그래 그 조건이란 것이 뭐냐?"

"나라고 매일 놈을 차지하기 위한 야심가들의 도전을 상대할 수는 없는 일 아니겠습니까? 그래서 이 관문에 도전할 수 있는 사람은 일 년에 오직 한 명뿐이고, 그 도전자는 무황께서 정하실 겁니다."

적풍의 선언은 단번에 헛된 욕망을 끌어 올리던 자들의 심장을 차갑게 가라앉혔다.

"이 일은 아버님께서 허락하신 일입니까?"

적호가 적황에게 물었다.

"그렇다."

"넷째에게 전왕의 검의 주인을 시험할 자격과 능력이 있다고 생각하십니까?"

"물론이다."

"넷째는 이제 겨우 아바르에 도착했습니다. 또한 신혈의 아바르를 위해 어떤 공적도 세운 적이 없습니다. 그런데 어째서 그에게 신검의 주인을 시험할 자격이 있습니까?"

"정말 몰라서 묻는 거냐?"

적황이 한심하다는 표정으로 물었다. 적황의 되물음에 적호가 굴욕감을 느끼면서도 반발하듯 말했다.

"가르쳐 주십시오. 왜 그에게 자격이 있는지."

"넌 평소 다른 사람들에 비해 스스로 뛰어난 두뇌를 지니고 있다고 자부하는 것으로 알고 있는데, 오늘은 남들의 비웃음을 살 질문을 하는구나. 이유는 간단하고 명확하다. 십자성주에게 그 자격이 있는 이유는 지금 그가 전왕의 검의 주인이기 때문이다. 신검이 순응하는 주인, 나조차도 신검의 순응은 이끌어 내지 못했다. 그런데 십자성주에게는 신검이 순응하더구나. 다시 말해 십자성주가 완벽한 전왕의 검의 주인이란 뜻이다. 그런 그가 자신의 신검을 내놓겠다는 것이다. 그럼 당연히 새로운 신검 주인을 시험할 자격이 있지 않겠느냐? 너라면 어떻겠느냐? 아예 처음부터 신검을 내놓을 결심조차 하지 못했을 것 같은데?"

무황의 질문에 적호가 대답을 하지 못한 채 얼굴을 붉혔다.

평소 적황으로부터 욕심을 줄이라는 충고를 여러 번 들었던 적호다. 그건 곧 자신의 마음속에 도사리고 있는 야망을 누구보다 잘 알고 있는 사람이 적황이란 뜻이다. 그러니 적황의 말을 부인할 수 없었다.

적호가 무황의 질문에 답을 하지 못하고 곤란에 빠지자 일황자 적룡이 기다렸다는 듯이 입을 열었다.

"아버님께선 너무 노여워 마십시오. 우리 모두 신혈의 아바르를 걱정하는 마음은 같습니다. 다만 의욕이 지나칠 뿐이지요."

"너는 어떠냐?"

적황 물었다.

"무엇을 말씀하시는 건지……?"

"십자성주의 결정을 받아들이겠냐는 말이다."

"아버님까지 허락하신 일을 어찌 반대하겠습니까?"

"좋아. 네가 인정한다면 이의를 달 사람이 없겠지. 현재로선 네가 가장 앞서 있으니까."

"아버님!"

적룡이 감격스러운 표정으로 고개를 숙였다.

단언컨대 지금까지 적황은 자신의 입으로 단 한 번도 자신의 후계자에 대해 언급한 적이 없었다.

형제들 간에 혹은 유력한 성주들 사이에선 치열한 경쟁이 벌어지고 있었지만 무황은 단 한 번도 그들의 경쟁에 대해 공식적인 언급을 한 적이 없었다.

하지만 대전에 모인 모든 사람들은 알고 있었다. 오늘 그가 한 단 한마디, 적룡이 가장 앞서 있다는 말은 바로 자신의 후계자 경쟁에서 적룡이 가장 앞서 있다는 것을 의미한다는 것을.

그러므로 그간 무황의 장자이면서도 후계자로 공식적인 인정을 받지 못하고 있던 적룡으로선 감격스러운 일이 아닐 수 없었다.

"적룡 너에겐 오늘 행운과 불행 두 가지가 함께 찾아왔다. 그것들이 무엇인지 알겠느냐?"

"가르침을 주십시오."

적룡이 최대한 적황의 심기를 거스르지 않겠다는 듯 공손하게 말했다.

"행운은 다시 한 번 너에게 기회가 주어졌다는 것이다. 애초에 나는 십자성주를 전왕의 검의 주인으로서 나의 후계자로 삼을 생각이었다. 그런데 십자성주가 그걸 거절했으므로 네게 다시 한 번 이 아바르의 제왕이 될 기회가 생긴 것이다. 그러니 행운이다."

"……."

적황의 말에 적룡의 얼굴이 얼음처럼 굳어졌다.

자신에게 주어진 또 한 번의 기회보다는 적풍을 후계자로 생각했었다는 아버지 무황의 마음이 그의 심장을 차갑게 만든 것이다.

"불행은 십자성주가 아니라면 응당 장자인 네가 나의 후계자가 되는 것이 마땅하나 십자성주가 전왕의 검의 주인이 될 기회를 아바르의 모든 사람들에게 열어놓았으니 네겐 불행한 일이다. 그러나 그 불행이 아주 나쁜 것은 아니다. 너 스스로 아바르의 제왕이 될 능력이 있음을 모든 아바르 전사들에게 증명할 기회기도 하니까. 그러니 최선을 다해 너를 증명해라."

무황의 당부에 적룡이 지그시 입술을 깨물며 대답했다.

"반드시… 그리하겠습니다."

상 위의 음식들이 말끔히 치워졌다.

남은 것은 몇 개의 술병과 술잔들. 그러나 그 술병에 손을 대는 사람이 거의 없었다.

음식들이 치워진 대전은 기이한 적막이 흘렀다. 이 묘한 긴장감이 어디서 오는 것인지 모르는 사람은 없었다.

애초에 무황의 사황자가 전왕의 검을 들고 신혈제일성에 입성했을 때 사람들은 이제 이 땅의 후계자가 정해질 것이라고 생각했었다.

새로운 사황자가 되었든 혹은 다른 누가 되었든 누군가는 신혈의 아바르를 이어갈 후계자로 지목될 것이라는 것이 모든 사람들의 예상이었다.

그런데 그 예상은 틀리고, 신혈의 아바르는 여전히 공식적인 후계자를 갖지 못한 상태가 이어지게 되었다.

아주 큰 변화가 있어야 하는 순간에 아무런 변화도 일어나지 않자, 사람들은 또다시 지루한 후계자 싸움이 이어진다는 생각에 조금 지친 듯도 보였다.

그러나 무황은 달랐다. 그는 이 상황이 무척 마음에 드는 모습이었다. 후계자 싸움이 이어짐으로서 발생할 아바르의 혼란 같은 것을 그리 걱정하는 표정이 아니었다.

그는 즐거운 표정이었고, 간간히 그의 오랜 심복들과 농을 즐겼으며 술잔도 여러 번 비워내고 있었다.

하지만 그의 즐거움은 그리 오래가지 않았다. 누군가는 지금 이 상황에서 반드시 거론해야 할 일이 있음을 알고 있기 때문이었다.

"무황께 여쭐 말이 있습니다만……."

신중하게 입을 연 사람은 신혈제일성의 성주 천목이었다.

"말해보시오."

적황이 고개를 끄덕였다. 그러자 천목이 사람들이 가장 궁금해 하는 것을 물었다.

"신검의 왕국들에 대한 대원정은 어찌 되는 것입니까?"

"그야 그만둬야지."

적황이 너무 쉽게 대답했다. 대원정을 무리하리만치 강하게 밀어붙이던 그의 모습을 생각하면 너무 쉬운 대답이었다.

그래서 오히려 천목은 다음 질문을 하지 못했다. 그러자 적황이 입을 열었다.

"모두가 알겠지만 대원정을 계획한 것은 내 천명이 얼마 남지 않았기 때문이었소. 남은 날은 적고, 내 뒤를 이어 아바르를 이끌 사람은 마땅치 않았지. 그래서 후일을 위해 무리한 대원정을 계획했던 거요. 하지만 전왕의 검이 다시 아바르로 왔으니 누가 후계자가 되든 신혈의 아바르를 지켜내기는 할 것이오. 그러니 굳이 대원정을 할 필요가 있겠소? 승산이 오 할도 안 되는 일을."

무황의 결정은 너무 단호해서 누구도 반박을 하지 못했다.

하지만 그렇다고 장내의 아바르 전사들이 무황의 결정에 모두 동의하는 것은 아니었다.

대원정의 장대한 계획에 몇 달간 삶의 활력을 느낀 사람들도 많아서 그들에게 대원정의 철회는 마친 인생의 큰 의미를 잃은 것 같은 느낌이기도 했다.

"실망들 한 것 같군."

무황이 장내의 분위기를 읽고는 무심하게 말했다. 그러자 삼후 아투야가 조심스럽게 말했다.

"신혈의 피는 항상 투쟁을 원하지요. 요즘 들어 아바르 전사들이 몰라보게 활기찬 모습이었습니다."

"틀린 말은 아니지."

"대원정의 취소는 아바르의 젊은 전사들에게도 큰 실망을 줄 듯합니다만……."

"나쁜 일은 아니지."

"……?"

아투야가 무황의 말을 이해하지 못한 듯 그를 바라봤다.

"대원정을 준비하면서 난 새삼스레 깨달았소. 아바르가 무척 약해졌다는 것을. 특히 불의성과 아바르 정복전에 참여하지 않은 젊은 아이들은 자부심만 강할 뿐 사실은 무척 나약한 상태였소. 만약 그런 아이들을 이끌고 대원정에 나섰다면… 사실 승산이 거의 없는 싸움이었을 수도 있소."

"무황……."

아투야가 동의할 수 없다는 표정으로 입을 열었다. 그러자 적황이 손을 들어 아투야의 말을 막았다.

"생각은 모두 다를 수 있소. 그러나 난 그리 보았소. 그래서 전왕의 검이 아바르에 온 이상 대원정을 계속할 이유가 없었던 거요. 칠왕의 균형을 깨는 전쟁은 나로서도 무척 부담스러운 것이오. 당장 현월문의 문주가 날 만나러 올 정도니까 말이오.

그 모두를 적으로 돌린 싸움에서 얼마의 승산이 있겠소?"

"······."

적황의 말에 아투야가 입을 닫았다. 그 역시 신검의 주인들과 현월문까지 적으로 돌리고는 신혈의 아바르에 큰 승산이 없다는 것을 알고 있기 때문이었다.

"그리고 한 가지 더 깨달은 것이 있소."

"······."

사람들이 적황의 입으로 시선을 모았다.

"그동안 내가 신혈의 아바르를 잘못 다스려 왔다는 것이오."

"무황, 그게 무슨 말씀이십니까? 오직 무황께서 계셨기에 오늘 날 신혈의 아바르가 이렇게 번성한 것입니다."

아투야가 단호하게 고개를 저으며 말했다.

"바로 그게 잘못되었다는 것이오."

"······?"

"난 내 힘으로 신혈의 아바르를 보호하려고만 했소. 대원정역시 그런 마음으로 계획한 일이었소. 내가 살아 있는 동안 신혈의 아바르에 위협이 될 만한 세력들을 모두 정벌할 생각이었던 거지. 그런데··· 사실은 그건 잘못된 생각이었소. 난 신혈의 아바르를 보호하려고 할 것이 아니라 아바르의 전사들을 강하게 키워낼 방도를 찾았어야 했소. 아바르의 전사들이 내가 아니더라도 스스로 이 땅을 지킬 수 있도록 말이오. 하지만··· 지금은 어떻소? 젊은 아이들 중 그 누가 과거 그대들, 검은 사자들의 투혼을 가지고 있소? 온실 속에서 큰 화초들처럼 기골은 장대하고 재능을 뛰어나지만……."

적황이 더 이상 말하기 싫다는 듯 고개를 저으며 입을 닫았다.

그러자 장내의 아바르 수뇌들 역시 침묵에 빠져들었다. 듣고보면 틀린 것이 없는 무황의 말이었다.

그들 역시 투혼이 사라져 가는 젊은 아바르의 전사들을 걱정스럽게 바라보고 있었던 것이다.

"아무튼 실수를 알았으면 그 실수를 고치면 되는 것이오. 다행히 우리에겐 약간의 시간이 있고……."

무황이 다시 입을 열었다.

"어찌 하실 생각이십니까?"

설도우가 물었다.

"방법이 따로 있나. 난관을 헤쳐 나갈 경험을 쌓게 해주는 수밖에……."

"어떻게 말입니까?"

"매년 일정 숫자의 젊은 아이들을 뽑아 아바르 밖으로 내보낼 걸세."

"칠왕에 대한 대원정이 아닌 소규모 공격을 하시겠다는 뜻이군요."

설도우가 고개를 끄덕였다.

"아니 내가 젊은 아이들을 보내려는 곳은 신검의 주인들이 다스리는 왕국들이 아니네."

"허면……?"

"칠왕의 땅 넘어… 인간의 땅이 아닌 곳으로……."

무황 적황이 고개를 돌려 대전 밖 어둑한 세상으로 시선을 주었다.

"그건… 그건 너무 위험합니다."

설도우가 급히 말했다.

대전의 다른 아바르 전사들 눈에도 두려운 빛이 서렸다. 그러나 적황은 단호했다.

"우리가 명계에 다녀오지 않았다면! 그 기이하고 외로운 여행을 하지 않았다면 우리 검은 사자들에게 신혈의 아바르를 세울 힘이 생겼을까?"

스스로에게 한 질문처럼 들렸지만, 사실은 장내의 아바르 수뇌들에게 던진 질문이었다. 그리고 오늘 대부분의 질문처럼 적황의 질문에 대답하는 사람은 없었다.

"불가능한 일이었을 것이네. 생사를 오직 하늘에 맡겨야만 했던 그 여행을 통해 우린 신검의 주인들인 칠왕의 후예들보다 더 강해졌고, 그 힘으로 신혈의 아바르를 세웠지. 그러니… 이 땅을 지키려면 우리의 후손들도 그런 여행이 필요하네. 교벽의 여행은 제약이 따르니 택할 수 없고, 역시 칠왕의 땅을 벗어나 여행하는 것이 좋겠지."

"많은 아이들을 상할 겁니다."

일후 천목이 신중하게 말했다.

"물론 그럴 거요. 하지만 그렇게 하지 않으면 아예 신혈의 아바르가 지속될 수 없을 것이오. 그리고… 이 여행에는 오직 원하는 아이들만 참여하게 될 거요. 그 여행을 다녀온 아이들은 새로운 검은 사자가 될 수 있겠지."

적황의 말에 몇몇 아바르의 노전사들이 고개를 끄덕였다. 그러고 이내 대전에 모인 모든 사람들이 적황의 뜻에 동화되어 가는 것처럼 느껴졌다.

"아무튼… 오늘 만찬은 여러 가지로 의미가 있는 시간이었던 것 같군. 오늘 이후의 아바르는 오늘 이전과는 조금 다를 테니까. 그럼… 이쯤에서 마치지. 물론 십자성주에 대해 좀 더 많을 것을 알고 싶을 테지만 사람을 아는 것은 하루아침에 되는 일은 아니니까."

적황이 자리를 털고 일어났다.

그러자 장내의 모든 사람이 자리에서 일어났다.

"가자."

적황이 적풍을 홀로 대전에 남겨 두고 싶지 않은 듯 적풍에게 말했다.

그러자 적풍이 말없이 적황을 따라나섰다. 그 뒤로 십자성의 고수들이 호위하듯 적풍을 에워싼 후 대전을 벗어났다.

＊　　　　＊　　　　＊

"왜 그 일에 대해선 어제 연회에서 언급하지 않았느냐?"

이른 아침부터 적풍을 찾아온 적황이 물었다.

물론 적황이 적풍을 찾아온 것은 적풍을 만나려는 이유는 아니었다. 적풍보다는 천의비문의 의술을 지닌 설루를 만나려는 것이 진정한 목적이었다.

하지만 그래도 궁금한 것은 답을 들어야 직성이 풀리는 적황이라 최초 적풍이 자신에게 요구했던 몇 가지 조건들 중 어제 연회에서 말하지 않은 하나에 대해 그 이유를 물었다.

"이후 십면불 도광에 대한 문제 말입니까?"

"음……."

"곤란해하실 것 같아서요."

"내 입장을 생각해서 말하지 않았다는 것이냐?"

"그렇습니다."

적풍이 무덤하게 말했다.

"그렇다면 영원히 그 일을 묻어두는 것은 어떻겠느냐? 역시 내 입장을 고려해서 말이다."

"그건 좀 어렵겠군요."

"흠, 결국 그를 제거하겠단 뜻이구나. 내가 뭘 해야 하지?"

"무황께서 특별히 해주실 일은 없습니다. 단지 관여치 않으시면 됩니다. 그리고 일이 끝난 후 이 일을 매듭지어 주시면 됩니다."

적풍이 별일 아니라는 듯 말했다.

그러나 아바르의 삼후 중 한 명인 이후 십면불 도광을 치는 일을 결코 단순한 일이 아니다.

당장 겨우 십여 명에 불과한 십자성의 고수들만으로 십면불 도광을 상대할 수도 없었다.

더군다나 칠왕의 땅에 대한 대원정이 철회되었으니, 각 성주들은 자신들의 성으로 돌아갈 것이다. 십면불 도광 역시 자신의 성인 아바르 강 상류의 우하성으로 돌아갈 텐데 일단 그가 우하성에 들어가면 그를 제압하는 일은 불가능한 일이었다.

그렇다고 그가 이곳을 떠나기 전 그를 죽이는 것 역시 그리 단순한 일이 아니었다.

공식적으로 그를 제거하려면 그에 합당한 이유가 있어야 하는데 단순히 적사몽의 피를 노렸다는, 그래서 적사몽의 부모와 일족이 아바르를 떠났고, 흑상들에게 죽음을 당했다는 것은 명백한 증거를 댈 수 없는 일이었다.

십면불 도광과 거래한 흑상 하사랍은 죽은 지 오래였다. 증인도 증거도 없이 십면불 도광을 죽인다면 아바르에 큰 분란이 일어날 것이 분명했다.

그래서 무황 적황으로서는 십면불 도광에 대한 적풍의 계획이 불안할 수밖에 없었다.

"대체 어떻게 그를 상대할 생각이냐?"

무황이 근심을 덜지 못하고 물었다.

"그 스스로 죽음을 찾아올 겁니다."

"함정을 파겠다는 뜻이냐?"

"사몽의 존재를 알게 된다면 그는 반드시 올 겁니다."

"글쎄다. 그는 신중한 사람이다. 함부로 움직일 사람이 아니야."

"인간의 욕망은 무엇이든 가능하게 만들지요. 가시가 박힌

열매라도 삼키는 것처럼 말입니다. 만약 그가 그걸 견뎌낸다
면… 그땐 스스로 자신을 지켜낸 것으로 인정하지요."

"음… 일단 알겠다."

적황이 고개를 끄덕였다.

사실 적황은 십면불 도광의 문제로 적풍과 말씨름을 하고
있을 여유가 없었다. 그가 필요한 사람은 설루였고, 설루는 이
미 오래전부터 안으로 들어와 두 사람이 하는 이야기를 듣고
있었던 것이다.

적풍도 더 이상 십면불 도광에 대한 이야기는 하고 싶지 않
은 듯 설루에게 시선을 돌렸다.

"준비는 다됐어?"

"응."

적풍의 물음에 설루가 고개를 끄덕였다.

"가시죠."

적풍이 적황에게 말하자 적황이 먼저 걸음을 옮기기 시작했
다.

은밀한 밤길은 신혈제일성 가장 뒤쪽에 위치해 있는 무황 적
황의 거처 뒤로 이어졌다.

절벽 안쪽으로 들어간 듯 지어진 무황의 거처 뒤는 절벽 아
래에 소담하게 형성된 약간의 숲이 있을 뿐이어서, 그 안쪽으
로 사람이 들어갈 수 있는 길이 있다는 것을 짐작하기 힘들었
다.

그러나 숲 안쪽으로 들어가면 포개진 듯 겹쳐진 두 개의 절벽이 있고, 그 사이로 오직 한 사람이 지날 수 있는 작은 길이 나 있었다.

적황은 적풍과 설루 두 사람만을 데리고 길을 가고 있었다. 적풍과 설루는 적사몽을 홀로 두는 것이 마음에 걸렸지만, 적황은 적사몽의 동행까진 허락하지 않았다.

그래서 적풍은 적사몽을 십자성의 고수들에게 맡길 수밖에 없었다.

세 사람이 한참 절벽 사이로 난 길을 걷다 보니 어느 순간 코끝으로 향나무 타는 냄새가 나기 시작했다.

그건 곧 그들이 목적지에 거의 도달했다는 의미기도 했다.

"무황을 뵙습니다."

갑자기 어둠 속에서 검은 무복을 입은 자가 나타나 적황에게 고개를 숙여 보였다.

"별일 없는가?"

"특별한 일은 없습니다."

"환자는?"

"아직은 깨어나지 못한 듯합니다."

"알겠네. 외인의 출입을 철저히 막게."

"알겠습니다. 무황!"

검은 무복의 사내가 대답을 하고는 거짓말처럼 절벽 속으로 사라졌다. 보통 사람에겐 놀라운 일이지만 적풍에겐 그리 놀라운 움직임이 아니었다. 무림에서야 이런 환술을 쓰는 무리가 여럿 있기 때문이었다.

"다 왔다."

사내가 사라지자 적황이 손을 들어 십여 장 앞쪽의 막다른 곳을 가리켰다. 자세히 보니 그곳에서 오른쪽으로 길이 꺾이면서 희미한 동굴이 존재했다.

"이젠 말해주실 때도 된 듯합니다만."

적풍이 적황에게 말했다.

사실 적황은 지금까지 설루에게 치료를 맡기려는 사람 누구인지 그 정체를 말해주지 않고 있었다.

"알겠다. 우리가 만나려는 사람들은… 현월문의 법사들이다."

제3장
어둠의 근원

차가운 한기가 느껴지는 석실에 청년 법사 수로가 누워 있었
다. 정신을 잃고 있었지만 선기를 타고난 그의 몸에선 신비로
운 빛이 흐르는 듯했다.

적풍은 수로를 보는 순간 큰 충격을 받았다. 마치 쌍둥이를
보는 듯 그렇게 또 한 명의 허소월이 그곳에 있었기 때문이었
다.

나이도 얼추 비슷해 보였다.

물론 청년 법사 수로의 나이가 좀 더 어려보이기는 했지만
애초에 월문 법황 허소월이 동안(童顔)이기 때문에 두 사람의
나이 차이가 거의 느껴지지 않았다.

"정말 그분은 아니겠죠?"

설루도 허소월과 거짓말처럼 닮아 있는 수로의 모습에 놀란 모양이었다.

"물론 아우는 아니지. 하지만……."

아님을 알고도 믿기 힘든 상황에 적풍도 당황한 듯 보였다.

그사이 두 사람을 데려온 적황은 현월문의 문주 가륵을 만나고 있었다.

신비스러운 모습보다는 음울한 느낌이 드는 가륵은 검은 옷을 입은 채 가끔씩 적풍을 바라보며 적황과 심각한 대화를 나눴다.

그러다가 두 사람이 적풍과 설루에게 다가왔다. 그때까지도 적풍과 설루는 법사 수로의 모습을 본 충격에서 완전히 벗어나지 못하고 있었다.

"인사해라. 이분이 당대 현월문의 문주시다."

적황이 먼저 가륵을 소개했다.

그러자 가륵이 가벼운 미소를 지으며 말했다.

"사황자에 대한 이야기는 많이 들었소이다. 만나서 반갑소이다."

"반갑소."

적풍이 무심하게 대답했다.

그러자 가륵의 동공이 살짝 흔들렸다. 이 땅에서 어떤 종족의 인물이라도 가륵을 이렇게 대하는 자는 없다. 아바르의 제왕 무황 적황조차도 가륵에게는 조심스러운 면이 있었다.

하지만 적풍에게 가륵은 의천노공 우서한보다도 중요치 않은 사람이었다.

더군다나 월문이라는 세력에 대해 적풍이 가지고 있는 본능적이 거부감 역시 가륵을 대하는 적풍의 태도에 영향을 미쳤다.

그러나 적풍의 냉랭한 응대에도 가륵이 직접적으로 반발할 수 없는 이유가 있었다. 그건 바로 현월문 최고의 재능이라 불리는 젊은 법사 수로를 회복시킬 수 있는 희망이 적풍의 아내인 설루에게 있기 때문이었다.

"부인께 어려운 부탁을 드리게 되었소이다."

가륵이 상한 기분을 감추며 설루에게로 시선을 돌렸다. 그러자 설루가 가볍게 미소를 지으며 대답했다.

"의술을 익힌 자는 어떤 환자든 외면할 수 없는 법이지요."

"고맙소이다. 그럼 부탁드리겠소."

가륵이 설루에게 가볍게 고개를 숙여 보였다.

그러자 설루가 담담한 미소로 대답을 대신하고 침상에 누워 있는 청년 법사 수로에게 다가갔다.

언제나처럼 설루는 무척 신중했다.

가끔 설루가 병자들을 돌볼 때면 적풍은 지루함을 느끼곤 했다. 자신이 보아도 알 수 있는 가벼운 병증조차도 설루는 중병을 치료하듯 오랜 시간을 소비하기 일쑤였다.

하지만 적풍은 그것이 만에 하나 있을 수 있는 실수를 방지하기 위한 의원의 본분임을 알고 있기에 그런 설루의 세심함을 존중했다.

오늘도 마찬가지였다.

사실 지루함을 느낀 것은 이미 오래전이었다. 하지만 그렇다고 설루의 조심스러운 행동을 재촉하거나 만류할 생각은 없었다.

그러나 그 지루함이 자연스레 그의 표정과 행동으로 드러날 수밖에 없었다.

"나가 있겠느냐?"

적풍의 지루함을 눈치챈 적황이 물었다.

"루를 혼자 두는 일은 없습니다."

적풍이 단호하게 대답했다.

"무슨 일이 있을 리가 없지 않느냐?"

적황은 적풍이 마치 그들이 적지에 들어와 있는 것처럼 행동하는 것이 이해되지 않은 표정이었다.

"난… 월문을 믿지 않습니다."

적풍이 나직하게 대답했다.

그러나 그의 목소리가 아무리 작아도 조용한 석실에서, 그것도 누구보다 예민한 육감을 가지고 있는 현월문의 문도들에게 들리지 않을 리 없었다.

현월문도 몇몇이 적풍에게 불쾌한 시선을 보냈다.

그러나 적풍은 그런 시선쯤은 전혀 신경 쓰지 않았다. 그는 단지 현월문의 젊은 법사 수로의 상태를 살피고 있는 설루만 주시하고 있을 뿐이었다.

현월문도들도 자신들의 불만을 입 밖으로 내지는 않았다. 젊은 법사 중에는 발끈한 모습을 보인 자도 있었지만 그런 자들은 이미 한 번 적풍과 만났던 을보륵에 의해 다음 행동이 제지되었다.

"어떻소이까?"

적풍과 현월문 문도들 사이에 흐르는 미묘한 감정의 흐름에는 관심이 없고 오직 수로를 살피는 설루에게 집중하고 있던 현월문주 가륵이 설루가 허리를 펴고 손수건으로 이마에 맺힌 땀을 닦으며 잠시 숨을 고르자 재빨리 물었다.

"다행히 위험한 고비는 넘겼군요."

"깨어날 수 있겠소?"

"글쎄요……."

설루가 대답을 회피했다.

그러자 가륵의 표정이 다급해졌다.

"천의비문의 의술로도 장담할 수 없단 말이오?"

"의술에 관해서라면 월문 역시 천의비문에 못지않을 텐데요?"

설루가 되물었다.

"그럴 리가 있겠소. 월문은 법력을 쌓는 문파지 의술을 수련하는 곳은 아니오."

"글쎄요. 이 젊은 법사의 목숨을 유지시킨 것만으로도 월문의 의술은 대단한 것 같은데요."

"음… 그건 의술이 아니오."

"무공이라고 말하시려는 건가요? 진기의 힘으로 사기를 막아 목숨이 끊어지는 것을 막았다고 말이죠."

"역시 천의비문! 맞소이다. 의술이 아니라 월문의 내공으로 수로의 목숨을 이어놓은 것이오."

가륵이 젊은 법사 수로에게 일어난 일을 단 몇 각의 진맥으로 알아낸 설루의 의술에 감탄한 듯 고개를 끄덕이며 말했다.

"약이든 침이든, 혹은 뜸이든, 아니면 고수의 고절한 내공이든 상관없지요. 병자를 살릴 수 있는 수단으로 쓰일 수 있다면 그건 모두 의술의 영역에 포함되는 겁니다."

"그렇게 말한다면 부인하진 않겠소."

가륵이 순순히 설루의 말에 수긍했다. 그러자 설루가 다시 말을 이었다.

"비단 내공의 힘으로 이분의 죽음을 막은 것만 가지고 드린 말씀은 아니에요. 내공을 적절하게 사용한 것을 두고 한 말이죠. 그 말은 월문에 병자의 상태를 정확히 알아볼 수 있는 의술이 있다는 뜻이죠. 아닌가요?"

"우리 현월문도 사람 사는 곳이니 약간의 의술은 있소."

가륵이 다시 한 번 설루의 말에 수긍했다.

"그렇다면 이분의 몸에 일어난 일도 아시겠군요?"

설루가 물었다.

"처음에는 독(毒)인 줄 알았소. 그런데 자세히 살펴보니 독이 아니라 사기(邪氣)의 침범이 아닐까하는 의심이 들었소만……."

"맞아요. 독은 아니에요."

설루가 확신에 찬 목소리로 말했다.

"역시… 그럼 어찌 치유해야 되겠소?"

"사실 간단한 문제지요. 몸에 침습한 사기를 몰아내고 정기를 불어 넣으면 해결될 일이니까요."

"그렇긴 하지만 온몸의 혈맥에 퍼져 있는 사기를 몰아내는 것이 그리 쉬운 일이 아닐뿐더러 수로의 몸에 침범한 기운은 워낙 기이한 것이라서……."

시도해 보지 않은 것은 아니었다. 가륵 스스로 자신의 일백 년 법력을 이용해 수로의 몸에 들어온 사기를 몰아내려 시도하기도 했었다.

그러나 젊은 법사 수로의 몸에 침범한 사기가 워낙 독특해서 결국 수로를 깨우는 데 실패한 가륵이었다. 그러니 이제 그가 기댈 곳은 천의비문의 의술을 가지고 있다는 설루밖에 없었다.

"세 가지 방법이 있어요."

설루가 시원하게 말했다.

그러자 장내 현월문 법사들의 얼굴에 생기가 돌았다.

"세 가지나 된다면 필시 살릴 수 있겠구려."

"그러나 그 셋 모두 어려운 것이지요. 하나라도 성공하기 쉽지 않아요."

설루가 경고하듯 말했다.

"물론 쉬우리라 생각지는 않소. 말씀해 주시오."

가륵이 정중하게 부탁했다.

"첫 번째 방법은 지금까지 현월문에서 해온 대로 강력한 진기나 법력을 가진 사람이 그 힘을 이용해 병자의 혈맥에 침습한 사기를 몰아내는 것이지요. 물론 그 어려움은 이미 겪어 보셨겠지만……."

"그건… 불가능할 듯하구려."

가륵이 실망한 표정으로 말했다.

설루가 내놓은 방법이 새로운 것이 아니라 그들이 지금까지 시도했던 일이기 때문이었다.

그러나 가륵의 반응에 상관없이 설루가 말을 이었다.

"이 방법은 오직 시전자의 능력에 달린 문제죠. 강력한 내공을 소유한 사람일지라도 미세한 진기의 운용이 가능하지 않다면 어려운 것이니까요. 그런 사람이……."

설루가 말을 하다 말고 슬쩍 적풍을 바라봤다. 그러자 적풍이 고개를 저었다.

"난 사양하지."

적풍이 대답에 가륵이 의아한 표정을 지으며 물었다.

"설마 사황자께서는 그 일을 할 수 있단 뜻이오?"

"가능성은 반반, 시전하는 사람이나 병자나 모두에게 위험하긴 하지만 가장 가능성이 높은 사람은 저 사람이죠."

설루가 고개를 끄덕였다.

"음… 사황자께서 도와주실 수는 없으시겠소?"

가륵의 부탁에 적풍이 살짝 눈살을 찌푸렸다.

병자의 위급함은 알겠지만 가륵의 태도가 마치 강요처럼 느껴졌기 때문이었다. 이런 자들을 위해 설루가 힘을 뺄 필요가 있을까 하는 생각이 들 정도였다.

"안 되겠소."

적풍이 냉정하게 대답했다.

그 거절이 너무 차갑고 단호해서 가륵은 잠시 당황한 듯 보였다. 누구라도 자신의 부탁을 이렇게 매정하게 거절할 사람이 이 세상에 있을 거라고는 생각지 못한 모양이었다.

"이유가 무엇이오?"

가륵이 물었다.

그런데 그 말이 또다시 적풍의 기분을 언짢게 만들었다. 가륵의 말투가 여전히 추궁하는 듯했기 때문이었다.

"듣지 못했소? 병자나 시전자나 모두 위험한 방법이라지 않소. 그런데 내가 왜 그를 위해 위험을 감수해야 하오? 또한 일이 잘못되어 병자가 죽음에 이른다면 문주의 지금 태도로 보아 분명히 날 원망할 것 같은데 난 그런 손해되는 선택을 할 정도로 어리석지 않소."

적풍의 대답에 가륵의 말문이 막혔다.

그리고 그 순간 깨달았다. 지금 이 자리에서 누가 강자이고 누가 약자인지.

월문 최고의 재능이라는 수로를 살려야만 하는 가륵이 약자임은 명확한 일이었다. 그런데 그는 지금까지 스스로 약자가 아닌 강자의 마음으로 적풍을 대하고 있었던 것이다.

그 사실을 깨닫자 적풍의 거절이 애초에 그 자신의 태도에서 비롯된 것임도 알게 되었다.

가륵의 얼굴에 낭패한 기색이 드러났다.

자칫하면 적풍이 아니라 설루의 도움조차 얻지 못할 수 있기 때문이었다.

"알겠소이다. 물론 일이 잘못되어도 사황자님을 원망하는 일은 없었을 것이나 시전자에게도 위험한 일을 함부로 부탁드릴 수는 없겠구려. 설 부인, 그럼 다른 방법은 어떤 것이 있겠소?"

가륵이 한결 정중해진 목소리로 설루에게 물었다.

그러자 설루가 걱정스러운 표정으로 적풍을 한 번 바라보고는 침착하게 입을 열었다.

"사실 특별한 방법들은 아니지요. 모두 세상에 드러나 있는 방법이에요. 문제는 그 방법을 쓸 수 있는 능력과 준비가 되어 있느냐는 것입니다. 두 번째 방법은 귀한 영약을 써서 사기를 몰아내는 것, 그리고 마지막 방법은… 특별한 효용을 가진 침을 이용하는 것입니다."

"특별한 효용을 가진 침이라면……?"

그러자 그동안 침묵을 지키고 있던 무황 적황이 불쑥 입을 열었다.

"예를 들면 천의비문의 봉황침 같은 것을 말하는 것이냐?"

"봉황침을 아시는군요."

"유하에게 들은 적이 있다. 어떤 병이라도 치료할 수 있다는… 그런데 그걸 가지고 있느냐? 내가 알기로 봉황침은 천의비문에서조차 일백 년에 몇 개밖에 만들어내지 못한다는 것으로 들었는데……."

"제게는 봉황침은 없습니다."

"후우, 그렇다면 결국 영약을 만드는 일만 남았구나."

적황이 실망한 듯 말했다.

그 순간 적풍은 안도의 숨을 내쉬고 있었다.

설루에겐 봉황침이 있었다. 하지만 오직 하나만 그녀의 품속에 있었으므로 적풍은 혹시라도 설루가 그 봉황침을 이 월문의 젊은 법사에게 쓰려 할까봐 걱정하고 있던 차였다.

그런데 다행히 설루가 자신에게 봉황침이 있다는 것을 숨겼으니 더 이상 봉황침을 쓰는 일을 걱정할 필요는 없었다.

교벽을 통과해 현계로 오는 여행에 설루가 동행하는 것을 허락할 때 적풍은 설루에게 한 가지 약속을 받았었다. 그녀가 가지고 있는 봉황침은 오직 그녀 자신만을 위해 사용하겠다는 약속이었다.

그만큼 교벽의 여행은 신혈의 피를 지니지 않은 설루에겐 위험한 여행이었던 것이다. 그리고 그 약속은 지금도 유효했다.

그런 봉황침을 다른 사람을 위해 사용하는 것을 적풍은 용납할 수 없었다.

아마도 설루는 적풍의 이런 마음을 짐작하고 있었던 것 같았다.

"영약을 만드는 일도 쉬운 일은 아니지요. 명계라면 모를까. 이곳의 약초는 그곳과는 또 다르니까요."

"그럼, 그 세 가지 방법 모두 쓸 수 없다는 뜻 아니오?"

가륵이 절망적이 표정으로 물었다. 그러자 설루가 미소를 지으며 고개를 저었다.

"하나의 길이 완벽하게 준비되지 않다면 세 개의 불완전한 방법을 모아 새로운 길을 만들면 되지요."

"그게 무슨 말씀이시오?"

가륵이 되물었다.

"앞서 말한 세 가지 방법을 동시에 시도하는 거지요. 다행에 제겐 봉황침에 미치지는 못하는 그나마 신침으로 불릴 수 있는 은침이 있고, 월문 법사님들의 법력 역시 만만치 않으시죠. 그리고 또한 제게 신단은 아니지만 천의비문의 의술이 깃든 환단이 몇 개 있으니 이 세 개를 모두 한 번에 사용하면 병자를 깨울 수도 있을 것도 같군요."

"음… 세 가지 의술을 한 번에 사용하는 일은 쉬운 일이 아니잖소? 자칫하면……."

가륵이 말꼬리를 흐렸다.

"물론 실수가 있으면 병자가 죽을 수도 있어요. 그래서 결정은 문주께서 하셔야 합니다."

"음……."

가륵이 나직하게 신음을 흘렸다. 현월문 최고의 후기지수를 두고 도박해야 하는 그로서는 쉽게 결정을 내릴 수 없었다. 그런데 그런 그의 귀에 그의 마음을 더욱 무겁게 하는 목소리가 들렸다.

"난 이 치료에 반대야."

적풍이었다.

물론 그가 말한 대상은 설루였다.

"왜요?"

"앞서 말했듯이 일이 잘못되었을 때 당신이 모든 원망을 듣게 될 테니까."

"그런 일은 없을 것이오."

가륵이 말했다.

"글세… 난 사람을 믿지 않는 편이라서……."

"난 현월문의 문주요. 적어도 난 내가 한 말은 반드시 지키는 사람이오. 월문의 이름에 그 정도 신뢰는 있다고 생각하오만……."

"그 월문의 누군가는 자신을 믿었던 주군의 가슴에 파마시를 쏘았소."

적풍의 말에 가륵의 얼굴이 굳어졌다.

다른 세계에서 벌어진 일이지만 그 역시 전대 월문의 법황 의천노공 우서한과 무황 적황 사이에 벌어진 일을 알고 있었다.

"그는 날 죽이지 않았다."

적황이 월문을 대신해 변명했다.

"하지만 파마시를 쏜 사실은 변하지 않지요. 사실… 그는 그 모든 일을 운명에 맡겨 버린 것입니다. 화살을 날린 이후의 일은 말이지요. 가능성은 반반… 전, 루를 그런 불확실 속에 두지는 않겠습니다."

"음⋯⋯."

적풍의 단호함에 적황도 더 이상 의천노공 우서한을 변명해 줄 수는 없었다. 사실 그 역시 현월문의 젊은 법사 수로가 죽었을 때 월문이 어떻게 나올지 확신할 수 없기 때문이었다.

솔직히 그에게 현월문은 자신에게 파마시를 쏜 의천노공 우서한보다도 더 믿기 힘든 존재였다.

적황까지 물러나는 듯하자 월문의 문주 가륵이 매달릴 사람은 설루밖에 없었다.

"설 부인, 사황자님의 걱정을 이해하지 못하는 것은 아니오. 하지만 일이 어렵게 진행되어도 결코 부인을 곤란하게 하는 일은 일어나지 않을 것이오. 현월문의 문주로서 약속드리겠소."

그러자 설루가 가만히 고개를 저었다.

"이 일은 결정을 제가 할 수 없군요. 오직 저 사람만이 결정할 수 있는 일이에요. 왜냐하면⋯ 만약의 경우 제게 무슨 일이 생겼을 때 결국 절 지킬 사람은 저 사람이기 때문이죠."

설루의 말에 가륵이 난감한 표정으로 적풍을 바라봤다. 그의 눈에 이 도도한 무황의 사황자는 절대 이 일을 승낙할 것 같지 않았다.

하지만 그렇다고 법사 수로의 치료를 포기할 수도 없었다.

"사황자께선 내가 어떻게 해야 부인께서 본문의 문도를 치료하는 것을 허락하시겠소이까? 어떤 조건이든 받아들이겠소."

"거래를 하자는 말이오?"

"거래라고까지야 할 수 없지만 사황자께서 나와 현월문을 믿을 수 있는 근거를 만들어 드리고 싶다는 뜻이오. 그만큼 이 아이를 살리는 일은 우리 현월문에 중요한 일이오."

가륵의 말에 적풍이 잠시 생각에 잠겼다가 입을 열었다.

"사실 거래랄 것도 없는 조건이 있기는 하오."

"무엇이오. 가능한 일이라면 뭐든 들어 드리겠소."

"치료를 하는 중에 나와 십자성의 고수들이 이곳을 지키겠소. 그리고 병자가 회복하면 향후 현월문의 이름으로 내 부탁 하나를 들어주시면 되오."

"음… 십자성의 고수들로 하여금 이곳을 지키려하는 이유는 무엇이오?"

특이한 조건이라고 생각했는지 가륵이 물었다.

"그 이유를 들으면 곤란하실 것이오."

"그래도 이유를 알아야 조건을 받아들일 수 있지 않겠소?"

"굳이 듣겠다면 말해주겠소. 만약의 경우, 조금이라도 루가 위험해 지거나 책임을 추궁당하는 경우가 생기면 그때 루를 지키기 위함이오."

"…그 말은 무력을 쓸 수도 있다는 뜻이오?"

"경고하리다. 문주의 약속대로 병자에게 불행한 일이 일어나도 절대 무력 따위를 쓰는 경거망동은 하지 마시오. 조금이라도 루를 위협하는 일이 벌어지면 이곳에서 살아나갈 사람은 없을 거요. 그래도 루의 치료를 받겠소?"

이번에는 적풍이 물었다.

가륵은 적풍의 말이 모두 진심임을 본능적으로 느꼈다.

그리고 문득 그가 누구인지를 떠올렸다. 명계에서 월문의 전
대 법황 의천노공 우서한을 꺾은 자이며, 명계 무림의 숨은 지
배자가 그다. 그렇다면 어쩌면 정말 그는 이곳에 있는 월문 문
도 전부를 도륙할 수도 있었다.

"환자를 치료하는 대신 우리가 인질이 되는 것이구려."

"정확하오."

적풍이 고개를 끄덕였다.

참으로 이상한 거래였다. 치료를 하는 사람을 위해 인질이
필요하다니. 그러나 응하지 않을 수 없는 거래다.

"좋소. 그리하겠소. 그럼 본문에 요구할 한 가지 부탁은 무엇
이오?"

"그건 나중에 이야기 합시다."

"설마… 밀교의 문과 관련된 것이오?"

"그런 걱정은 하지 않아도 좋소. 내 아우가 월문의 법황이
오. 설마 월문에 밀교의 문이 어떤 의미인지 모르겠소?"

"그렇다면 좋소. 월문의 업(業)에 위배되는 일이 아니라
면……."

가륵의 적풍의 조건을 받아들이자 적풍이 설루를 보며 물었
다.

"뭘 준비해야 하지?"

적풍은 설루의 모습을 보면서 그녀가 애초에 자신이 반대했더
라도 현월문의 젊은 법사 수로를 치료했을 거라는 걸 깨달았다.

법사 수로를 치료하기 위한 준비를 하는 동안 설루는 마치 어린아이처럼 즐거워했다.

그녀의 얼굴에서 미소가 떠나지 않는 것을 보면서 적풍은 혹시 설루가 현월문의 젊은 법사 수로를 이 지경으로 만든 사람이 아닌가하는 엉뚱한 상상까지 할 정도였다.

하지만 어쨌든 활기차게 움직이는 설루의 모습이 나쁘지는 않았다. 대신 그녀에게 현월문 최고의 재목을 맡긴 현월문 법사들의 사정은 그리 좋지 않았다.

설루는 무척 까다롭게 법사 수로의 치료를 준비했다. 침상의 위치와 방향, 들어오는 공기의 량과 공기 중의 수분까지 설루가 요구하는 대로 맞춰주기 위해 현월문의 법사들은 정신없이 움직였다.

현월문주 가륵 역시 사정은 마찬가지였다.

그는 자신이 가지고 있던 현월문의 영약들을 모두 내놓아야 했고, 또한 그 영약들의 성분과 효능 그리고 만드는 방법 등을 설루에게 세세하게 설명해야 했다.

가끔은 말로 설명하기 어려운 것도 있어서 결국 가륵은 현월문의 수백 년 된 의서를 일부 설루에게 내어줄 수밖에 없었다.

그러나 그들 중 가장 힘든 역할을 해야 하는 사람은 대법사 을보륵이었다.

설루가 말한 세 가지 방법 중 강력한 공력으로 법사 수로의 몸에 깃든 사기를 밀어내는 일을 그가 맡기로 했기 때문이었다.

그는 치료에 앞서 설루로부터 여러 번 치료 방법에 대한 설명을 들었고, 다시 그가 받아들인 내용을 설루에게 확인받아야 했다.

그래서 십자성의 고수들은 마치 훈장에게 처음 글을 배우는 어린애처럼 설루의 가르침을 받는 을보륵을 보며 웃음을 터뜨리기까지 했던 것이다.

어쨌든 법사 수로의 치료 준비가 끝나고 드디어 설루가 적풍과 십자성의 고수들 그리고 현월문의 법사들이 지켜보는 와중에 법사 수로의 치료에 들어갔다.

설루는 가장 먼저 현월문과 그녀가 가지고 있던 천의비문의 영약을 녹여 수로에게 먹였다.

그리고 대법사 을보륵이 나서서 영약의 기운이 수로의 전신에 퍼지도록 인위적으로 수로의 몸속에 진기의 흐름을 만들어 내기 시작했다.

설루는 을보륵 옆에서 세심하게 법사 수로의 상태를 살피며 을보륵에게 조언했다. 을보륵은 말 잘 듣는 아이처럼 설루의 말에 따라 진기의 세기와 방향 그리고 속도를 조절했다.

그렇게 반나절이 지나자 법사 수로의 얼굴에 홍조가 들기 시작했다. 그건 곧 사기(邪氣)가 가라앉고 순수한 정기가 몸에 돌기 시작했다는 의미였다.

더불어 법사 수로가 설루의 침술을 받을 준비가 되었음을 의미하는 것이기도 했다.

"이젠 제가 맡죠."

법사 수로의 몸에 온기가 돌자 설루가 을보륵을 물러나게 했다.

아무리 막강한 공력을 지닌 고수라도 반나절 동안 쉬지 않고 진기를 사용했다면 지치는 것이 당연해서 설루의 말에 뒤로 물러나던 을보륵이 한순간 비틀거렸다.

그런 을보륵을 가륵이 재빨리 부축했다.

"수고하셨소."

가륵이 안타까운 표정으로 을보륵을 보며 말했다.

"수로를 살릴 수 있다면 이쯤이야 무슨 고생이겠습니까?"

"그러나 이 일로 대법사의 법력이……."

"괜찮습니다. 나 개인의 법력이야 월문을 위해선 언제든 희생할 수 있지요. 나에 비하면 수로는 너무 중요한 아입니다. 저 아이는 결국……."

을보륵이 말을 하다 말고 입을 닫았다.

그리고 슬쩍 적풍과 십자성의 고수들을 살폈다. 그가 말하려고 했던 것이 그들의 귀에 들어가면 안 되는 내용인 듯했다.

가륵 역시 상황을 눈치채고 재빨리 말을 돌렸다.

"후우… 수로의 재능도 재능이지만 그 아이가 깨어나 말해 줄 일도 중요하오, 어떤 일을 겪었고. 대체 누가 이런 사악한 기운으로 수로를 공격했는지. 어쩌면 이 땅의 미래에 중요한 변수가 될 수도 있소."

"그렇지요. 수로는… 참으로 알 수 없는 일입니다. 그 아이의 재능을 생각하면 절대 쉽게 당할 아이가 아닌데……."

을보륵이 시선을 돌려 설루의 침이 꽂히고 있는 법사 수로의
몸을 보며 말했다.

"누가 되었든 수로를 이 지경으로 만든 자들은 반드시 대가
를 치르게 될 것이오. 현월문의 이름으로……."

"그래야지요. 요즘 들어 본 문의 권위에 도전하는 자들이 자
주 나타나고 있으니 월문의 힘을 다시 한 번 세상에 증명해야
할 시간이 되었는지도 모르겠습니다."

을보륵이 우울한 표정으로 말했다.

'어쩌면 시작은 다른 그 누구도 아닌 월문일 수도 있겠군.'

적풍은 무심한 척하면서도 을보륵과 현월문주 가륵의 대화
를 귀담아 듣고 있었다.

그리고 그들이 말한 것들이 세상에 미칠 파장 역시 정확하
게 알고 있었다.

월문의 힘이 약해진다는 것은 밀교의 문이 위험해진다는 것
을 뜻한다. 그래서 명계든 현계든 월문은 자신들의 권위가 도
전받을 때마다 강력한 적을 만들어 내고 그들을 응징함으로서
월문의 존재감을 세상에 각인시켰다.

그리고 지금 현월문의 법사들은 다시 한 번 자신들의 힘을
세상에 증명할 때가 되었다고 생각하고 있는 것이다.

'재미있는 시절에 왔어.'

신혈족의 안위가 위협받는 것이 아니라면, 이런 혼란이 여행

객에게 나쁜 것은 아니다. 더군다나 신혈의 피가 흐르는 십자
성 일행에겐 더더욱 흥미로운 일이라고 할 수 있었다.

그러나 그 혼란에서 신혈의 아바르가 비켜갈 수 없다는 것
을 누구보다 적풍이 잘 알고 있었다. 그러므로 가륵과 을보륵
이 나누는 대화가 그저 흥미로운 일일 수만은 없었다.

'빨리 적당한 장소를 찾아야 할 텐데.'

적풍은 하루 빨리 새로운 십자성을 세울 장소를 찾아야 한
다는 이유 없는 조급함에 시달리고 있었다.

그와 그의 사람들이 이 땅에서 마음 놓고 쉴 수 있는 공간
이 없다는 것이 적풍을 늘 불안하게 만들고 있었다.

신혈의 아바르에 존재하는 그 어떤 성에서도 그들은 손님이
었다. 손님은 귀한 대접을 받아도 손님일 뿐이어서 결코 자신
의 집에서처럼 편안하게 쉴 수 없는 법이다.

'역시 그것을 요구해야겠군.'

적풍이 나직하게 속삭이고 있는 가륵과 을보륵을 보며 생각
했다.

설루가 법사 수로를 치료하는 대가로 요구하기로 한 한 가지
부탁, 적풍은 그 부탁을 통해 이 땅에서 가장 안전한 장소를
찾을 생각이었다.

그리고 그곳에 새로운 십자성을 세울 것이다. 물론 그러기
위해서는 설루가 법사 수로를 회복시켜야 했다.

설루는 어느새 수로의 몸에 스물여덟 개의 은침을 꽂은 후
수로가 누워 있는 침상에서 물러났다.

"어찌 되었소이까? 설 부인!"

설루가 물러나자 가륵이 급히 물었다.

"이젠 시간과 하늘에 맡겨야죠."

설루가 대답했다.

"얼마나 걸리겠소이까?"

가륵이 다시 물었다.

"만약 내일 아침까지 깨어나지 않는다면 제 치료는 실패한 겁니다."

설루가 이마에 맺힌 땀을 닦으며 말했다.

"음… 내일 아침이라면……."

"오늘 밤이 고비인 거죠."

설루가 심각한 표정으로 말했다. 그러자 적풍이 설루에게 다가서며 물었다.

"그럼 밤을 새야 하나?"

"몇 번… 위기가 찾아올 수도 있으니까. 내가 옆에 있어야 해."

"그렇게 준비하지."

적풍이 고개를 끄덕였다.

설루와 적풍 그리고 십자성의 고수들은 현월문의 법사들과 함께 불편한 밤을 보냈다.

설루를 위해서는 잘 손질된 모피로 급하게 만든 침상이 준비되었지만 다른 십자성의 고수들은 맨바닥에 앉거나 혹은 벽에 등을 기댄 채 잠깐씩 잠을 청할 뿐이었다.

더군다나 불편한 밤은 또 지루하게 흘러가는 편이라서 그날 밤은 무척 길었다.

하지만 끝나지 않는 밤은 없는 법이어서 설루가 두어 번 침상에서 일어나 격한 반응을 보이는 수로를 진정시키고 나자 드디어 석실 바깥쪽에서 새벽빛이 들어오기 시작했다.

절벽 사이에 만들어진 석실이어서 석실에 빛이 들어온다는 것은 이미 신혈제일성이 밝은 빛 아래 있다는 뜻이었다.

그리고 마치 그 아침을 기다렸다는 듯이 현월문의 젊은 법사 수로가 긴 잠에서 깨어났다.

"끄으으!"

악몽을 꾸는 듯 수로의 입에서 신음이 흘러 나왔다. 그의 신음에 석실의 모든 사람들이 선잠에서 깨어났다.

설루가 가장 먼저 수로의 침상으로 다가가 그의 상태를 살폈다.

"뭐가 잘못됐소?"

가륵이 불안한 얼굴로 물었다.

그러나 설루는 가륵의 물음에 대답하는 대신 침상에 누워 있는 수로에게 말을 건넸다.

"걱정 말아요. 여긴 신혈제일성이에요. 현월문의 법사님들도 계시고……."

"당신… 누구요?"

"의원이에요. 당신을 치료한……."

설루가 침착하게 대답했다.

그러자 그제야 밝은 빛을 공포스럽게 맞이했던 수로의 얼굴에 안도의 표정이 드리웠다.

"괜찮은 거냐?"

법사 수로가 깨어났음을 확인한 가륵이 예상외로 냉랭한 목소리로 물었다.

"죄송합니다. 문주님!"

수로가 허락받지 않은 여행을 다녀온 것에 대한 잘못을 빌었다.

"네 죄는 다음이 묻겠다. 그런데 어딜 다녀온 거냐?"

"검은 산에 갔었습니다. 검은 산에서 보는 침묵의 바다를 보려고요."

"으음… 역시 칠왕의 영역을 벗어났었구나. 그런데 대체 누구에게 이렇게 호되게 당한 거냐?"

가륵이 다시 물었다. 그러자 수로가 잠시 고개를 돌려 주변을 살폈다. 그의 눈에 적풍과 십자성의 고수들, 그리고 몇몇 현월문의 법사들이 보였다.

"나중에 말씀드리지요."

다른 사람이 들으면 안 되는 일이라는 듯 수로가 입을 닫았다. 아마도 적풍 등 낯선 사람들이 마음에 걸리는 모양이었다.

"거 참, 생명의 은인에게도 말하지 못할 비밀이란 건가?"

석실 한쪽에서 수로를 지켜보고 있던 이위령이 투덜거렸다. 그러자 수로의 표정이 살짝 흔들렸다.

"생명의 은인이라니… 이분들은 누굽니까?"

수로가 가륵에게 물었다.

그러자 가륵이 적풍을 가리키며 말했다.

"저분은 무황의 네 번째 황자시다. 그리고 널 치료한 이 부인 께서는 사황자님의 부인이시지."

"무황의 사황자라니요? 무황께는 오직 세 분의 혈육만 있으 신데……."

"그동안 세상에 나오지 않으셨던 분이다."

가륵이 대답했다.

"제가 여행을 떠난 사이 많은 일이 있었군요."

"그래서 그 여행을 허락지 않았던 것이다. 세상의 변화가 심 상치 않았기 때문이었지. 그런데 기어코 네 녀석은 일을 치고 말았구나."

"하지만 그래서 아주 중요한 사실을 알게 되었지요."

수로가 이젠 미소까지 지으며 말했다.

다시 검은 산에 오를 때의 그 활기찬 젊은이로 돌아온 듯한 모습이었다.

"말해보거라. 네게 무슨 일이 있었는지."

"괜찮습니까?"

수로가 다시 한 번 확인하듯 물었다.

적풍 등이 믿을 만하냐고 묻는 것이다.

"반드시 월문만 알아야 하는 일이냐?"

"그런 것은 아닙니다만… 결국 모두에게 알려질 일이지요."

"그럼 말해보거라."

가륵이 다시 수로의 말을 재촉했다. 그러자 수로가 잠시 숨을 고른 후 천천히 입을 열었다.

"혼마 사타의 귀혼술을 봤습니다."

"뭣?"

가륵이 놀란 얼굴로 수로에게 다가섰다.

을보륵과 현월문의 법사들 역시 마찬가지였다. 다들 얼굴을 굳힌 채 수로의 침상으로 몰려드는 바람에 적풍이 설루의 모습을 잃어버릴 정도였다.

"혼마 사타의 귀혼술이 분명하냐?"

적풍의 귀에 들리는 목소리는 을보륵의 것이다.

"그렇습니다. 분명히 귀혼술로 오래전 죽은 자의 정념을 끌어내고 있었습니다."

"누구냐? 누가 그 사악한 술법을 쓴 자가?"

을보륵이 다그쳐 묻자 설루가 급히 말했다.

"환자를 무리하게 다그치지 마세요."

냉정한 설루의 말에 현월문의 법사들이 자신들의 잘못을 깨닫고 침상에서 두어 걸음씩 물러났다.

"혼마 사타의 귀혼술을 얻은 자가 있다면 그건 분명 신비족일 테지. 혼마 사타는 이십팔룡의 분열 이후 이 땅을 떠났으니까."

"맞습니다. 드루 족의 괴인이 혼마 사타의 귀혼술을 펼치고 있었습니다. 검은 산 인근에서의 일이지요."

"그자의 정체를 알아냈느냐?"

"아닙니다. 너무 다급해서 그의 귀혼술을 깨뜨리고 도주하는 것으로 만족해야 했습니다. 하지만 그들의 추격이 너무 무섭더군요. 더군다나 귀혼술을 깨뜨리는 순간 침범한 사기(邪氣)가 혈맥을 침범해 제대로 싸울 수조차 없었지요. 그래서……."

"대체 어떤 자의 혼을 불러냈기에 죽은 자의 사기가 널 침범했다는 거냐?"

가륵이 의아한 표정으로 물었다.

그도 그럴 것이 법사 수로의 법력은 현월문의 젊은 법사들 중에는 따를 자가 없을 정도로 뛰어나서 거의 대법사들에게 육박하기 때문이었다.

향후 다시는 나오기 힘든 현월문의 인재라서 가륵이 그토록 수로를 살리려 노력했던 것이다.

그런 가륵의 법력을 뚫고 죽은 자의 기운이 침범했다는 것은 믿을 수 없는 일이었다.

그러나 수로의 다음 말을 듣는 순간 가륵과 현월문의 법사들은 이 모든 일이 가능할 수도 있다는 것을 인정할 수밖에 없었다.

"그자가 불러낸 정념의 주인은 어둠의 마룩이었습니다."

"뭣?"

"어떻게 그게 가능하단 말이냐?"

가륵과 을보륵이 동시에 소리쳤다.

그 소리가 워낙 크고 다급해서 적풍까지도 놀랄 정도였다.

"어떻게 찾았는지 그들은 마룩의 시신을 갖고 있었습니다. 백골이 된 시신이었지만 정념은 남아 있더군요."

"성공했느냐? 그자들이?"

"어느 정도는… 제가 귀혼술을 깨뜨리기 전에 이미 상당 부분 마룩의 정념을 취했습니다."

"얼마나?"

"그건 알 수 없습니다. 귀혼술을 깨고는 바로 도주했으니까요."

"설마… 마룡 우루노까지 얻었을까요?"

을보륵이 걱정스러운 표정으로 가륵에게 물었다.

"그야 어찌 알 수 있겠소. 아, 이 일은 정말 곤란하구려."

가륵의 당황스러움이 적풍에게도 그대로 느껴졌다.

"아니, 대체 마룩이란 자가 누굽니까?"

석실 한쪽에서 현월문 법사들의 이야기를 듣고 있던 이위령이 답답한 듯 물었다.

하지만 현월문의 법사 중 누구도 대답을 하지 않았다. 대신 십자성의 고수들을 따라온 타르두가 나직하게 말했다.

"내가 알기로 마룩은 칠왕의 시대 이전에 이 땅을 지배했던 무서운 존재라고 들었소. 칠왕이 한 일 중 가장 중요한 일이 그를 제거하는 일이었을 정도로 말이오."

제4장
옥서스

간혹 어떤 일은 한 가지 변수가 발생하면서 완전히 새로운 국면을 맞기도 한다.

현월문의 젊은 법사 수로가 겪은 일, 혼마 사타의 귀혼술을 써서 고대의 절대자 마룩의 정념을 불러낸 자의 이야기가 바로 그랬다.

마룩의 정념을 읽은 자가 있다는 것은 신혈의 아바르가 아니라 칠왕의 땅 전체가 위험에 빠질 수 있다는 의미였다.

가륵은 바쁘게 움직였다.

밀교의 문을 지키는 것이 평생의 업(業)인 현월문의 문주로서는 칠왕의 땅 일에 지나치게 예민하게 반응하는 것 같기도 했다.

그는 수로에게서 마룩의 정념에 대한 이야기를 듣고 난 후 지체하지 않고 무황 적황을 찾았다.

그러면서 그는 적풍 역시 동행할 것을 청했는데 적풍은 잠시 마땅찮은 기색을 보이다가 어쩔 수 없다는 듯 설루가 머물고 있는 현월문도들의 석실을 떠나 가륵과 함께 무황을 만나러 갔다.

"마룩……."

가륵에게서 마룩이란 이름을 들은 무황의 반응 역시 처음 가륵이 그 이름을 들었을 때와 크게 다르지 않았다.

마치 도저히 일어날 수 없는 일이 일어났다는 표정을 짓던 무황이 조금 차가운 목소리로 물었다.

"그의 영혼까지 멸살했다더니 시신이 남아 있었소?"

그러자 가륵이 당황한 표정으로 말했다.

"그것이… 남아 있었소."

"이유는?"

"솔직히 말하면 그의 죽음도 확인되지 않은 일이었소. 물론 칠왕의 협공으로 그가 회복할 수 없는 상태에 빠진 것은 분명하오. 마룩에 대한 마지막 추격전이 벌어졌다고 알려진 검은 산에서 칠왕의 일곱 개 신검이 그의 법력을 깨뜨리고 그의 몸에 일곱 개의 상처를 냈다고 하오. 그는 그렇게 처참하게 베여 침묵의 바다에 스스로 몸을 던졌다는 것이 내가 알고 있는 당시의 전말이오."

"그런데 왜 세상에는 그의 뼈까지 가루가 되었다고 알려진 거요?"

무황이 다시 물었다.

"그건… 아마도 칠왕의 권위를 좀 더 강력하게 세우고, 원주족들에게 그들의 완벽한 패배를 인정하도록 하기 위함이었을 거요."

"그의 시신을 찾으려는 시도는 없었소?"

무황이 다시 물었다.

그러자 가륵이 고개를 저었다.

"본 문의 기록에도 그는 그렇게 죽은 것으로만 기록되었소. 그건 곧 당시 칠왕과 세상 사람 모두가 그의 죽음을 의심하지 않았다는 뜻이오. 그리고 그건 사실 아니겠소? 그는 죽었소. 다만 그의 그 마법 같은 놀라운 술법이 그의 몸에 자신의 정념 일부를 남겨놓은 것뿐이지."

"후우… 이 땅의 술사들에게 정념의 일부를 남기는 수법은 제법 많이 알려진 것이오. 그렇다면 당시 그의 시신을 반드시 찾았어야 한다는 뜻이오."

"그렇기는 하지만 이후 수백 년 동안 세상은 평온했으니……."

가륵이 변명하듯 말했다.

그러자 무황이 못마땅한 기색이 역력한 표정을 짓다가 겨우 화를 참으며 물었다.

"그래서 이제 어찌하실 것이오?"

"마룩의 정념을 불러낸 자를 찾아야 할 것이오."

"현월문이 나설 것이오?"

"이 일은… 현월문도 간과할 수 없는 일이오. 마룩이 밀교의 문을 차지하려 했던 것은 분명하니까."

가륵의 그 말을 듣는 순간 적풍은 갑자기 자신의 가지고 있던 여러 가지 의문이 한 번에 풀려버리는 듯한 느낌이 들었다.

칠왕의 검을 탄생시킨 자는 무색의 술사라 불리는 차요담이다. 그에 대한 여러 가지 불분명한 설(說) 중에서 그가 월문과 밀접한 관계가 있는 사람이란 것이 가장 설득력 있게 받아들여지고 있었다.

하지만 월문에선 언제나 차요담과의 관계를 부인했는데, 오늘 가륵이 한 말로 인해 차요담과 월문이 뗄 수 없는 관계라는 것이 확인된 것이다.

칠왕의 땅에 쓰인 이 거대한 인간의 역사 이면에는 밀교의 문을 가지려 했던 고대의 대술법사 마룩이 존재했던 것이다.

'결국 모든 일은 밀교의 문을 지키야 한다는 월문의 업으로부터 시작된 것이군.'

적풍이 두 사람의 대화를 들으며 차요담과 일곱 개의 신검이 탄생한 이유에 대해 답을 얻는 사이, 가륵과 무황 적황의 대화는 점점 더 심각해지고 있었다.

"현월문의 법사들이 우리 같은 전사들과 달리 특별한 능력을 지니고 있다는 것은 알고 있소. 그런데 과연 마룩의 정념을 얻은 자를 현월문 홀로 감당할 수 있겠소? 마룩을 상대하기 위해 일곱 개의 신검과 일곱 명의 특별한 신인들이 준비되었던 것인데……."

적풍은 적황이 칠왕의 땅 역사를 생각보다 많이 알고 있다는 것도 알 수 있었다.

그러자 갑자기 단우하에 대한 불만이 새삼스레 일어났다. 칠왕의 땅이 탄생한 과거에 대한 무황 적황의 지식은 단우하로부터 전해졌을 것이기 때문이었다.

그런데 단우하는 적풍과 함께 칠왕의 땅을 여행하면서 칠왕의 땅이 탄생한 내막에 대해 전혀 말하지 않았었다.

"그들을 조사하는 것과 그들을 제거하는 것은 다른 일이오."

가륵이 적황의 말에 대답했다.

"제거할 때는 월문만으로는 부족하단 뜻이구려."

"상황에 따라서는 다시 한 번 칠왕의 힘이 필요할 수도 있을 것이오."

"그게… 가능하겠소? 마인 토곤의 발호 때 칠왕을 모으는 대신 이십팔룡을 초대한 것은 마룩 시대와 같은 힘을 지닌 칠왕의 재현이 불가능했기 때문 아니오?"

"그렇기는 하지만……."

가륵이 말꼬리를 흐렸다.

"후우… 어쩌면 칠왕의 시대가 종말을 맞을 수도 있겠군. 아니면… 다시 명계에서 이십팔룡 같은 존재들을 초대해야 할 수도 있겠구려."

무황이 중얼거렸다.

"그런 일이 있어서는 안 되지요. 당대 명계 무림에 이십팔룡과 같은 고수들이 존재할지도 모르는 일이고. 또 그로 인해 새로운 위험이 생길 수도 있소이다. 오늘날 마룩의 정념을 깨운 자는 결국 이십팔룡의 후예니까."

가륵이 단호하게 말했다.

"칠왕을 다시 모은다 해도 절대적인 힘을 발휘할 거라는 기대는 마시구려. 선조들과 달리 지금의 칠왕은 많이 약해졌소. 신검이 없는 나에게 아바르를 내어줄 정도로 말이오."

"대신 무황께서 계시지 않소이까?"

가륵이 말했다.

"나더러 이 싸움에 뛰어들란 말이오?"

"신검을 가진 사람의 숙명입니다."

"나에겐 신검이 없소."

적황이 고개를 저으며 말했다.

그러자 가륵이 시선을 적풍에게 주었다. 그 순간 적풍이 허리춤에서 전왕의 검을 풀어내 적황에게 내밀었다.

"필요하시다면 드리죠."

"싫다."

적황이 단호하게 거절했다.

"난 칠왕의 회합에는 관심 없습니다."

적풍은 신검의 주인으로서의 맹약이나 의무 따위에는 관심이 없었다. 또한 그 일에 속박되지도 않을 생각이었다.

"나 역시 마찬가지다. 신혈의 아바르는 칠왕의 후예가 아니야. 그들의 노예였던 사람들이다. 그런데 그들의 업을 위해 누가 검을 들겠는가."

적황이 단호한 태도로 말했다.

그러자 가륵의 신중한 표정으로 말했다.

"만약 귀혼술을 쓴 자가 과거 마룩과 같은 힘을 갖게 된다면 그땐… 신혈의 아바르도 무사할 수 없을 것이오."

"그건 두고 봅시다."

적황이 다부지게 말했다.

죽음이 예고되어 있는 적황이지만 신혈의 피가 흐르는 그는 죽음을 맞이하는 그 순간까지 적에 대한 두려움을 가질 사람이 아니었다.

"후우… 좋소이다. 아무튼 그 일은 나중에 의논하지요. 일단은 그들의 정확한 정체와 힘을 파악하는 것이 먼저니까."

"그럽시다."

적황도 가륵의 말에 동의했다.

그러자 가륵이 다시 물었다.

"어쨌든 한 가지는 확실히 해주시면 좋겠소이다."

"……?"

"칠왕에 대한 공격. 확실히 거둬들였다는 것을 그들에게 약속해도 되겠소?"

"칠왕들을 만나시려오?"

"이 일은… 그럴 수밖에 없는 일이오."

"알겠소. 그건 약속할 수 있소. 단, 그들이 먼저 공격하지 않는 경우에."

"그야 당연한 일이겠고… 아무튼 난 이제 이곳을 떠나야겠소. 수로도 깨어났으니."

"바쁘시겠구려."

적황이 고개를 작별을 고하듯 말했다.

그러자 갑자기 적풍이 입을 열었다.

"이런 상황에서 할 말은 아니지만……."

"말해보시오. 사황자!"

가륵이 적풍을 보며 말했다.

"음… 루가 월문의 법사를 치료하면 들어주기로 한 부탁 말이오."

"그 부탁을 지금 하겠다는 것이오?"

가륵이 불만스러운 표정으로 물었다.

고대의 대마인 마룩의 정념을 불러낸 자들로 인해 세상이 위험해진 이때 수로의 치료에 대한 대가를 받겠다는 적풍이 지나치게 이기적으로 느껴졌던 것이다.

그러나 적풍은 가륵의 기분에 신경 쓸 사람이 아니었다.

"그렇소. 문주도 그렇고 월문도 그렇고, 앞으로 바빠질 것 같으니 그전에 필요한 것을 부탁하는 것이 좋을 것 같아서 말이오."

천연덕스러운 적풍의 말에 가륵은 화가 나는 대신 어이가 없는지 허탈한 표정으로 물었다.

"그래 원하는 것이 무엇이오? 치료를 시작하기 전에는 먼 훗

날의 일처럼 말씀하시더니……."

"음… 내게 의형제가 있다는 걸 아시오?"

적풍의 말에 가륵의 표정이 굳었다. 을보륵으로 부터 당대 월문의 법황이 그와 의형제임을 들었기 때문이었다.

"알고 있소."

"그런 내가 월문의 법술에 대해서 조금 알고 있다고 해도 크게 이상할 것이 없겠구려."

"원하는 바가 뭐요? 설마 월문의 법술을 원하는 것이오?"

가륵의 말투가 더욱 차가워졌다.

"비슷하지만 그렇다고 내가 월문의 법술을 배우겠다는 것은 아니고… 월문의 법술 중, 천지수풍지경이라는 것이 있다고 들었소."

"천지수풍지경은 특별한 법술이 아니라 그저 풍수지리의 한 방편인데……."

"놀랍도록 정확하다고 들었소."

"나쁘지는 않소. 애초에 하늘과 땅의 기운을 살피는 것으로 시작하는 것이라……."

"그리고 또 이런 말을 들었소. 월문은 세상의 모든 기운을 살펴서 만약의 이변에 대비한다고. 물론 그 이변의 뿌리는 이 두 세계의 교통에 관한 것일 테지만 그로 인해 천하의 요지와 길지, 그리고 흉지와 사지에 대한 정보를 세세하게 가지고 있다고 하더구려. 현월문도 마찬가지요?"

적풍이 물었다.

"그렇소. 우리도 이 땅의 지형에 대해선 오랫동안 기록을 남겨 왔소. 그런데 그건 왜 물으시는 거요?"

가륵이 법사 수로를 살려준 대가를 요구하겠다면서 갑자기 이상한 질문을 해대는 적풍을 의아한 눈으로 보며 물었다.

"애초에 난 천천히 이 땅을 여행하면서 나의 성(城)을 쌓을 곳을 찾아보려 했소. 그런데 돌아가는 정황이 그런 여유를 부릴 시간이 없을 것 같소. 그래서 현월문의 도움을 받고자 하오. 이 칠왕의 땅에서 외부의 침범을 받지 않고 은거하기 가장 좋은 장소가 어디요. 가급적… 정령의 왕이 다스리는 곳과 가까운 곳이면 좋겠는데. 루가 그 땅에 관심이 있어서 말이오."

적풍의 말에 가륵이 이젠 허망한 표정을 지었다.

그러고는 대체 이자는 무슨 생각을 하면서 사는 사람일까 하는 표정으로 적풍을 바라봤다.

법사 수로를 살리는 일은 현월문의 미래를 좌우하는 중요한 일이었다. 그러니 그를 살려낸 대가라면 현월문의 보배라도 요구해야 정상이었다.

그런데 적풍이 원하는 것은 겨우 땅 자리를 봐달라는 것이 아닌가. 욕심이 없는 것인지, 아니면 생각보다 물정에 어두운 건지 분간을 할 수 없는 요구였다.

"적당한 곳을 알고 있소?"

가륵이 대답 없이 자신을 바라보고만 있자 적풍이 다시 물었다. 그러자 가륵이 그제야 대답했다.

"물론 몇 군데 추천해 줄 수야 있지만……."

"가능하면 아바르의 뇌산과도 가까운 곳이면 좋겠소."

"뇌산이라… 역시 돌아갈 생각을 하시는 거요?"

"언젠가는 가야 할 곳이니까."

"요 몇 해는 교벽이 활발하게 나타나던 시기였소. 이제 그 시기가 끝나고 교벽이 휴면기에 들어서고 있소. 다시 교벽이 열리기 쉽지 않을 것이오. 한동안……."

"그래서 밀교의 문이라도 열어주시겠소?"

적풍이 퉁명스레 물었다.

"불가능하다는 걸 알지 않소."

"그러니 어쩌겠소. 교벽이 열리길 기다릴 수밖에."

적풍이 말하자 가륵이 잠시 생각에 잠겼다가 다시 입을 열었다.

"나로서는 사황자께서 신검의 주인으로서 또 강력한 무공의 고수로서 신혈의 아바르를 이어받지 않는 것이 이해되진 않지만, 굳이 본인의 성을 새로 개척해 머무시겠다면 추천해 드릴 곳이 있소."

"어디요?"

적풍이 물었다. 그러자 가륵이 무황의 거처에 걸려 있는 거대한 지도 앞으로 이동하더니 한 곳을 손으로 짚었다.

"여기요."

그런데 가륵이 지목한 곳으로 시선을 돌리던 무황 적황이 놀란 얼굴로 물었다.

"거긴 옥서스가 아니오."

"맞소이다."

가륵이 대답했다.

"옥서스는… 은거하기에 좋은 땅이 아니지 않소? 칠왕의 땅을 중심으로 보자면 비록 약간 북동쪽으로 치우친다 해도 넓게 보면 중앙에 가까운 곳인데. 더군다나 침묵의 강과 아바르 강이 가장 근접하는 곳이라서 사람들의 이동도 적지 않은 곳이고 말이오. 당장 상인들의 왕래가 빈번한 타림성도 인근에 있지 않소? 그런데 왜 그곳을……?"

무황이 이해할 수 없다는 듯 물었다.

적풍이 보아도 지도에서 가륵이 지목한 곳은 칠왕의 땅에선 결코 변방이라고 할 수 없었다.

"사람들이 항상 옥서스에 대해 오해하는 것이 있소이다. 그건 바로 그 땅이 사람들의 왕래가 빈번한 땅이라고 생각하는 것이오. 그곳이 여러 왕국이나 성들로 이어지는 길목 중 하나라는 생각에서 말이오. 그러나 지도를 한번 자세히 보시오. 이 지도에 표시된 수많은 길 중 옥서스의 중심을 통과하는 길이 있소이까?"

현월문주 가륵이 물었다.

그러자 무황과 적풍이 가륵의 충고대로 다시 한번 지도를 세심하게 살폈다. 그러다가 무황 적황이 낮은 탄성을 흘렸다.

"아, 과연 문주의 말씀이 맞구려. 모든 길들이 옥서스 중앙을 관통하지 않고 중심에서 멀리 우회하는구려. 대체 왜 이런 일이 벌어진 것일까?"

무황이 이해할 수 없다는 듯 고개를 갸웃하며 중얼거렸다.

그러자 가륵이 대답했다.

"모든 일에는 반드시 이유가 있소이다. 그 이유 중 하나는 옥서스 동남쪽과 서북쪽으로 각기 두 개의 강이 흐르고 있어서 육로가 이어지기 어렵기 때문이오. 배를 이용하면 된다지만 두 개의 강 모두 강의 상류에 속하는 터라 대형 상선이 건널 수 없는 구조요. 그래서 모든 길이 대형 상선이 뜰 수 있는 강 중류로 우회하도록 되어 있는 것이오. 그러나 사실 그보다 더 중요한 이유가 있소."

"하긴 상인들의 길에 적합하지 않다고 해서 여행자의 길까지 막힐 수는 없으니 분명 다른 이유도 있겠구려."

적황이 고개를 끄덕였다.

"맞소이다. 마차의 이동이 어려워도 말과 사람은 두 강의 상류를 건널 수 있으니 길이 있어야 하오. 그러나 여전히 옥서스를 관통하는 길은 없소. 이유는 옥서스 중심에서부터 시작해 북동쪽으로 치우친 산, 그 끝과 시작이 모호해서 무극산(無極山)이란 이름을 가진 산 때문이오."

"무극산이라… 그런 산의 이름은 들어본 적이 없는데……."

"모르시는 것이 당연한 일이오. 무극산이란 이름을 붙인 것은 우리 월문이니까. 원주족은 그곳을 끝이 없는 산이라고 하는데 우리 월문의 법사들이 명계의 말로 옮겨 무극산이란 이름을 붙였소."

"이상한 일이구려. 옥서스에 그렇게 큰 산은 분명 없는데……."

"무극산이란 이름이 붙은 이유는 산이 크기 때문이 아니오. 물론 산은 그리 높지 않으나 넓이는 제법 넓은 편이오. 크고 작은 봉우리만도 십여 개에 이르니까. 그런데 문제는 일단 산 안으로 들어가면 길을 찾을 수 없다는 것이오. 십중팔구는 길을 잃고 산속을 헤매다가 탈진해 죽는다고 하오."

"이해가 되지 않는구려. 아무리 길을 찾기 어려운 산이라도 어차피 옥서스는 평원에 가까운 지형인데, 그곳에 위치한 산이라면 해를 보며 한 방향으로 걷기만 해도 며칠이면 산을 벗어날 수 있을 것 아니오?"

적황이 물었다.

"보통의 경우라면 그럴 것이오. 무극산의 경우 남북이나 혹은 북동으로 횡단하는데 걸음이 느린 사람도 십여 일이 안 걸리니 그 안에서 길을 잃고 탈진해 죽는다는 것은 이해되지 않는 일이오. 하지만 그런 일이 실제로 일어나니까 문제가 되는 것이오. 그래서 언제부터인가 무극산을 가로지르는 것이 옥서스를 통과하는 가장 빠른 길임에도 불구하고 상인들이나 여행객들은 무극산을 우회하게 되었던 것이오. 이 지도의 길들이 바로 그 증거고 말이오."

현월문주 가륵의 말에 적풍과 적황이 새삼스러운 눈으로 가륵이 지목한 옥서스와 그 땅에 표시된 무극산을 바라봤다. 그러다가 문득 적풍이 물었다.

"그런데 왜 그런 일이 벌어지는 것이오? 이유는 찾았소?"

세상에 이유가 없는 일은 없다. 무극산에서 길을 찾지 못하는 것도 그만한 이유가 있을 것이다.

"이유를 찾지 못했다면 그곳을 사황자께 추천하지는 않았을 것이오."

"그래 이유가 뭐요?"

무황이 물었다.

그도 무극산의 비밀이 무척 궁금한 모양이었다.

"사실 무극산에 대한 조사는 현월문에서 제법 오랫동안 해 왔소. 이유는⋯ 결국 발견되지는 않았지만 과거 어둠의 마룩이 패배할 때 그의 수호룡이었던 마룡 우르스가 그곳에서 죽었다는 설이 있기 때문이었소."

"마룡 우르스!"

무황 적황이 놀란 표정을 지었다.

"그러나 결국 마룡 우르스의 흔적은 찾지 못했소. 어쩌면 전설처럼 어둠의 마룩이 죽는 순간 아예 먼 곳으로 떠났을지도 모르겠소. 아무튼 마룡 우르스의 흔적을 찾다가 현월문의 법사들도 몇 번 무극산에 갇혀 길을 잃고 위험해진 일이 있었소. 그래서 그 산의 지형에 관심을 갖게 된 것이오."

"대체 이유가 무엇이었소?"

"그건 바로 봉우리들의 위치 때문이었소. 무극산의 봉우리들이 서 있는 모양과 위치가 묘하게도 무림에서 말하는 환영진의 형태를 취하고 있었소. 그래서 산으로 들어온 사람들은 한 봉우리 주변을 계속 돈다거나 혹은 봉우리와 봉우리 사이에서 동서남북의 방향을 잃고 길을 헤매게 되는 것이오."

"괴이한 일이로군. 어떻게 자연적으로 환영진의 형태를 취한 산봉우리들이 있을 수 있는가."

적황이 믿기 힘들다는 듯 고개를 저었다.

그러나 적풍은 무극산의 기이한 모습에 놀라기보단 그곳에서 어떻게 살 수 있는지가 더 중요했다.

"그런 곳을 추천했다면 그곳에서 살 수 있는 방법을 찾았다는 뜻이겠구려."

"당연하오. 사실 무극산의 비밀을 찾아내는 것은 본문의 수련법사들이 천지수풍지경을 익히는 데 큰 도움을 주었소. 결국 우린 무극산의 모든 봉우리들과 그 봉우리들이 만들어내는 환영에 대한 모두 알게 되었소. 그리고 그것들을 기록한 별도의 지도를 가지고 있소이다."

"음… 아무리 그곳이 특별하다해도 그렇게까지 그 산을 조사한 것은 아무래도 이해가 되지 않소이다만……."

적풍이 의심어린 표정으로 물었다.

그러자 가륵이 고개를 끄덕였다.

"그럴 것이오. 솔직히 말하자면 우리에게도 다른 의도가 있었소. 우리는 그곳에 현월문의 지파를 만들려고 했었소."

"현월문의 지파라고 하셨소?"

적황이 놀란 표정으로 물었다.

현월문은 세속의 일에 관여치 않는 문파다. 당연히 세력을 확장할 일도 없었다. 이 땅에서도 명계에서와 마찬가지로 월문은 세속을 넘어선 존재들로 여겨졌다.

그래서 그들에겐 그들의 본거지인 월문의 사원을 제외한 그 어떤 분파나 지파를 두지 않는다. 그런 그들이 분파를 만들려고 했다니 의아한 일이 아닐 수 없었다.

"오래전의 일이오. 역대의 문주님들 중에서 본문의 사원이 칠왕의 땅에서 너무 멀리 떨어져 있다고 느끼시는 분들이 많았소. 그래서 교벽의 움직임도 그렇거니와 쿰 너머 카말의 숲에 들어간 원주족들과 신비족들의 움직임을 파악하는 일도 어려움을 겪었소. 그래서 칠왕의 땅 내에 적당한 곳에 분파를 만들려고 했던 것이오."

"그런데 왜 성사되지 않았소?"

"음… 역시 월문은 월문의 법을 따라야 한다는 생각이 결국 그 일을 포기하게 만들었소. 칠왕의 땅에 분파가 만들어지는 순간 결국 현월문이 세속의 분란에 휘말릴 거란 걱정이 앞섰던 거요. 그리고… 당시에는 명계 월문 법황의 허락도 있어야 하는 일이었는데 법황의 허락을 받기가 어려웠소."

"음… 아직도 명계의 월문과 그러한 관계요?"

적황이 묻자 가륵이 고개를 저었다.

"지금은 그렇지 않소. 아, 이 일은… 그 이야기는 그만합시다."

가륵이 뭔가를 말하려다가 입을 닫았다. 아무래도 월문 내부의 일을 외부인에게 말하는 것이 꺼려지는 모양이었다.

적풍과 적황 역시 월문의 일을 꼬치꼬치 캐물을 수는 없었다.

"그래서 그 땅을 나에게 양보하는 것이오?"

적풍이 물었다.

"애초에 그 땅은 우리 월문의 땅이 아니니 양보라고 하기는 좀 그렇지만 굳이 말하자면 그렇소. 더군다나 그곳에는 과거 본문이 분파를 만들기 위해 모아둔 석재들이 남아 있으니 작은 성을 쌓는 것은 크게 어렵지 않을 것이오."

가륵의 말에 적풍이 고개를 끄덕이다가 갑자기 가장 중요한 문제를 잊고 있었다는 것을 깨달았다.

"그런데 지금 그 옥서스란 땅의 주인은 누구요?"

"주인이 있으면 그곳을 권하겠소? 위치로 보자면 아바르 강을 따라 이어지는 완충지대의 상류 정도라고 할 수 있소."

가륵이 대답했다.

"알겠소."

적풍이 고개를 끄덕이자 가륵이 다시 말했다.

"무극산에 대한 기록은 이곳을 떠나기 전에 전해드리겠소."

"고맙소."

"그럼 이것으로 우리의 거래는 끝난 것이오?"

가륵이 물었다.

"그렇소."

적풍도 미련 없이 대답했다.

"그런데… 설 부인께서도 이 거래를 인정하실 것 같소?"

"물론이오. 왜냐하면 그 사람은 처음부터 대가 같은 것은 생각지도 않았을 테니까 말이오."

"후우… 그렇구려. 처음부터 거래로 사람을 살리고 죽일 분은 아닌 것 같았소."

"좋은 의원을 만났다는 것을 행운으로 여기시오."

"물론 나도 잘 알고 있소. 설 부인이 수로를 치료하는 걸 보니 그 어떤 의원보다도 의술이 뛰어남을 알 수 있었소. 아니 의술의 문제라기 보단 환자를 돌보는 마음의 문제랄까……."

"그렇게 생각하신다니 다행히오."

적풍이 묵묵히 고개를 끄덕였다.

그러자 가륵이 적황에게 시선을 돌리며 말했다.

"이 길로 아바르를 떠나 신검의 주인들을 만날 것이오. 결과는 나오는 대로 알려드리겠소. 혹여라도 그전에 양쪽에서 분란이 일어나더라도 부디 자중해 주시기 바라오."

"말했듯이 먼저 공격하는 일은 없을 것이오. 그리고 이곳에 모인 아바르의 전사들도 일단은 대부분 자신들의 성으로 돌아가게 될 것이오. 대원정은 취소되었으니까. 하지만 삼 할의 전사들은 남아 있을 것이오. 난 아바르의 젊은 전사들에게서 퇴색된 신혈의 투기를 되살릴 생각이오. 아마도 몇 년 후에 세상은 과거 검은 사자들에 못지않은 아바르의 전사들을 보게 될 것이오. 그러니 반드시 신검의 주인들에게 내 말을 전해주시오. 아바르를 공격하는 자 후일, 멸망을 각오해야 할 것이라고 말이오."

"음… 그 말씀 꼭 전하겠소!"

"고생하시오."

"무황 또한 신중하게 이 땅의 운명을 생각해 주시길 바라겠소. 그리고 사황자께서도 부디 이 땅의 평화에 관심을 가져주시길 바라겠소."

"……."

적풍은 가륵의 부탁에 아무런 대답도 하지 않았다.

그런 적풍을 가륵이 깊은 눈으로 바라보더니 이내 몸을 돌려 무황 적황의 처소를 떠났다.

가륵이 떠나자 적황이 적풍에게 물었다.

"정말 옥서스의 무극산으로 들어가려느냐?"

"나쁘지 않을 것 같더군요."

"나와 함께 검은 사자들의 성으로 가는 것은 어떻겠느냐?"

"그건 스스로를 피곤하게 만드는 일이지요. 권력의 중심부에서 어떻게 평온을 찾겠습니까?"

"정말 아바르의 일에 관여치 않을 생각이란 말이냐?"

적황이 서운한 표정으로 물었다.

"내 세상의 일이 아닙니다. 그리고… 전왕의 검을 내어놓고, 그 주인을 시험하는 것으로 이미 충분히 아바르를 도운 것 아닙니까?"

"음… 그렇긴 하구나."

"그 일만해도 무척 귀찮은 일이지요. 그것으로 족합니다."

적풍이 단호하게 말했다.

"매정하구나."

"부전자전이지요."

"후우… 그래 모든 것이 내 탓이다!"

적황이 고개를 저으며 중얼거렸다.

＊   ＊   ＊

"참 성주님도 너무하시지. 오랜 여행 끝에 안락한 성에 도착했으면 좀 쉬어가실 일이지… 채 보름도 되지 않아 다시 길을 떠나시겠다니……."

투덜거리는 사람은 술잔을 앞에 둔 이위령이었다.

비록 신검의 왕국들을 상대하는 위험한 지역에 세워진 신혈제일성이지만 성 안팎으로 상점과 주루도 즐비하게 늘어서 있었다.

강 한가운데 세워진 성이어서 상인들의 왕래가 어려울 것도 같지만 강 양쪽에서 이어진 다리와 성벽과 강 사이에 위치한 너른 땅에는 성벽에 기대어 세워진 시장이 번성하고 있었다.

신혈제일성 주변에 시장이 번성하는 것은 그 이유가 있었다.

전쟁이 터지면 이 성은 세상에서 가장 위험한 곳이지만 평화로울 때는 칠왕의 땅에서 가장 중요한 교통의 요지가 되는 곳이기 때문이었다.

그래서 감문과 이위령 등 십자성은 고수들은 설루가 현월문의 젊은 법사 수로의 치료를 끝낸 후 자유로워지자 이렇게 성 안팎으로 펼쳐진 시장을 구경하거나, 혹은 다리를 건너 아바르 강변에 형성된 마을들을 둘러보며 소일하고 있었다.

하지만 그들에게 허락된 그 자유로운 시간은 겨우 닷새였다.

법사 수로가 깨어난 날, 적풍은 무황과 현월문주를 만나고 와서는 닷새 후 성을 떠나 새로운 여행을 시작할 거라고 말했기 때문이었다.

그래서 십자성의 고수들 사이에 약간의 불만이 생겼다.

"그러게 말일세. 사실 이곳에 머물러도 나쁘지 않은데……."

이위령의 말에 감문도 맞장구를 쳤다.

"위험하다지 않습니까?"

주루 밖, 노상에 만들어진 식탁에서 술잔을 기울이고 있던 일행 중 한 명인 소두괴가 말했다.

"사몽 이야긴가?"

"그렇지요. 사몽의 피를 노리는 자가 어딘가에 있을 텐데 이런 곳에 오래 머물 수는 없지요."

"에이, 설마 그래도 신혈제일성인데 이런 곳에서 일을 벌일 무모한 자자가 있을까?"

"본래 번화한 곳에 숨어 있는 자가 더 위험한 법이지요. 그때 사막에서 흑상 하사람으로부터 누구와 매혈의 거래를 하려 했는지 알아냈어야 하는 건데. 너무 일찍 죽어버리는 바람에……."

소두괴가 아쉬운 표정으로 중얼거렸다.

"안심해. 이제 사몽은 어엿한 성주님의 아들이야. 성주님은 대아바르의, 무황님의 아드님이고, 그렇게 보며 사몽은 무황님의 손자인데 세상에 누가 감히 무황님의 손자를 건드리겠는가?"

감문이 침착하게 말했다.

그러자 소두괴가 어두운 표정으로 대답했다.

"그렇긴 하지만… 그래도 찜찜하지 않습니까? 그래서 성주께서도 얼른 이 복잡한 신혈제일성을 떠나려는 것이고 말입니다."

"하긴, 이곳이 즐거운 곳이긴 해도 여러 위험이 도사리고 있는 곳은 맞지. 성주께서 비록 아바르의 후계 싸움에 관심이 없다고 선언하셨지만 사람들의 의심은 여전할 테고, 더군다나 불의 검에 전왕의 검이라면……."

감문이 고개를 저었다.

"후우, 이놈의 팔자는 어디 한군데 눌러 앉아 한 달을 쉬지 못하네."

이위령이 다시 투덜거렸다.

"걱정 말게. 성주께서 적당한 장소에 새로운 십자성을 세울 것이라고 하셨으니 그곳에서 오랫동안 머물 걸세. 아마 자네의 성격으로 보아선 좀이 쑤셔서 곧 다시 여행을 떠나자고 난리를 칠걸?"

"흐흐, 그렇긴 하우."

감문의 말에 이위령이 머리를 긁적이며 대답했다.

"아무튼 이제 그만 들어가자고, 이제 겨우 삼 일 남았네. 대략 한 달 정도의 여행길을 준비하라니 해야지."

"알았습니다. 주인장, 여기 탁자에 은화 세 툭이오."

탁!

이위령이 술상에 은화를 올리며 소리쳤다.

그러고는 세 사람이 미련 없이 자리를 떴다. 그러자 주루 안쪽에서 중년의 사내가 뛰어나오며 소리쳤다.

"너무 많습니다. 남은 동전을 가져가셔야지요?"

"됐소. 챙겨두시오. 잘 마셨소."

이위령이 손짓을 하고는 먼저 길로 나섰다. 감문과 소두괴도 거스름돈에는 별 미련이 없는지 서둘러 주점을 떠났다.

"허어, 사황자의 수하들이라 그런지 통이 크군. 사황자는 대아바르의 후계자 자리도 거절했다고 하던데… 욕심 없는 것은 주군들을 닮은 모양이야."

주점 주인이 얼른 탁자 위의 은화들을 챙기며 중얼거렸다.

그런데 이상하게도 이위령 등이 주점을 벗어나자 근처 주점이나 상점에 있던 손님들 몇이 급하게 자리를 떠났다. 그들은 서둘러 각자 갈 곳이 있는 사람처럼 사방으로 걸음을 재촉했다.

그중 한 명은 빠르게 성문을 통과해 성의 대로와 소로를 차례로 관통하더니 신혈제일성에 북서쪽에 위치한 튼튼한 석조 건물로 들어갔다.

남쪽 창을 통해 들어오는 투명한 태양 빛, 몇 개의 화분에는 기이하게 자란 작은 나무와 화초들이 정갈하게 손질되어 있었다.

창을 통해 들어오는 빛이 그늘과 경계선을 만드는 곳에 오래된 서탁이 하나 놓여 있었고, 그 서탁 안쪽에 한 명의 노인이 조용히 앉아 있었다.

머리카락은 모두 밀어 스님처럼 반들거리는 두상을 하고 있고, 눈은 형형했으며, 허리는 꼿꼿해서 누가 보면 불도를 닦은 선승의 모습으로 보일 인물이었다.

"확인되었습니다."

조심스레 문을 열고 들어온 중년의 사내가 노인에게 말했다. 사내는 이위령과 감문 등이 있던 시장에서부터 달려온 자였다.

"그 아이더냐?"

"그렇습니다."

"대담한 것일까? 아니면 멍청한 것일까? 혹은… 자신의 피를 원하는 사람이 있다는 걸 모르는 걸까?"

노인이 중얼거렸다.

"그건 아닙니다. 그 사실은 사황자의 수하들도 알고 있었습니다. 단지 누가 그 아이를 원하는지는 모르는 듯했습니다. 하사람의 입을 열기 전에 그가 죽었다고 하더군요."

"그래? 불행 중 다행히군."

"아무튼 사황자께서 급히 이곳을 떠나 새로운 곳에 터전을 마련하려는 것은 분명 그 아이가 큰 이유인 듯합니다. 누군가 그 아이를 데려갈까 봐 무척 걱정했습니다. 그래서 번잡한 신혈제일성에 오래 머물지 않으려 한 것 같습니다."

"그래? 현명한 생각이군. 나로선 안타까운 일이고. 이곳에서 그 아이를 데려온다면 그 누구도 날 의심치는 않을 텐데……."

"아직 삼 일의 시간이 있습니다만……."

중년인의 말에 노인이 고개를 저었다.

"어리석은 소리. 이미 그 아이가 위험하다는 것을 알고 있는데 방비를 소홀히 할까. 일을 벌이다가 그르치기라도 하면 자칫 내가 드러날 수도 있다."

"……."

중년 사내가 대답 없이 노인의 말에 수긍했다.

"어디로 가는지 목적지는 아직 모르느냐?"

"아직은 정확히 알려지지 않았습니다. 다만… 북쪽으로 갈 것 같습니다."

"북쪽?"

"그렇습니다. 준비하는 물건들을 보니 추위에 대비하는 듯했습니다."

"북쪽이라… 그럼 아주 기회가 없지는 않겠군."

"그렇습니다. 우하성으로 회군하는 것은 정해진 일이니 같은 방향으로 움직인다고 해서 우릴 의심치는 않을 것입니다. 다만……."

"걱정되는 것이라도 있느냐?"

"과연 누가 사황자의 손에서 그 아이를 데려올 수 있을지 그것이 걱정입니다. 이미 사황자와 십자성의 고수들이 일당백의 실력을 지니고 있다는 것이 널리 알려져서 흑상 따위를 시켜 할 수 있는 일이 아닙니다만……."

중년 사내가 걱정스럽게 말했다.

"어리석은 소리, 이곳은 아바르다. 어찌 그 일을 다른 사람의 손에 맡길 수 있겠느냐?"

"설마 직접 하시려 하십니까?"

중년 사내가 놀란 눈으로 물었다.

그러자 신혈의 아바르를 대표하는 노전사이자 우하성의 성주인 이후 십면불 도광이 말했다.

"어설프게 일을 처리했다가는 오히려 큰 위기에 처할 수 있다. 아예 흔적을 없애야지."

"설마… 전멸을 생각하십니까?"

"좋지 않느냐? 불의 검과 전왕의 검을 가진 사황자다. 야심가들이 아바르 강을 넘어 습격하기에 충분한 이유가 되지. 더군다나 북쪽 길은 이전에도 종종 이족들이 강을 넘어와 습격을 하곤 했던 곳. 사황자 일행이 습격당한다고 해서 이상할 것은 없지."

순간 중년인의 눈이 반짝였다.

"그럼 성주님의 잘못이란 것은 조금 늦게 그곳에 도착한 것밖에 없겠군요."

"역시 양휴, 그대는 나의 책사 자격이 있다. 내 의도를 알아주는구나."

"그럼 희생양을 준비해야겠군요."

"그대에게 맡기지."

"걱정 마십시오. 사황자를 베는 것이라면 모를까 죽어줄 놈들은 널려 있으니까요."

"좋아. 후우… 어쩌면 마지막 기회가 될지도 모른다. 그러니 만반의 준비를 하도록 해."

"알겠습니다. 성주!"

중년인이 깊이 머리를 숙여 보였다.

아바르의 이후 십면불 도광이 서탁에서 자리를 털고 일어났다. 그러고는 천천히 걸음을 옮겨 방문 쪽으로 이동하며 말했다.

"난 지금 즉시 무황께 떠날 것임을 알리겠다. 양휴, 그대는 삼불장에게 연락해서 본 성의 전사들에게 떠날 준비를 하라 전하라."

"알겠습니다!"

"그 아이가 내 앞에 나타난 것도 결국 부처님의 뜻이다. 십 년이다! 그 아이에게 맡겨놓은 마불 승정의 신정을 취할 날을 기다린 것이. 이제 그때가 되었어. 마불 승정의 신정이라면… 설혹 무황께서 건재하셔도 아바르의 운명을 함께 논의할 힘을 가질 수 있을 것이다."

십면불 도광의 눈에서 신광이 번뜩였다.

제5장
새로운 터전을 찾아서

"떠난다고, 정말?"

적화우가 눈살을 찌푸리며 물었다.

"정말입니다. 지금 떠나고 있어요."

적화우의 보호자이자 유모이며, 그녀의 스승이기도 한 여후가 대답했다.

"설마 정말 떠날 줄이야. 그것도 아버님을 따라 검은 사자들의 성으로 가는 게 아니라 자신이 말한 대로 새로운 터전을 찾아 떠난단 말이지?"

"그래요."

여후가 다시 고개를 끄덕였다. 그런데 대답을 하는 그녀의 표정이 썩 밝지 않았다.

"정말 별난 녀석이군. 설마 자신이 말한 대로 할 줄은 몰랐는데. 그저 우릴 안심시키거나 혹은 아버지의 환심을 사기 위해 아바르의 권력에는 관심이 없는 척하는 것이라고 생각했는데……."

"특별한 분입니다."

여후가 정색을 하며 말했다.

"그 말의 의미는 뭐지? 우리완 다른 사람이란 뜻인가?"

적화우가 기분이 상한 듯한 표정으로 물었다. 그러나 여후는 적화우의 기분을 매정하게 무시했다.

"예."

여후의 대답에 적화후의 표정이 변했다. 처음에는 기분이 상한 듯하다 분노의 감정이 일었고, 그리고 잠시 후에는 무척 심각한 표정이 되었다.

그리고 다시 이내 우울한 표정이 되어 물었다.

"어떻게 다르죠?"

여후에게 가르침을 받을 때면 항상 말투 먼저 변하는 적화우다.

그녀의 나이가 이미 오십을 넘고 있었다. 물론 그녀의 얼굴로 보아서는 삼십 대 초반으로밖에는 보이지 않지만 그녀의 실제 나이는 오십을 넘은 지 이미 오래였다.

그럼에도 그녀는 이 노련한 스승이자 유모에게서 언제나 배움을 청했다.

신혈족의 나이 오십은 아직은 배울 것이 더 많은 나이기 때문이었다.

"그 무엇보다도 사황자께는 안정감이라는 것이 있습니다."

"안정감?"

적화우가 여후가 말한 의미를 알아듣지 못하고 되물었다.

"그렇습니다."

"그게 무슨 뜻이지? 안정감이라니 너무 모호한데요?"

존어와 하대가 뒤섞인 적화우의 말투는 그녀 자신을 평소보
다 더 불안정한 사람으로 보이게 만들었지만 그녀는 그 사실을
모르는 듯했다.

"다른 말로 표현하지만 사황자께서는 사람들에게 신뢰감을
준다고 해야겠지요. 사람이란 믿을 수 있는 사람에게서 안정감
을 느끼는 법이니까요. 물론 그 사람이 가지고 있는 힘도 중요
한 역할을 합니다. 하지만……"

"하지만 다른 것이 있다는 거예요?"

적화우가 급히 물었다.

"세상에서 가장 안정감이 있는 것이 산(山)이지요. 사람들은
산을 보는 것으로, 그리고 그 산 속에 들어가는 것만으로도 가
끔 마음의 안정을 느낍니다. 그 이유는 산이 모든 것을 포용하
고 받아주기 때문이고, 또 절대 무너지지 않을 거란 환상을 가
지고 있기 때문이지요. 사황자는 그런 산과 같은 느낌을 가지
고 있는 분입니다."

여후가 차분하게 적풍에 대한 자신의 평가를 말했다. 그러
자 적화우가 몇 차례 얼굴색이 변하더니 냉기가 느껴지는 목소

리로 말했다.

"위험하군."

"그렇습니다."

여후가 동의했다. 그리고 잠시 적화우의 얼굴을 살피다가 다시 입을 열었다.

"이 땅에서 신혈의 지도자를 결정하는 일은 당장은 무황님의 혈통을 이었느냐가 제일 중요한 것처럼 보이지요. 그러나 사실 애초에 우리 신혈족은 혈통을 중시하는 종족은 아닙니다. 오랜 고난의 세월을 겪으며 신혈족에게 중요한 것은 우릴 지켜줄 수 있는 사람이지 누군가의 혈통을 이은 사람은 아닙니다. 그런데… 사황자께서는 그걸 가지고 계세요. 무언의 강함과 의지할 수 있는 태산 같은 안정감……."

"난 그렇게 느끼지 않지만 유모가 그렇게 느낀다면 다른 사람들도 그렇겠지. 그래서… 사람들이 넷째를 결국 선택할까?"

"의지는 하게 될 겁니다."

"말이 조금 이상하네? 선택할지를 물었는데 의지하게 될 거라니?"

"조금 다른 의미지요. 신혈의 아바르가 그분을 무황님의 후계자로 선택하더라도 그분께서는 이미 아바르의 제왕이 될 생각이 없다고 선언하셨고, 아마도 그 말을 지키실 겁니다. 그분에게서 느끼는 안정감은 바로 그런 모습, 자신의 말을 반드시지킬 것 같은 신뢰감 때문이니까요."

여후의 말에 적화우가 고개를 끄덕였다.

"무슨 말인지 알겠어. 그러니까 아바르의 제왕은 되지는 않겠지만 아바르의 운명에 있어서는 넷째에게 의지하게 될 거란 말이지? 마치… 왕좌에 앉지 않은 실직적인 왕처럼… 장막에 가린 지배자랄까?"

"맞습니다. 정확히 그런 의미입니다. 그리고 그 모습이 명계 무림에서 그분의 모습이었다고 하더군요."

"명계 십자성을 말하는 건가요?"

"그렇습니다. 명계 무림에서 그분의 십자성은 그런 방식으로 무림에 군림했다더군요. 어둠 속에 가려진 절대적 존재로서 말이지요. 아마도 이곳에서도 그런 위치에 있지 않을까 생각됩니다."

여후의 말에 적화우가 고개를 저었다.

"넷째가 특별하다는 것은 나도 인정해요. 하지만 유모는 그 친구를 너무 높게 평가하는 것 같군요. 이곳은 명계의 무림이 아니에요. 명계 무림은 고수의 존재감으로 패권이 결정되는 곳이라더군요. 하지만 이곳은 달라요. 칠왕의 왕국들은 명계 무림의 고수들만큼 강한 자들로 구성된 전사들의 집단을 가지고 있어요. 월문이 밀교의 문을 지키는 이유가 바로 그런 이유 아닌가요?"

"물론 그렇기는 합니다. 하지만 보통의 고수들이라면 몰라도 명계 무림의 절정 고수들은 조금 다르지요. 당장 이십팔룡의 예를 보십시오."

"……"

여후의 말에 적화우가 얼른 대답을 하지 못했다.

명계에서 온 이십팔룡이 이 땅에 미친 영향을 그녀 역시 너무 잘 알고 있기 때문이었다. 그럼에도 결국 반발심이 섞인 표정으로 물었다.

"넷째가 이십팔룡의 경지에 올랐다고 생각하세요?"

"그건 모르지요. 하지만 존재감만은 부족하지 않다고 생각합니다. 실력이야… 조금 더 확인이 필요한 일이긴 하지요."

"그럼 그 이후에나 넷째에 대한 정확한 판단을 내리도록 하죠."

"그러나 사황자님의 실력을 황녀께서 확인하실 생각은 하지 마세요. 가급적… 사황자님과는 좋은 관계를 유지하는 것이 좋을 겁니다. 어차피 아바르의 후계 싸움에서 빠지겠다고 했으니 그런 사람을 적으로 돌릴 이유가 없습니다."

"그건 나도 알고 있어요. 그리고 그를 시험하는 것은 내가 아니라도 누군가는 곧 하지 않겠어요? 사람이란 본래 궁금한 것을 참지 못하는 존재니까요."

"그렇지요. 반드시 누군가는 사황자님의 손에 있는 두 개의 신검을 노릴 겁니다."

여후가 고개를 끄덕였다.

그러자 적화우가 자리를 털고 일어났다.

"자, 그럼 그토록 뛰어나다는 동생을 배웅하러 나가볼까요? 좋은 관계를 맺으려면 배웅을 하는 정도의 수고는 해야 할 테니까요."

"좋은 생각이세요."

여후가 미소를 지으며 고개를 끄덕였다.

올 때보다는 늘었지만 그렇다고 대단히 큰 일행이 만들어진 것은 아니었다.

적풍 일행은 며칠간의 준비 끝에 현월문주 가륵이 지목한 새로운 십자성의 터전, 옥서스로 떠나고 있었다.

적풍 일행은 올 때와는 다르게 육로를 이용해 옥서스로 향하기로 했다. 새 터전을 일구는데 당장 필요한 짐들을 실은 말들을 태울 배를 구하기도 어려웠거니와 육로를 통해 아바르의 평원을 이동하면서 이 땅에 좀 더 익숙해지기 위함이기도 했다.

길의 선두는 다른 때와 달리 타르두나 파묵이 아니라 석불성주가 적풍에게 맡긴 그의 손자 구룡이 맡았다.

신혈의 땅 아바르에서 타르두와 파묵이 전면에 나서는 것이 위험하기도 하거니와 이 땅에서만큼은 아바르의 전사 구룡이 길과 지형에 더 익숙하기 때문이었다.

더군다나 석불성주는 신혈제일성에 뒤늦게 도착해 구룡을 호위할 석불성의 전사 이십여 명을 강제로 떠넘겼으므로 적풍 일행에서 구룡이 차지하는 비중이 이제는 결코 적지 않았다.

"이리 와보거라."

적풍 일행이 신혈제일성을 벗어나기 위해 동쪽 성문 앞에 도

열했을 때 수많은 사람들이 그들을 배웅하기 위해 성문에 모여 있었다.

그중에는 당연히 무황 적황도 있었다. 그런데 적황이 적풍 일행 중에서 가장 앞에 서 있는 구룡을 불렀다.

이건 확실히 특별한 일이었다. 구룡이 오랜 적황의 심복인 석불성주 구소담의 손자이기는 하지만, 그렇다고 어린 구룡과 특별하게 인연을 맺은 것은 아니기 때문이었다.

적황의 부름을 의아해 하면서도 구룡이 적황에게 다가가 고개를 숙여 보였다.

"몸은 어떠냐?"

적황이 물었다.

그러자 구룡의 얼굴에 뜻밖이라는 표정이 떠올랐다.

"무황께서 제 몸에 대해 알고 계셨습니까?"

"간혹 네 조부가 널 걱정하는 말을 들었다."

"그걸 기억하고 계셨군요. 다행히 주모님의 은혜로 치료가 되어가고 있습니다."

"주모라… 이곳에 왔을 때부터 이상했지. 왜 네가 적풍 그 아이를 따르고 있는지. 그런데 이제 보니 원인은 설루 그 아이였구나. 아무튼 넌 정말 십자성주의 사람이 된 것이냐?"

"그렇습니다."

구룡이 단호하게 대답했다. 그러자 적황이 물끄러미 구룡을 바라보다가 중얼거렸다.

"그러나 넌… 아바르의 사람이어야 한다."

"무슨 뜻이온지……."

구룡이 의아한 표정으로 되물었다.

"넌 뛰어난 자질을 가지고 있어. 솔직히 말하자면 네 조부와 난 어린 너에 대해 여러 번 이야기를 나누었었다. 너의 선천적인 병세를 치료할 방법이 있다면 넌 아바르의 그 누구보다 뛰어난 전사가 될 것이란 걸 알았기 때문이었다. 그런데 이제 병세를 치료하게 된 너는 아바르를 떠나려 하는구나."

"제가 회복되고 있는 것은 모두 주군과 주모님 덕입니다. 그리고 이 일은 할아버님도 허락하신 일입니다."

구룡은 이제 와서 적풍을 따라가는 것을 포기할 생각이 없었다.

"물론 그렇겠지. 그는 널 치료하는 것이 제일 중요했을 테니까. 하지만 나로선 널 포기하기가 쉽지 않구나. 넌 아바르에서 그 누구보다 중요한 사람이 될 수 있다. 그래도 십자성주의 사람으로 살겠느냐?"

적황이 다시 물었다.

구룡으로서는 남감한 일이 아닐 수 없었다.

다른 사람도 아니고 아바르의 제왕 무황 적황이다. 그는 구룡에게 명령을 할 수 있는 위치에 있는 사람인데, 지금은 사정을 하는 것처럼 느껴졌다.

그러나 다시 생각해 보니 이젠 무황의 명이라도 따르지 않을 수 있다는 생각이 들었다. 이미 자신은 새로운 주군, 십자성주 적풍의 사람이 되었기 때문이었다.

"이미 사황자님은 제 주군이십니다."

"음… 그래? 안타까운 일이다. 너와 같은 인재는…. 후우, 어쩔 없지. 하지만 명심해라. 비록 네가 십자성주를 따른다 해도 네 뿌리가 아바르임을."

"알겠습니다."

"좋아. 그런 의미에서 이걸 주마."

적황이 구룡에게 구리 빛이 도는 하나의 동패를 내밀었다. 그러자 구룡이 놀란 표정으로 적황을 바라봤다.

"두 가지 의미가 있다. 하나는 언제라도 아바르의 위급함을 알거든 달려와 달라는 의미고, 다른 하나는 나의 넷째 아들을 잘 보필해 달라는 의미다."

"그러나 이것은……."

적황의 말에도 불구하고 구룡은 쉽사리 적황의 손에 들린 동패를 받지 못했다.

"받거라."

구룡이 망설이자 적황이 다부진 말투로 말했다. 그러자 구룡이 감히 더 이상 거절치 못하고 동패를 받았다.

"그만 가보거라."

동패를 건넨 무황이 지금까지와 달리 무심한 표정으로 말했다.

구룡은 다른 무슨 말인가를 해야 할 것 같았지만 이미 냉막하게 변한 무황의 얼굴을 보고는 아무 말도 하지 못하고 적풍 일행이 있는 곳으로 돌아갔다.

"준비는 끝났느냐?"

구룡이 자신의 자리로 돌아가자 무황이 이번에야말로 이 여행의 주인인 적풍을 멀리서 바라보며 물었다.

"그렇습니다."

적풍이 짧게 대답했다.

"좋아. 그럼 잘 가거라. 조만간 들러보겠다."

적황의 말에 적풍이 가볍게 고개를 숙여 보이고는 십자성의 고수들에게 명을 내렸다.

"출발한다."

적풍의 명이 떨어지자 구룡을 선두로 십자성의 고수들이 근 일백여 필에 이르는 말과 함께 성문을 나서기 시작했다.

적사몽과 어깨를 나란히 한 설루는 적황의 앞을 지나며 가볍게 고개를 숙여 보이는 것으로 인사를 대신하고 서둘러 적풍을 따라붙었다.

"정말 가시는군요."

십자성의 고수들이 줄지어 성문을 나가자 오랜 시간 적풍과 함께 여행했던 단우하가 조금 감상적인 표정으로 말했다.

"서운하신가?"

"즐겁지는 않습니다."

적황의 물음에 단우하가 대답했다.

"그 아이가 자넬 썩 좋아하는 것 같지는 않던데?"

"물론 사황자께서는 절 달가워하지 않으셨지요. 만나는 순간

부터 전 사황자님이 아닌 아바르를 위해 행동했으니까요. 그러나 그건 사황자님의 마음이고, 전 사황자님을 좋아합니다."

"그래? 그럼 따라가던지."

적황의 말에 단우하가 놀란 눈으로 적황을 바라봤다.

"진심이십니까?"

"왜 자네가 없으면 내가 힘들 것 같은가?"

"그렇지는 않겠지만······."

"지난 세월을 생각해 보게. 신혈의 아바르가 선 이후 자넨 줄곧 외지로 떠돌았지."

"하긴 그렇군요."

단우하가 씁쓸한 표정으로 고개를 끄덕였다. 그러자 적황이 좀 더 소리를 낮춰 말했다.

"사실은 따라가서 할 일이 있네."

"사황자님을 속이는 일이라면 할 수 없습니다."

단우하가 더 이상은 적풍의 미움을 사기 싫다는 듯 놀라며 말했다.

"십자성주를 속이는 것이 아니라 그 녀석을 도와주는 일일세. 녀석의 부탁을 들어주는 일이기도 하지."

"그럴 일이 있습니까?"

단우하가 정색을 하며 되물었다. 적황이 자신을 보내려는 것에는 명확한 목적이 있다는 것을 깨달은 것이다.

"다른 사람들 모르게 십자성주와 약속한 일이 있네."

"······?"

단우하가 의아한 표정을 짓자 무황이 손을 들어 단우하를 좀 더 가까이 오게 했다. 그러고는 단우하의 귀에 대고 무슨 말인가를 속삭였다.

"그, 그런……?"

적황의 말을 듣던 단우하가 크게 놀란 표정으로 적황을 바라봤다.

"어쩔 수 없는 일 아닌가?"

"그렇기는 하지만……."

단우하가 말꼬리를 흐렸다.

"자네 혼자로는 어려울 수도 있으니 몇 사람 더 데려가게. 가급적이면 황자 황녀들과 가까운 사람들로 말이야. 그래야 자네의 증언을 모두가 믿을 걸세."

"따라나서는 자들이 있겠습니까?"

"당연히 있을 걸세. 비록 아바르의 권력에는 관심이 없다고 했지만, 그래도 여전히 십자성주는 두 개의 신검을 가지고 있지 않은가?"

"그렇지요. 누구라도 흥미를 가질 수밖에 없지요."

단우하가 고개를 끄덕였다.

"그리고 이 일은 자네만이 할 수 있는 일이네. 적어도 자넨 그 아이를 공격하기보단 지켜줄 사람이니까."

"알겠습니다. 가지요."

단우하가 시원하게 대답했다.

"고맙네."

적황이 큰 근심을 덜은 것처럼 그제야 얼굴에 미소를 지었
다.

*　　　　　*　　　　　*

보름 동안 답답한 성 안에 머물렀다 성을 벗어난 십자성의
고수들은 마치 포로로 잡혀 있다 풀려난 사람들처럼 즐거워했
다.

그들은 아바르 강을 따라 이어진 너른 초원을 마음껏 달리
기도 하고, 혹은 때가 되면 말과 마차들로 둥글게 원형의 진을
갖춰놓고 그 안에서 쉬며 떠들곤 했다.

누가 보아도 이 위험한 칠왕의 땅을 살아가는 사람들로 보이
지 않는 풍경이었다.

그러나 사실 적풍 일행은 웃고 떠들며 여행을 즐기면서도 항
상 주변을 경계하고 있었다.

가끔 이위령과 파간 혹은 와한이 서로 경주를 하듯 초원으
로 말을 몰고 나갔다 돌아오곤 하는 것도 사실은 놀이가 아니
라 주변을 살피기 위한 행동들이었다.

신혈제일성을 떠난 지 어느새 열흘, 오늘도 이위령과 파간은
말 경주를 하며 신나게 초원을 달려 나갔다가 날이 어둑해질
때가 돼서야 숙영지로 돌아왔다.

그리고 돌아오자마자 두 사람은 적풍이 있는 곳으로 달려갔
다.

"다녀왔습니다."

적풍의 앞에 이르러 돌아왔음을 고하는 이위령의 표정은 생각보다 심각했다. 절대 경주를 위해 말을 몰고 나갔던 자의 표정이 아니다.

"나타났나?"

적풍은 이위령의 표정에서 이미 그가 무엇인가를 보고 왔다는 걸 깨달았다.

"그렇습니다."

"그인가?"

적풍이 다시 물었다.

"아닙니다."

"그가 아니라고?"

적풍이 의아한 표정을 지었다.

그가 기다리고 있던 자가 아니라면 일이 계획대로 풀리지 않을 수도 있었다.

"이상한 자들이었습니다. 숫자는 대략 오십 정도. 그런데 투박한 갑옷과 무기를 갖춰 입은 것이 절대 아바르의 전사들은 아니었습니다. 개중 몇은 갑옷도 없었습니다. 그리고 그들은 강을 건너온 듯했습니다만……."

"강을 건넜다? 그럼 신혈족이 아니란 말인데… 우릴 목표로 하는 자들이 아닐 수도 있겠군."

"하지만 움직이는 경로를 보면 지도상에 있는 이 숲에서 우릴 만나게 될 것입니다."

이위령이 품속에서 지도를 꺼내 들고 한 지점을 가리켰다.

"기도는 어떠하던가?"

옆에서 듣고 있던 감문이 물었다.

"사납긴 하지만 강하다고는 말할 수 없었습니다."

"무공을 수련한 듯하던가?"

"그건… 확실치 않습니다."

이위령이 대답했다.

그러자 이번에는 구룡이 입을 열었다.

"갑옷에 특징이 있었습니까?"

"아닐세. 그냥 뭐… 허름한 갑옷인데, 꼭 어디서 주워 입은 것 같다고 할까?"

"그럼 길 잃은 샤들 같은데……."

"길 잃은 샤?"

이위령이 되물었다.

"그렇습니다. 한곳에 정착하지 못한 낭인들이라 해야지요."

"도적이란 뜻인가?"

"도적이라기보다는… 함부로 사람들을 약탈하지는 않습니다. 그랬다가는 아바르나 칠왕의 전사들에게 추살될 테니까요. 대신 가끔 상인들에게 고용돼서 싸움에 나서지요. 물론 보이지 않는 곳에서는 살인과 약탈도 한다고들 하지만……."

구룡이 대답했다.

"그런데 길 잃은 샤가 무슨 뜻인가?"

소두괴가 물었다.

"아, 샤는 명계의 말로 늑대나 이리 정도로 생각하시면 좋습니다. 같은지는 모르겠는데 조부님께서 말씀하시길 그렇다고 하더군요."

"음… 길 잃은 늑대라. 거친 자들이겠군."

"사는 건 그렇지요. 그렇긴 한데 이상하군요."

"뭐가 말인가?"

"일단 길 잃은 샤들은 말 그대로 떠돌이들이라서 한 번에 수십 명씩 모이는 경우는 거의 없습니다. 그렇다고 그들이 성주님을 공격하려 한다는 것도 이해가 되지 않는 것이, 말씀드렸듯 그들은 칠왕이나 아바르 전사들의 추살을 걱정해서 일반 상인들도 쉽게 공격하지 않는 자들인데……."

"모호하군."

소두괴가 고개를 저으며 중얼거렸다.

"모호하다니 무슨 뜻이야?"

이위령이 다시 묻자 소두괴가 신중하게 대답했다.

"평소 무리를 짓지 않던 자들이 무리를 지었다는 것은 분명 목적이 있다는 뜻인데. 한낱 낭인 무리가 무황의 황자를 공격한다는 것은 이치에 맞지 않지요. 그러니 모호할 수밖에요."

소두괴의 말에 모두들 고개를 끄덕이는 데 문득 설루가 말했다.

"한 가지 경우에는 가능하죠."

"어떤 가능성이 있습니까? 주모님!"

소두괴가 물었다.

"그들이 누군가의 사주를 받았을 경우죠. 일이 끝난 후 자신들의 안전을 보장해 줄 만한 인물, 혹은 거부할 수 없는 힘으로 협박을 하거나……."

"아! 정말 그렇군요. 이런 바보 같으니라고. 이미 상대는 정해져 있는데 그걸 깨닫지 못하다니."

소두괴가 손으로 자신의 머리를 쳤다.

그러자 감문이 설루에게 물었다.

"하지만 주모님, 이미 성주님과 우리들의 실력은 세상에 모두 알려져 있습니다. 그런데 그자가 겨우 낭인들을 동원해 우릴 공격할까요? 그들이 비록 수십에 이른다고 해도 우리 상대가 되지 못할 거란 걸 알 텐데요."

"미끼죠. 그들의 뒤를 이어 그가 올 거예요. 아니면 그가 보낸 사람이 오거나."

설루가 곁에 있던 적사몽의 손을 꼭 잡으며 말했다. 설루가 말한 그가 누구인지는 일행 모두가 알고 있었다.

"그런데 결국 자신이 올 것이면 굳이 낭인들을 동원할 필요가 있었을까요?"

감문이 다시 물었다. 그러자 이번에는 소두괴가 대신 대답했다.

"희생양이 필요한 거지요."

"희생양?"

"그는 아마 일이 제대로 끝났을 때를 대비했을 겁니다. 신혈제일성을 떠나기 전에 그가 자신의 성으로 복귀한다고 하더군요. 그의 성인 우하성은 아바르 상류에 있어서 우리와 방향이 얼추 비슷하지요. 회군하는 길에 우리의 위험을 알고 도우러 왔는데 우린 이미 죽어 있더라. 그러면 끝인 거죠. 물론 이 일에 동원된 낭인들도 모두 죽이고 말입니다."

"음, 그럼 대충 아귀가 들어맞는군. 문제는 정말 그가 그런 계획을 세웠을까하는 것인데……."

감문은 아직도 확신이 서지 않는 모양이었다.

"두고 보면 알겠지. 숲까지는 얼마나 걸리지?"

적풍이 구룡에게 물었다.

"하루 정도면 도착할 겁니다."

"하루라……."

적풍이 뭔가 고민이 있는 듯 지도를 들고 잠시 고민에 잠겼다.

"장소가 마음에 들지 않으십니까?"

적풍의 속마음을 읽은 소두괴가 잠시 기다렸다가 물었다.

"음… 저들이 정한 곳이니까."

"그렇긴 하지요. 아무리 쉬운 싸움이라도 상대가 정한 곳에서 싸우는 것은 위험하지요. 그럼 어떻게 할까요?"

"이 길은 뭐지?"

적풍이 구룡에게 길 잃은 샤란 낭인 무리들이 기다리고 있다는 숲 오른쪽으로 이어진 붉은 선을 가리켰다. 그러자 구룡이 대답했다.

"위험한 곳입니다. 높지는 않지만 계곡의 형태를 이루며 이어

진 길이라 기습을 당하거나 전후에서 매복 공격을 당하면 그야
말로 한순간에 전멸할 수 있습니다. 지름길이기는 하지만 누군
가의 공격을 받을 위험이 있을 때는 택하기 어려운 길이지요."

구룡이 대답했다.

그러자 적풍이 즉시 말을 받았다.

"이 길로 하지."

"성주님!"

자신의 의견과 정 반대로 적풍이 결정하자 구룡이 놀란 얼
굴로 적풍을 바라봤다.

"우리도 머리를 좀 쓰자고."

"예?"

"그자를 끌어들일 곳으로 적당한 곳이야. 물론 낭인 무리도
모두 제압해야 할 것이고. 우리 중 일부가 그들의 눈을 피해
은신하다가 놈들을 기습한다. 물론 나머지는 나와 함께 그들
을 계곡으로 끌어들이고."

"너무 위험한 방법입니다."

소두괴도 만류했다.

"시간만 맞으면 상관없어."

"하지만 시간을 맞추는 것이 쉽지 않을 겁니다. 더군다나 그
가 후방에 단단히 방어벽을 치고 앞으로 공격해 오면 오히려
힘이 분산되어 성주님이 위험할 수 있습니다."

"뒤에서 공격하지는 않는다."

"예?"

소두괴가 의아한 표정으로 물었다.

"위로 간다."

적풍이 붉은 선으로 표시된 길옆을 가리켰다. 작은 능선처럼 표시된 곳이다.

"절벽을 타라고요?"

소두괴가 되물었다.

"그야말로 우리 신혈족의 장기 아닌가?"

"그렇긴 하지요. 그런데… 그럼 주모님과 사몽은……?"

소두괴가 설루를 돌아봤다.

"나도 함께 가야 그들이 오겠죠."

설루가 대담하게 대답했다.

"아니, 그럴 필요 없어. 당신과 사몽은 빠져도 눈치채지 못할 거야."

적풍이 얼른 고개를 저었다.

"아니야. 우리가 가야 그들이 와. 그게 확실해."

설루가 고집을 부렸다.

"그건 내가 허락할 수 없어."

적풍이 단호하게 말했다. 그러자 설루가 정색을 하며 말했다.

"난 당신을 믿어. 그래서 사몽과 함께 가겠다는 거야. 하지만 그것보다 더 중요한 게 있어."

"……?"

"당신의 가족이 아닌 누군가가 우리 대신 죽음의 위험을 감수한다면 누가 당선을 신뢰하겠어."

설루의 말에 적풍이 대답을 하지 못했다. 그러자 감문이 큰 목소리로 화난 듯 소리쳤다.

"주모, 서운합니다. 우린 언제나 주모님과 사몽 대신 죽을 각오가 되어 있는 사람들입니다. 두 분이 위험을 감수하실 필요는 없습니다. 어떤 경우든 주군에 대한 충성심은 변하지 않습니다."

"당연하지요."

이위령이 맞장구를 쳤다. 그러자 설루가 십자성의 고수들을 돌아보며 말했다.

"마음은 고마워요. 하지만 이 일은 우리 두 모자가 함께해야 해요. 여긴 명계 무림이 아니에요. 우린 새로운 사람들과 새로운 십자성을 세우려 해요. 그럼 당연히 모든 것을 새로 시작해야 하죠."

설루의 말에 감문과 이위령 등 십자성의 고수들이 주위를 돌아봤다.

그들의 눈에 마령의 계곡에서부터 그들의 사람이 된 아바르의 전사들과 석불성에서 구룡을 따라온 사람들, 그리고 타르두와 파묵 등이 보였다.

"저희 역시 주모님과 사몽이 위험에 처하는 것을 원치 않습니다."

명계에서 따라온 십자성의 고수들과 자신들을 구별 짓는 듯한 설루의 말에 구룡이 시무룩한 표정으로 말했다.

그러자 설루가 부드러운 미소를 지으며 대답했다.

"새로 합류하신 분들을 의심해서 하는 말이 아니에요. 그저 이건 새로 합류하신 분들에 대한 이 사람과 나의 예의 같은 거라고 해두죠. 물론 이번 한 번뿐일 거예요. 다음번에는… 사몽의 목숨을 지키기 위해 구룡 대협의 목숨을 요구할 수도 있어요."

"이번에도 제 목숨을 내놓을 수 있습니다."

"마음은 받겠어요. 이 일은 우리도 함께할게요. 난 그 사람… 십면불 도광이란 자의 최후를 직접 보고 싶군요. 그게 사몽을 위해서도 좋을 거예요. 그렇지 사몽?"

설루가 적사몽에게 물었다. 그러자 적사몽이 두려운 듯하면서도 힘차게 고개를 끄덕였다.

"저도 원해요."

"좋아. 대견하다. 당신은 절벽 위로 가요. 우리가 저들의 미끼가 될게요."

설루가 적풍을 보며 말했다.

그러자 적풍이 잠시 침묵하다가 대답했다.

"내가 함께 가는 것으로 하지."

"그건 아니죠. 그럼 굳이 이런 계획을 짤 필요도 없잖아요?"

"아니 그건 내가 양보할 수 없는 일이야. 난 당신과 사몽을 내 곁에서 떨어지게 할 수는 없어. 절벽을 타고 그자를 기습하는 일은 감문 그대가 맡도록!"

"알겠습니다."

감문이 선선히 대답했다.

"구룡!"

"예, 성주!"

적풍의 부름에 구룡이 앞으로 나섰다.

"함께 간다. 괜찮겠나?"

"영광입니다."

구룡이 다부진 표정으로 대답했다.

"좋아. 그럼 낮에 이동하고 밤에 그자를 상대한다. 밤은 모든 것을 가려주니 그자는 반드시 밤에 올 것이다."

적풍의 말에 타르두와 파묵이 조심스레 물었다.

"저기… 우리는 어찌 할까요?"

"가장 빠른 길로 계곡의 출구까지 이동해 그곳에서 기다린다. 만약 그쪽에도 그자의 사람이 있다면 바로 알려야 한다. 중요한 일이야."

"알겠습니다. 성주!"

타르두와 파묵이 자신들도 할 일이 생겼다는 것이 기쁜지 고개를 숙여 보였다.

"그럼 모두 출발한다."

적풍의 명이 떨어지자 일행이 잠시 멈췄던 여정을 다시 시작했다.

"어디로 갔다고?"

"숲길이 아니라 계곡을 따라 이동하고 있습니다."

십면불 도광의 질문에 그의 심복 양휴가 대답했다.

"이상한 일이군. 오늘 중으로 계곡을 통과할 수는 없고, 결국 노숙을 해야 할 텐데 계곡 안쪽에는 노숙할 장소가 마땅치 않지 않은가?"

"혹시… 누군가 공격할 것을 대비한 것 아닐까요?"

"어리석은 소리, 그렇다면 계곡 길을 택하겠는가? 앞뒤가 막히면 그대로 고립이 되는 곳인데. 차라리 숲이나 길이 없는 초원을 택하지."

"그렇군요. 제 생각이 짧았습니다. 그럼 역시 길을 서둘려는 의도인 것 같습니다. 숲길을 택하는 것보다 아마 하루 정도는 시간이 단축될 테니……."

"선봉에 선 자가 석불성의 애송이였지?"

"그렇습니다."

"그렇다면 그 아이가 지름길을 추천한 모양이군. 나쁜 것은 아니야. 사람들의 이목을 피하기 위해 함정을 팔 곳으로 숲을 선택했지만, 사실 그 계곡 길이라면 더 완벽하게 일을 해낼 수 있으니까. 삼불장에게 전하게. 오늘 밤 계곡에서 공격하라고. 우린 공격이 시작된 후 정확히 반 차간 후에 도착한다."

"너무 이른 것 아닙니까? 반 차간이라면 샤들 중에 살아 있는 자들이 있을 겁니다."

"뭐가 걱정인가? 우리가 모두 보내주면 되지."

십면불 도광이 덤덤하게 말했다. 그 덤덤한 말투에서 느껴지는 살기가 수하들의 오금을 저리게 만들었다.

평소 아바르의 불자를 대표한다는 그에게 이런 살기가 있다는 걸 아는 사람들은 오직 그의 측근들뿐이었다.

"알겠습니다."

수하들이 도광의 살기에 눌려 일제히 대답했다.

$$*\qquad*\qquad*$$

적풍과 함께 계곡 길로 들어선 사람의 숫자는 십여 명에 지나지 않았다. 설루와 적사몽을 합쳐도 겨우 열둘이다.

그중 대부분은 구룡과 그를 따르는 수하들이었다.

십자성의 고수들은 몽금과 금화를 제외하고는 계곡 입구에서 자취를 감췄다. 계곡 안으로 들어서는 순간 절벽을 타고 사라진 그들의 흔적은 이동하는 내내 어디서도 찾을 수 없었다.

적풍에 대한 그들의 충성심을 모르는 사람이라면 그들이 적의 공격이 두려워 주군을 버리고 도주했다고 생각할 정도였다.

하지만 사람들은 사라졌어도 말과 마차의 숫자는 그대로였다. 말과 마차가 절벽을 타고 이동할 수도 없거니와 말과 마차의 숫자를 유지해야 공격하려는 자들을 끌어들일 수 있기 때문이었다.

적풍은 절벽 안쪽 길에 들어서면서부터 줄곧 가장 앞쪽에서 일행을 이끌었다.

그의 눈은 그 어느 때보다도 날카로웠다. 사방 어디라도 그의 시야에서 벗어나는 곳은 없었다.

이 일은 사실 무척 위험한 시도였다. 만약 그들 앞에 나타날 자들, 길 잃은 샤들이 생각보다 강하거나, 혹은 그들을 움직였을 것으로 생각되는 십면불 도광이 생각보다 강한 전력으로 온다면 치명적인 위험에 빠질 수도 있었다.

그러니 적풍도 다른 어느 때보다 긴장하지 않을 수 없었다.

"적당한 장소를 찾아야 할 것 같습니다."

문득 적풍의 뒤를 따르던 구룡이 말했다.

적풍이 고개를 끄덕였다. 이미 날이 어두워져 사방에 어둠이 내려 있었다.

"저곳이 좋겠군."

적풍이 손으로 계곡 중간쯤에 있는 너른 공터를 가리켰다. 길 양쪽으로 제법 너른 풀밭이 있었고, 그 뒤의 절벽도 완만한 형세를 갖추고 있어서 사람이 오르내릴 만했다.

보이지 않는 곳에서 그들을 따르고 있을 십자성 고수들을 위해서도 적당한 장소였다.

"알겠습니다."

구룡이 대답을 하고는 앞으로 나서서 일행에게 적풍의 결정을 전했다.

적풍의 명이 전해지자 일행이 급히 정해진 장소로 이동해 원형의 진형을 갖추기 시작했다.

마차 다섯 대가 먼저 공터 앞쪽에 놓였고, 그 사이사이에 말들을 머물게 해서 함부로 사람이 진영 안으로 들어올 수 없게 만들었다. 그리고 그 안쪽에 적풍과 그 일행들이 적들을 맞아 싸우기에 유리한 형태로 진영을 갖췄다.

순식간에 적을 맞을 진영을 구축한 구룡 등이 적풍 곁으로 모여들었다.

"모두 준비되었나?"

적풍이 모여든 사람들을 보며 물었다.

"예 성주. 성주!"

"좋아. 그럼 오늘 여기서 타락한 중을 잡는다. 불을 피워라! 우릴 만나러 오는 자들의 길을 밝혀줘라."

적풍의 명에 따라 진 한가운데서 커다란 불이 타올랐다.

그리고 십자성의 무사들이 진영 곳곳을 지키며 적을 기다리기 시작했다.

제6장
죽음으로의 초대

어두운 절벽 위에서 세 차례 빛이 반짝였다. 부싯돌을 부딪쳐 만들어낸 불꽃은 적풍을 향한 것이었다.

"오는군."

적풍이 모닥불을 앞에 두고 중얼거렸다. 그러자 진영 곳곳에 서 있던 자들이 긴장하기 시작했다.

"그들을 처음 상대해 보나?"

적풍이 유리사에게 물었다,.

"그렇습니다. 샤들에게는 감히 아바르의 전사들과 싸울 용기 는 없지요."

유리사가 대답했다.

"궁금하군. 협박이든 회유든 어쨌거나 날 공격하기로 한 자가 어떤 자인지 말이야. 보통 용기로는 어려웠을 텐데."

"…듣기로 샤 중에도 위험한 자도 있다고 하더군요."

"위험한 자?"

"칠왕이나 우리 아바르의 전사들도 상대하기 까다로운 자들이 있다고 합니다. 아주 오래전에는 샤들 중 일부가 자신들만의 성을 가지려는 시도를 한 적도 있지요. 물론 칠왕에 의해 철저하게 궤멸되었지만 말입니다. 하지만 어쨌든 그런 시도는 아무나 할 수 있는 게 아니지요."

유리사의 말에 적풍이 고개를 끄덕였다.

변방도 아니고 칠왕의 땅에서 자신들의 성을 갖겠다는 야망을 갖는 것은 결코 용기만으로 되는 일은 아니었다. 그만한 힘이 필요한 일이었다.

"재밌군."

적풍이 중얼거렸다.

"설마 그들에게 흥미가 생기십니까?"

뒤쪽에서 몽금이 물었다.

오랫동안 적풍을 주군으로 모신 사람으로 어떤 직감 같은 것이 떠오른 모양이었다.

"음……."

"운이 좋군요."

몽금이 다시 말했다.

"그게 무슨 말이오?"

유리사가 의아한 표정으로 몽금에게 물었다.

"성주께서 일단 그들에게 흥미를 가지셨다는 것은 그들 중 일부가 살 수도 있다는 의미요."

몽금이 담담하게 대답했다.

그때 앞쪽에서 구룡의 목소리가 들렸다,.

"놈들이 옵니다."

구룡의 신호로 몽금과 유리사의 대화는 끊겼다.

"조심해."

적풍이 고개를 돌려 설루에게 말했다.

그러자 설루가 대답했다.

"우리 걱정은 마."

설루도 어느새 무복을 입고 있었고, 손에는 검이 들려 있었다.

"어머니를 지킬 수 있겠지?"

적풍이 설루 옆에 서 있는 적사몽에게 물었다.

"걱정 마세요."

적사몽이 다부진 표정으로 대답했다.

사막에서 피골이 상접한 상태로 만났을 때는 보이지 않았지만, 그간 적풍과 설루의 보살핌으로 몸이 회복되고 무공을 수련한 적사몽에게선 숨길 수 없는 특별한 신기가 발현되고 있었다.

오늘 이 싸움은 그 기운을 탐내는 십면불 도광에 의해 벌어진 일이었다.

하지만 시간은 어쨌든 적사몽의 편이었다. 적사몽은 이미 자신이 가지고 있는 힘을 자각하고 그것들을 자신만의 것으로 만들어가고 있었다. 그것도 상당히 빠르게.

단 몇 년만 지나면 십면불 도광일지라도 감히 적사몽을 탐낼 수는 없을 터였다.

"믿는다."

적풍이 신혈의 기운을 발현하고 있는 적사몽을 듬직하게 바라보고는 훌쩍 신형을 날려 진영의 앞쪽으로 나아갔다.

그의 등 뒤에서 뜨거운 불꽃이 더욱 힘을 내며 타올랐다.

철컹 철컹!

어둠 속에서 도검 부딪히는 소리가 일어났다. 그리고 잠시 후 희미한 불빛 저편으로 야생 늑대의 눈빛을 가진 자들이 나타났다.

숫자는 대략 오십여 명 전후, 하나같이 사나운 기세를 뿜어내고 있지만 그것이 무공을 수련한 자의 날카로운 기도는 아니었다. 단지 이들은 길들여지지 않은 짐승 같은 사나움, 그들의 본성 속에 존재하는 상대에 대한 본능적인 적의를 드러내고 있을 뿐이었다.

저벅 저벅!

이상한 일이었다. 이자들은 굳이 자신들의 기척을 숨기려고도 하지 않았다. 기습을 하면 한결 유리한 위치에서 싸울 수 있음에도 불구하고 어둠 속에서 나타난 자들은 전혀 기습을 할 의도가 보이지 않았다.

'정말 특이한 놈들이군.'

적풍은 어둠 속에서 걸어 나와 하나 둘 담장처럼 쌓여가는 적을 보며 생각했다.

기척을 숨기지 않은 것만 이상한 것이 아니었다. 처음, 상대를 향한 적의라고 생각했던 그 야수 같은 분노의 눈빛은 그들이 불빛 아래 모습을 드러내는 순간 의미를 달리했다.

적풍은 그들의 눈빛이 단지 적의로 물들어 있지만은 않다는 것을 깨달았다.

그들의 눈빛에는 수많은 감정들이 담겨 있었다.

적의, 분노, 절망, 두려움 그리고 슬픔까지.

적풍이 알고 있는 불유쾌한 감정들 모두를 이자들은 가지고 있었다.

'체념인가?'

그리고 가장 나중에 느껴지는 감정은 무기력함이었다.

확실히 이해할 수 없는 일이었다. 그들의 눈빛과 표정에는 분노를 앞세운 수많은 감정들이 뒤섞여 있었지만, 무기를 든 팔엔 힘이 없었다.

팔은 축 늘어져 있었고, 무기를 잡은 손은 당장에라도 무기를 떨어뜨릴 듯 맥이 없었다.

그리고 두 다리, 늑대란 뜻의 샤란 이름으로 불리는 자들에게 어울리지 않게 그들의 두 다리는 앞으로 전진하기를 거부하는 것처럼 느껴졌다.

적풍이 날카롭게 길 잃은 샤 무리를 살폈다.

그리고 그리 길지 않은 시간 안에 적풍은 그 이유를 찾았다.

'저자군!'

길 잃은 샤 무리 가장 뒤쪽에 서 있는 이질적인 기운은 존재. 그러면서도 그 누구보다 강렬한 기운을 뿜어내고 있는 자의 모습이 어둠 속에서도 확연하게 구분되었다.

낡고 검은 천으로 만든 옷은 다른 샤들과 비슷하게 보였지만 그 기도에서 숨길 수 없는 도도함이 묻어났다.

'강요된 싸움이란 거지. 그래서 분노조차 우리가 아닌 세상에 대한 것일 테고……'

적풍은 단숨에 길 잃은 샤들의 처지를 파악했다. 이들이 적풍 일행을 공격하러 온 것은 십면불 도광이 내세운 달콤한 이득 때문이 아닌 것이 분명했다.

그들의 표정에 나타난 이 수많은 감정의 원인은 바로 무모한 싸움을 강요당하는 자신들의 처지에 대한 분노와 비관이었던 것이다.

"쓸모가 있군."

적풍이 중얼거렸다.

그러자 그의 곁에 서 있던 유리사와 궐손문 등 아바르의 전사 출신의 무사들이 적풍을 바라봤다. 적풍의 말이 뭘 의미하는지 알 수 없었기 때문이었다.

그런 두 사람에게 적풍이 명을 내렸다.

"일단 싸움이 시작되면 그대들은 무리의 우두머리로 보이는 저 두 명을 상대하라."

길 잃은 샤들의 무리 앞에 나선 두 명의 사내, 다른 샤들보다 유달리 강렬한 눈빛을 지닌 자들을 가리키며 적풍이 말했다. 누가 보아도 그 둘이 샤 무리의 우두머리가 분명했다.

"어려울 것 없습니다."

유리사가 대답했다.

오랫동안 살수의 무공을 수련한 그들에게 낭인 무리 따위는 상대가 될 수 없었다. 아무리 그들의 우두머리라 해도.

"어려울 거야."

적풍이 나직하게 말했다.

순간 유리사와 궐손문의 표정이 변했다. 적풍이 두 사람의 실력을 신뢰하지 못한다고 느낀 것이다.

"샤들의 우두머리 따위 일랍이 지나지 않아 목을 벨 실력은 됩니다."

"목을 베지 말아야 하기에 어렵다는 거야."

"예?"

"살린다."

"그게 무슨 말씀이십니까? 저들을 살린다니요?"

"성을 쌓는 데는 사람이 많이 필요해. 십자성도 더 많은 사람이 필요하고."

적풍이 말했다.

"하지만 저들을 살려두어서는… 아시겠지만 이후는 무서운 사람입니다. 그와 저들이 합세하면 이 싸움이 어려워질 수 있습니다."

오랜 세월 아바르의 전사로 살아온 사람들로서 이후 십면불도광이 얼마나 대단한 인물인지 누구보다 잘 알고 있는 유리사와 궐손문이었다.

"그가 오기 전에 저들을 굴복시키면 돼."

"하지만 어떻게……?"

샤들을 상대하는 것에는 자신이 있지만 불과 몇 랍, 십면불도광이 오기 전까지 샤들을 산 채로 굴복시킬 자신은 없는 두 사람이었다.

"그대들은 그저 저들을 죽지 않을 정도로만 상대해 주면 돼. 나머지는 내가 알아서 하지."

"어찌하시려고……?"

유리사가 되물었지만 그녀는 대답을 들을 수 없었다. 왜냐하면 그 순간 샤들의 공격이 시작됐기 때문이었다.

"모두 죽여야 우리가 산다! 어린놈을 제외하곤 모두 죽여!"

샤들의 무리 속에서 누군가의 날카로운 목소리가 흘러나왔다. 그리고 그 순간 입을 연 자의 운명은 결정됐다.

쿠우우!

적풍이 밀려드는 샤무리들을 향해 몸을 날렸다.

그의 몸이 공기를 가르며 일으키는 묵직한 파공음에 길 잃은 샤들이 본능적으로 물러나며 좌우로 갈라졌다.

탁!

적풍이 그런 샤들 중 한 명의 몸을 밟고 허공으로 도약했다.

적풍의 몸이 새처럼 어두운 하늘로 사라졌다.

샤들이 적풍의 질풍 같은 움직임에 잠시 당황하는 사이, 적풍의 뒤를 이어 아바르의 전사들이 밀려들어왔다.

"감히 아바르의 사황자님을 노리다니! 네놈들이 죽고 싶은 모양이구나!"

구룡의 호랑이 같은 포효가 계곡을 뒤흔들었다.

강렬한 구룡의 외침이 아바르의 전사들의 전의를 북돋고 샤들을 겁먹게 만들었다.

샤들이 주춤거리며 전진을 멈췄다. 그런 사들을 향해 다시 무리의 뒤쪽에서 싸늘한 외침이 들려왔다.

"적을 얼마 되지 않는다. 목숨을 걸고 싸워라!"

격려인지 경고인지 모를 소리에 샤들이 다시 앞으로 움직이기 시작했다. 그리고 순식간에 아바르의 전사들과 샤들이 뒤엉켰다.

어지럽게 터져 나오는 무기들의 충돌소리를 등 뒤로 들으며 단숨에 허공을 가로지른 적풍이 샤들의 무리 뒤쪽에 떨어져 내렸다.

그러자 갑자기 나타난 적풍에게 놀란 후미의 샤들이 엉겹결에 검을 휘둘렀다.

순간 적풍이 벼락처럼 청룡검을 휘둘렀다.

카카캉!

신력과 진기를 머금은 청룡검이 샤들의 검을 나뭇가지처럼 부러뜨렸다.

"헉!"

자신들의 검이 너무 쉽게 부러져 나가는 상황에 당황한 샤들이 본능적으로 뒤로 물러났다.

그러자 그들 뒤쪽에 서 있던 한 인물의 모습이 드러났다. 적풍이 처음부터 목표로 했던 바로 그자였다.

"이런 상황을 예상한 건 아니었겠지?"

적풍이 망설이지 않고 걸음을 옮겨 허름한 검은 무복을 걸친 자를 향해 걸어갔다.

어둠 속이라 얼굴이 제대로 보이지는 않았지만, 적어도 젊다는 소리를 들을 나이는 아닌 듯 보이는 자가 적풍의 기세에 밀린 듯 뒤로 물러나며 소리쳤다.

"막앗!"

그러자 그의 좌우에서 두 명의 검은 인영이 유령처럼 모습을 드러내더니 그대로 적풍을 향해 검을 찔러 왔다.

순간 적풍이 검을 들어 가슴 앞에 세웠다. 그리고 진기를 주입하자 청룡검이 살아 있는 것처럼 꿈틀거리더니 한순간 벼락이 치듯 검기를 뿜어냈다.

촤악!

사선으로 그은 청룡검을 따라 검기에 잘려 나가는 공기 소리가 시원하게 일어났다. 그리고 검기에 잘려 나간 것은 공기만이 아니었다.

"크억!"

"윽!"

두 마디 신음이 흘러나오고, 적풍이 목표로 한 자를 지키기 위해 뛰쳐나왔던 검은 인영 둘이 그대로 땅 위에 나뒹굴었다.

적풍이 땅에 나뒹구는 두 사람을 날아 넘어 쉴 틈을 주지 않고 검은 무복의 사내를 향해 달려들었다.

그러자 검은 무복의 사내가 어느새 빼들었는지 두툼한 검신을 자랑하는 검으로 날아오른 적풍의 다리를 베어갔다.

순간 적풍이 허공에서 재빨리 한 바퀴 몸을 회전했다. 사내의 검이 적풍의 몸 아래를 스치고 지나갔다.

적의 검을 흘려보낸 적풍이 회전하는 힘 그대로 상대의 목덜미를 걷어찼다.

퍽!

"윽!"

사내의 입에서 나직한 신음이 흘러나오며 넘어질 듯 앞으로 튕겨 나갔다.

그러면서도 사내는 아슬아슬하게 몸의 균형을 잡으며 재빨리 신형을 돌렸다. 그러고는 자신의 몸을 돌보지 않고 들소처럼 적풍을 향해 돌진했다.

그의 몸 위로 검은 기운이 솟구치면서 그를 본래보다 두어 배는 더 크게 보이게 만들었다. 신혈의 기운이다.

"처음부터 이래야 했어."

적풍이 검을 바로 세우며 중얼거렸다.

그사이 사내의 머리카락과 옷자락이 바람에 벗겨지며 그의 얼굴이 드러났다.

주름 가득한 얼굴은 그가 지나온 세월을 말해줬고, 검고 투명하게 변한 그의 눈은 그가 신혈의 기운을 극성으로 사용할 줄 아는 자라는 것을 뜻한다.

적풍도 청룡검에 신혈의 기운을 주입했다. 그러자 그의 검에서 만들어지는 검기가 더욱 강렬해졌다.

쿠오오!

청룡검이 적풍의 진기와 신혈의 기운을 견디지 못하겠다는 듯 거칠게 신음을 토해냈다.

그러나 적풍은 울부짖는 청룡검을 놓아주지 않고 매섭게 휘둘렀다.

콰아아!

상대가 만들어내는 검은 기운이 청룡검의 투명한 검기에 갈라져 나가기 시작했다.

그리고 급기야 청룡검의 상대의 눈앞에 닿았다.

"사… 황자… 당신은 대체……."

적풍을 공격하던 노인이 믿을 수 없다는 듯 경악으로 물든 눈으로 적풍을 응시했다.

"상대를 잘못 선택했어. 아니, 주인을 잘못 택한 거겠지. 잘 가시오. 신혈의 형제로서 고통은 없게 할 것이오."

팟!

청룡검이 갑자기 보이지 않는 속도로 움직였다.

그러자 꽃이 피듯 한 송이 혈화가 허공에 떠오르더니 노인이 그대로 땅 위에 무너져 내렸다.

그러자 적풍이 나직하면서도 사자의 울음 같은 소리로 일갈했다.

"싸움을 멈춰라!"

거짓말처럼 싸움이 멈췄다.

사자의 으르렁거림과 같은 적풍의 목소리가 장내에서 싸우고 있는 모든 사람의 귀에 들렸기 때문이다.

그리고 모든 사람들이 고개를 돌려 적풍을 바라봤을 때, 적풍은 사냥한 짐승을 앞에 두고 있는 사자처럼 그렇게 자신의 검에 쓰러진 자를 검 아래 두고 거부할 수 없는 눈빛으로 장내의 사람들을 바라보고 있었다.

"무기를 내려라."

적풍이 다시 나직하게 명령했다. 그 나직한 명령이 듣는 사람들에게는 천둥처럼 들렸다.

공격한 샤들은 물론 그들과 맞서 싸우던 아바르의 전사들까지도 적풍의 모습에 놀라 자신도 모르게 검을 내려뜨렸다.

그러나 이런 적풍의 모습에 익숙한 사람들도 있었다.

설루와 몽금 그리고 금화는 이런 적풍의 모습을 이미 오래전부터 보아온 사람들이었다.

"성주님의 말씀이 안 들리는가? 모두 무기를 내려. 그럼 성주께서 살길을 열어주실 것이다."

몽금이 길 잃은 샤들에게 소리쳤다.

그러자 샤들이 자신도 모르게 무기를 손에서 놓았다.

쨍그렁!

무기가 땅에 떨어지는 소리가 그 어떤 소리보다도 크게 들렸다. 그러나 모든 샤들이 손에서 무기를 놓은 것은 아니었다.

아바르의 전사들을 이끌고 있는 유리사와 궐손문을 상대하던 자들 두 명은 여전히 검을 손에 든 채 적풍을 바라보고 있었다.

"검을 버려라."

몽금이 재차 두 사람을 향해 소리쳤다. 그러자 둘 중 뼈밖에 남지 않은 듯 보이는 자가 말했다.

"우릴 살려주시겠소? 아니 그의 손에서 우릴 살려주실 수 있소?"

기습을 한 자치고는 참으로 당당한 질문이 아닐 수 없었다. 그런데 적풍의 대답은 질문을 한 자보다 더 당당했다.

"살려준다. 믿어라."

"젠장… 그… 는… 그는 아바르의 이후 십면불 도광이란 말이오."

다른 자가 악을 쓰듯 소리쳤다.

"알고 있다."

"설마… 그가 당신을 공격하려 한다는 걸 알고 있었단 말이오?"

"그렇다."

적풍이 대답했다.

"그런데 왜 이런 곳으로……."

이 계곡 길은 앞뒤를 막으면 빠져나갈 수 없는 사지(死地)로 변하는 곳이다. 질문을 던진 자는 적풍이 공격받을 것을 알면서도 이런 길을 택한 것을 도저히 이해할 수 없는 듯 보였다.

"그래야 그가 올 테니까?"

"설마 그를 유인했다는 것이오?"

"그렇다."

"그, 그 말을 믿으라는 거요?"

"믿든 안 믿든 그건 너희들의 자유다. 그러나 지금 항복하지 않는다면 죽는다. 항복하지 않은 너희들을 살려두고 그를 맞아 싸울 수는 없으니까."

적풍의 말에 질문을 던진 자가 부르르 몸을 떨었다.

그들도 이젠 확실히 알고 있었다. 아니 애초부터 알고 있었던 일이었다. 아바르의 사황자에게 도전해서 그들이 살아날 확률은 거의 없었다.

그럼에도 불구하고 그들이 이곳까지 올 수밖에 없었던 이유는 바로 적풍의 발아래 죽어 있는 자, 바로 십면불 도광이 보낸 인물 때문이었다.

"왜 우리를 살려주려 하시오?"

샤들의 우두머리로 보이는 자가 다시 물었다.

"이 싸움을 너희들 스스로 원한 것이 아니라는 것을 아니까."

"물론 그렇긴 하지만……."

"그리고 난 사람이 필요해."

"……?"

"성을 하나 쌓으려한다. 그래서 사람이 필요해."

"설마 노예가 되라는 거요?"

"노예가 아니다. 그 성이 그대들의 집이 될 수도 있으니까."

"설마 우릴 수하로 받아들이겠다는 거요?"

"수하도 아니다. 그냥 함께 살아가는 이웃 정도라고 해두지. 그대들도 정착할 곳이 필요하지 않은가?"

적풍의 말에 사내이 표정이 크게 흔들렸다.

"그렇게 합시다. 젠장, 싸워봐야 죽을 것 같은데……."

사내의 등 뒤에서 누군가가 나직하게 말했다. 그러자 사내가 옆에 서 있던 다른 사내에게 물었다.

"아우의 생각은 어떤가?"

"제안을 받아들입시다. 아바르의 사황자와 맞서는 것은 어리석은 일이오."

"하지만 그럼 그는?"

"제길, 사황자가 이기길 바라야지 별수 있소?"

아우라 불린 자가 말했다. 그러자 사내가 망설이는 듯하다 적풍에게 물었다.

"그를 이길 수 있소?"

"이길 수 없는 자를 함정으로 초대하진 않는다."

적풍이 덤덤하게 대답했다. 그러자 사내가 어쩔 수 없다는 듯 고개를 끄덕였다.

"좋소. 어차피 그자의 강요를 받을 때부터 결국 우린 죽을 수밖에 없는 운명이라 생각했었으니까. 살길이 있다면 행운이지. 그런데… 한 가지 부탁이 있소."

"뭔가?"

"우리가 감히 아바르의 사황자를 공격한 것은 단지 우리 목숨 살자고 한 일이 아니오. 우리 같은 떠돌이들은 제 한 몸 챙겨 도망 다니는 것은 일도 아니오. 하지만 그럴 수 없었던 것은 우리 식솔들 때문이었소."

"식솔? 이상하군. 그대들, 길 잃은 샤들은 가족을 갖지 않은 것으로 알고 있는데?"

"보통의 경우는 그렇소. 하지만 우린 아니오. 우린… 식솔이 있소. 그들의 안전을 위해 어쩔 수 없이 이 일을 하게 된 거요. 그러니 여기 일이 잘 마무리되면 우리 식솔들도 함께 살 수 있게 해주시오."

"얼마나 되지?"

"대략 일백여 명은 되오."

"많군."

"한군데 모여 사는 것은 아니고. 여기 저기 흩어져 살고 있소."

"좋아. 그렇게 하지."

적풍이 망설이지 않고 승낙했다.

"고맙소. 그럼 이제 우린 사황자를 위해 싸우리다."

"아니 싸울 필요 없다. 싸움은 우리가 한다. 그대들은 지금 즉시 북쪽 길로 빠져나가 출구에서 기다려라. 출구에 나의 사람이 있을 것이다. 그들에게 지금의 거래를 말하고 함께 대기하라."

"이제 보니 정말 철저히 준비하셨구려."

"아바르의 이후 십면불 도광을 상대하는 것이니까."

"하긴… 알겠소. 그리고 세 차간 안에 소식이 오지 않으면 우린 떠나겠소. 그때는 사황자께서 패한 것으로 알고 우리도 나름대로 살길을 찾아보겠소. 칠왕의 땅으로 들어가든 해서라도……"

"좋을 대로."

적풍이 순순히 응낙했다.

"좋소. 그럼 부디 꼭 이기시오. 가자!"

사내가 동료 샤들을 돌아보며 소리쳤다.

그러자 길 잃은 샤들이 주춤거리며 장내에서 물러나기 시작했다. 그런 그들을 보고 두룡이 소리쳐 물었다.

"그런데 당신 이름이 뭐요?"

그러자 길 잃은 샤들의 우두머리가 대답했다.

"난 무혼이라 하오, 이쪽은 내 아우인 무상! 계곡 출구에서 기다리겠소."

자신이 이름을 밝힌 낭인 무혼이 속도를 높여 동료들과 함께 적풍의 진영을 빠져나갔다.

샤들이 물러가자 적풍이 아바르의 전사들을 보며 말했다.

"이제 진짜 싸움이다. 손님을 맞을 준비를 하라."

적풍의 명이 떨어지자 아바르의 전사들이 분주하게 움직여 샤들과의 싸움으로 헝클어진 진영을 정비하기 시작했다.

어스름한 계곡의 어둠을 뚫고 그들보다 더 어두운 자들이 걸음을 옮기고 있었다. 걷는다고는 하지만 걷는 속도가 달리는 속도만큼이나 빠른 자들이었다.

그런 그들의 눈에 멀리 붉게 타오르는 모닥불이 보였다.

"저곳인가?"

"그런 듯합니다."

어둠 속에서 늙은 자의 목소리가 흘러나왔고, 그와 비슷한 노인의 목소리가 대답했다.

"삼불장에게서의 소식은?"

"아직 없습니다."

"이상한 일이군."

"일이 잘못된 것은 아닐까요?"

"잘못될 일이 뭐가 있는가? 어차피 그 떠돌이 놈들은 모두 몰살당할 운명인데."

"어쩌면 삼불장의 안위가……."

"걱정 말게. 적어도 자기 한 몸 빠져나올 수는 있는 사람이니까. 아마도 추격하는 자들이 있는 모양이지. 소식을 전할 여유가 없는 것은……."

"그럴 수도 있겠군요."

"아무튼 소란이 없는 걸 보면 싸움은 끝난 듯하군. 샤들을 모두 제거했다면 사황자의 실력은 소문대로 괜찮군. 비록 샤들의 운명이 죽음으로 정해져 있다고 해도 이렇게 빨리 끝날 줄은 몰랐어."

노인이 감탄의 목소리로 말했다.

"어쩌면 잘된 일일 수도 있지요. 승리에 취해 방심하고 있을 겁니다."

"음… 그럴 수도 있겠군."

"그자들… 십자성의 고수라는 자들은 결코 무시할 수 없는 자들입니다. 이젠 속도를 높이심이……."

"그럴까? 사황자를 상대하는 데 기습은 마땅치 않은 방법이지만 그래도 일을 확실히 하자면 기습이 가장 좋지. 더군다나 샤들을 물리치고 방심하고 있다면. 가자!"

노인의 목소리가 낮고 빠르게 퍼져 나갔다.

그의 명에 따라 수십 명의 검은 인영들이 아예 사람의 눈에 보이지 않을 정도로 빠르게 이동하기 시작했다.

"옵니다."

적풍은 이미 오래전부터 적의 기척을 느끼고 있었다. 그러나 먼저 입을 열어 적의 등장을 말한 사람은 거구의 몽금이었다.

몽금의 말에 진영 안쪽에 들어와 적을 기다리고 있던 사람들의 표정이 굳었다.

유리사와 궐손문은 무척 긴장한 듯 보였다. 그도 그럴 것이 자신들이 상대해야 하는 자가 이후 십면불 도광이라면 긴장하지 않은 것이 오히려 이상했다.

이후 심면불 도광은 과거 그들이 주군으로 모시던 황자 황녀들과는 또 다른 사람이었다. 능력으로 보자면 황자와 황녀들이 도저히 따라갈 수 없는 경험과 힘을 지닌 자가 도광이었다.

누구보다도 그 사실을 잘 알고 있는 유리사 등이 긴장하는 것은 그래서 당연한 일이었다.

스스슥!

풀밭에 뱀 기어가는 소리가 일어났다. 그리고 그 소리가 채 끝나기도 전에 불쑥 삼십여 명의 검은 인영들이 적풍의 진영 앞에 나타났다.

그런데 그렇게 기습적으로 나타난 자들이 오히려 당황한 표정으로 걸음을 멈췄다.

계획대로라면 그대로 적풍 일행을 공격해 일거에 승부를 봐야 하는데 기습한 자들은 그들의 계획과 달리 걸음을 멈출 수밖에 없었다.

이유는 하나, 그들 앞에 산악처럼 우뚝 서 있는 한 사람의 존재 때문이었다.

"사황자……."

누군가의 입에서 나직한 음성이 흘러나왔다.

기습자한 자들이 마치 그들을 기다리고 있었다는 듯한 표정과 산악 같은 무게로 서 있는 적풍을 보는 것만으로도 마치 반격을 당한 것 같은 느낌을 받은 것이다.

"오서 오시오. 이후……."

멈춰선 적을 향해 적풍이 먼저 입을 열었다.

"설마 내가 올 줄 알고 계셨소?"

어둠 속 무리 중에서 한 명의 노인이 앞으로 나서며 물었다.

검은 옷을 입었지만 모양은 불가의 가사와 비슷하고, 머리는 한 올의 잡티도 없이 밀어낸 것이 승려의 모습과 다를 바가 없는 자였다.

이 인물이야말로 신혈의 아바르에서 다섯 손가락 안에 드는 권력자 이후 십면불 도광이다.

"초대에 응할 것이라 생각했소."

"초대?"

도광이 되물었다.

"그렇소. 이 일은 애초에 신혈제일성에서부터 계획된 거요. 저잣거리에서 십자성의 사람들이 사몽에 대해 이야기할 때부터 당신 귀에 그 이야기가 들어갈 거란 걸 알고 있었소. 그럼 당신이 반드시 날 찾아올 거라고 생각했지. 이렇게 은밀한 밤에 말이오."

적풍의 말에 도광이 가볍게 눈살을 찌푸리고는 허탈한 표정으로 말했다.

"그렇다면 애써 기척을 숨기기 위해 조심할 필요가 없었군. 그런데… 앞서 온 놈들은 어찌되었소?"

주변에 자신이 보낸 길 잃은 샤들의 시신이 보이지 않자 도광이 의아한 표정으로 물었다.

그러자 적풍이 시선을 돌려 몽금에게 고개를 끄덕였다.

적풍의 신호를 받은 몽금이 커다란 물체를 집어 들더니 바위를 던지듯 앞으로 던졌다.

쿵!

몽금이 던진 물체가 도광 앞에 너부러졌다.

"당신이 찾는 자가 이자요?"

적풍이 청룡검 끝으로 땅에 나뒹굴고 있는 노인, 그러니까 십면불 도광의 명으로 길 잃은 샤들을 규합해 강제로 몰고 왔던 노인을 가리켰다.

"삼불장!"

비참한 모습으로 너부러진 노인을 보며 도광보다 먼저 그의 양옆에 서 있던 다른 두 명의 노인이 소리쳤다.

"이자가 그대가 믿는 세 명의 심복 중 하나라고 하던데. 이름이… 뭐라 했지?"

적풍이 이번에는 왼쪽으로 시선을 돌려 두룡에게 물었다.

"위락이라는 자입니다."

두룡이 딱딱한 목소리로 대답했다.

"그렇군. 듣고도 잠시 잊었어. 아무튼 이자가 그대의 삼불장 위락이라는 자요?"

"음……."

십면불 도광이 대답 대신 신음을 흘렸다.

"맞는 모양이군."

적풍이 빙그레 미소를 지으며 말했다. 순간 십면불 도광의 눈에서 검은 살기가 피어오르기 시작했다.

애초에 적풍을 죽일 생각이기는 했지만, 적풍에 대한 적의가 있다기보다는 적사몽에 대한 욕심 때문이었다.

그래서 적풍에 대해선 일말의 미안함 같은 것도 가지고 있었다.

그런데 지금 그의 오랜 수하 삼불장 위락이 비참한 몰골로 죽음을 당하고, 또한 적풍의 말 한마디 한마디에 자신에 대한 비웃음이 묻어나오는 것을 깨닫고는 적풍의 대한 미안함 대신 불같은 적의가 일어나기 시작했던 것이다.

"하나 더 묻겠소. 신혈의 아바르에서 감히 낭인 샤 무리들을 동원해 황자를 살해하려고 한 죄에 대한 벌은 무엇이오?"

적풍의 물음에 도광이 차가운 살기만 흘려낼 뿐 아무런 대답도 하지 않았다.

그러자 적풍이 큰 소리로 다시 두룡을 불렀다.

"두룡! 이후께선 이런 죄에 대한 형벌을 모르시는 모양이군. 그대는 아는가?"

"죽음입니다."

적풍의 물음에 두룡이 즉시 대답했다.

"그렇군."

적풍이 고개를 끄덕이더니 가볍게 검을 휘둘렀다.

"컥!"

적풍의 검이 삼불장 위락을 스쳐 지났다 싶은 순간 위락의 입에서 나직한 신음성이 흘러나오더니 이내 위락의 숨이 끊겼다.

이제 보니 위락은 숨이 미세하게 남아 있었던 모양이었다.

"죄인은 죄에 합당한 벌을 받았다. 묻겠다. 도광! 그대는 어떤 벌을 받겠느냐?"

갑자기 적풍의 말투가 사나워지면서 그의 신형이 두어 배는 커진 듯 보였다.

단번에 삼불장 위락을 베고, 십면불 도광을 향해 포효하는 적풍의 모습이 지옥의 신장처럼 강렬해서 도광의 수하들을 두려움에 떨게 했다.

"너… 이 애송이 놈! 정말 하늘 높은 줄 모르는구나. 그 얕은 재주로 감히 나 도광을 모욕하다니……!"

도광의 분노가 극에 달했다. 그의 눈에서 흘러나오는 검은 기운 역시 적풍 못지않게 강렬해졌다.

"도광! 이 땅에서 네가 누리는 모든 권력은 무황의 은혜와 신혈족의 희생에서 비롯되었다. 그런데 넌 마치 그 모든 것을 네 스스로 이룩한 것처럼 생각하는구나. 그것도 모자라 같은 동족의 피를 얻어 천명을 늘리려 하니 너 같은 자는 신혈의 땅에 머물 자격이 없다."

적풍이 재차 호령했다.

그리고 이번 추궁은 도광에게 좀 더 큰 충격을 주었다. 왜냐하면 그가 오늘 이곳에 온 이유, 적사몽을 데려가려는 명확한 의도를 적풍이 지적했기 때문이었다.

자신을 함정으로 끌어들인 이상 모르리라고는 생각지 않았다.

그러나 적풍이 자신의 치부를 가차 없이 들춰내는 지금 이 순간 그가 지금껏 쌓아온 아바르에서의 명성이 한순간에 무너져 내리고 있음을 그도 알고 있었다.

당장 적풍의 뒤쪽에 서 있는 유리사 등, 아바르의 전사들 얼굴에 십면불 도광에 대한 멸시의 기운이 가득한 것을 볼 수 있었다.

그 무거운 수치심은 강한 반발을 일으켜 적풍에 대한 적의로 나타났다.

"널 죽이겠다. 그리고 이곳에 있는 모든 사람을 죽이겠다."

"할 수 있겠나? 사람의 피나 탐하는 흉측한 괴물 주제에."

적풍이 비아냥거렸다.

그러자 도광이 칼에 찔린 듯 얼굴을 일그러뜨리더니 나직하게 입을 열었다.

"아바르는… 신혈의 아바르는 우리 검은 사자들에 의해 세워졌다. 무황은 우리의 지도자였을 뿐, 무황이 홀로 신혈의 아바르를 세운 것이 아니다. 그런데 왜 아바르의 제왕은 반드시 무황의 핏줄이어야 하는가? 그것도 이 땅을 지킬 능력조차 없는 애송이들에게……."

도광이 따지듯 물었다.

그러자 적풍이 심드렁하게 대답했다.

"그런 투정을 왜 내게 부리지? 그건 무황께나 부릴 투정이야.

사람이 늙으면 어린애가 된다더니 그대가 바로 그렇군. 아무튼, 이미 말했듯 난 아바르의 후계자가 누가 되든 상관없다. 무황의 혈통이 아니라도 상관없어. 하지만 적어도 당신은 안 돼."

"내게 자격이 없다고 생각하나?"

도광이 반발하듯 되물었다.

"자격이 있고 없고는 모르겠고. 어쨌든 당신은 안 돼!"

"이유가 뭐냐?"

"몰라서 묻나? 그댄 감히 나 십자성주 적풍의 아들에게서 피를 빼앗으려 했어. 그래서 당신은 오늘 여기서 죽어. 그러니 어떻게 아바르의 제왕이 될 수 있겠는가? 죽은 혼령이 왕이 될 수는 없는 법이지."

적풍의 말에 도광이 더 이상 참을 수 없다는 듯 검을 뽑아 들었다.

"애송이… 네 재주가 뛰어나다는 것을 모르는 바 아니다. 그러나 오늘 이곳에 온 나의 수하들은 우하성 최고의 전사들이다. 겨우 너희들 몇몇이 상대할 수 없어. 네가 설혹 전왕의 검을 빼든다 해도 말이다."

"글쎄. 당신 따위를 상대하는 데 전왕의 검까지 필요할까?"

적풍이 다시 빈정거렸다. 그러자 도광이 재차 대꾸를 하려다 말고 고개를 저으며 중얼거렸다.

"말이 무슨 소용이랴. 죽고 사는 문제는 말로 할 수 없는 문제. 결국 칼이 모든 것을 해결한다. 그리고 그게 우리 신혈이 법이지. 모두 들어라. 사정 볼 것 없다. 이곳에 있는 모든 생명을 멸살한다. 오직 아이만 남긴다. 시작하라!"

이후 십면불 도광의 명이 떨어지자 그를 따라온 서른 명의 전사들이 일제히 신혈의 기운을 터뜨리며 적풍을 향해 다가오기 시작했다.

제7장
야망의 끝

"왜 우리가 싸워야 하는가? 단지 이후(二侯) 개인의 욕망 때문에 신혈의 동족이 목숨을 걸고 싸워야 한단 말인가?"

도광의 명을 받아 질풍처럼 달려들던 십면불 도광의 수하들, 우하성의 최정예 전사들을 향해 구룡은 검보다 먼저 절규와 같은 물음을 던졌다.

차앙!

그 와중에 적풍을 따르는 아바르의 전사들 중 가장 앞에 나와 있던 유리사의 검과 우하성 전사의 검이 격돌했다.

그러나 그 격돌은 예상처럼 치열하지 않았다.

오랜 세월 하나의 이름 아래 살아온 전사들이 서로를 향해 검을 들이댔다. 어색한 상황에, 더 어색한 적이다.

그러므로 본능적인 망설임이 생길 수밖에 없었다. 구룡이든 유리사든 혹은 십면불 도광을 따라온 우하성의 전사든, 이들은 모두 아바르의 전사로서 얼마 전까지 신혈제일성에 모여 대원정의 꿈을 함께 꾸었던 자들이다.

그런 사람들끼리 서로를 향해 검을 들이대고 있으니 처연한 느낌이 들지 않을 수 없었다.

그 처연한 심정을 구룡의 절규가 더욱 증폭시켰고, 그렇게 만들어진 우울함이 검에서 독기를 없애고, 서로에 대한 살기를 날카롭게 만들지 못했다.

도광의 명을 받고 적풍 일행을 향해 돌진하던 우하성의 전사들은 대부분 전의를 상실하고 마치 일하기 싫은 사람들의 호미질처럼 그렇게 힘이 없이 적풍 일행을 상대하고 있었다.

이 상황을 노련한 십면불 도광이 두고 볼 리 없었다.

"지금 뭣들 하는 것이냐? 이 모든 것은 아바르의 미래. 신혈의 미래를 위한 것이다. 모두 독하게 손을 써라!"

십면불 도광의 독려가 큰 효과를 낸 것은 아니지만, 그렇다고 아주 효과가 없는 것은 아니었다.

우하성의 전사들이 좀 더 강하게 적풍 일행을 밀어붙이기 시작했다. 적풍 일행이 자연스럽게 말과 마차로 만들어놓은 둥근 원형진 안으로 밀려들어 왔다.

그럼에도 불구하고 우하성의 전사들이 십면불 도광이 원하는 만큼의 전의를 일으킨 것은 아니었다.

그들은 적풍 일행을 밀어붙이면서도 차마 목숨을 끊는 치명적인 공격은 하지 못하고 있었던 것이다.

"피는… 피가 부르는 법이지."

수하들의 독하지 못한 공격을 바라보고 있던 십면불 도광이 홀로 중얼거렸다.

그리고 양옆에 서 있는 두 명의 불장들, 삼불장 위락이 죽어 이젠 둘만 남은 일불장 이사야와 이불장 오훈을 돌아보며 말했다.

"살기를 일으키지 않으면 어려운 싸움이다. 어차피 모두를 죽여야 끝나는 싸움, 그대들이 나서라. 그의 피를 봐야 나의 전사들이 새로운 피를 찾을 것이다."

"알겠습니다."

두 명의 불장이 무거운 목소리 대답했다.

"힘든 밤이겠지만 이 밤이 지나면 우린 새로운 신혈의 아바르를 시작할 기반을 마련할 수 있을 거야."

"예, 주군!"

두 사람이 고개를 숙여 대답하고는 검을 뽑아들고 전장을 향해 달려들었다.

적풍은 전장의 한가운데 태산처럼 무겁게 서 있었다. 수십 명의 우하성 전사들이 그의 일행을 공격했지만, 적풍을 향해 검을 휘두르는 자는 없었다.

우하성의 전사들 중 무황의 사황자를 직접 공격할 만한 배포를 지닌 사람이 없었던 것이다.

더군다나 우하성 전사들의 검에는 살기가 없어서 그가 나서서 일행을 도와줄 필요도 없었다.

'참 묘한 싸움이군. 그나마 다행인가?'

이런 일은 적풍도 예상치 못했던 것이었다. 애초에 적풍은 이 싸움이 피가 강을 이루는 싸움이 될 것이라 생각했었다.

십면불 도광도 적풍 일행의 전멸을 노릴 것이고. 적풍도 이들에게 아량 같은 것은 베풀 생각이 없었기 때문이었다.

그러나 싸움이 시작된 지 꽤 시간이 지났지만 아직 단 한 명도 죽은 자가 없었다.

"그럼… 한 사람만 죽이면 모두가 살 수 있는 싸움일 수도 있겠군."

적풍이 차가운 눈으로 싸움에서 벗어난 곳에서 전장을 응시하고 있는 십면불 도광을 바라봤다.

도광이 죽으면 우하성의 전사들로 하여금 검을 버리게 할 수 있을 것 같았다.

결심하는 것은 어렵지 않았다. 십면불 도광 같은 자를 죽이는 것을 망설일 이유가 없기 때문이었다.

적풍이 가볍게 손을 털었다. 그러자 그의 손에 어느새 검집에서 벗어난 청룡검이 들렸다.

검을 든 적풍이 십면불 도광을 향해 걸음을 떼었다.

그런데 그 순간 적풍이 걸음을 멈췄다.

"저자도 같은 생각인 모양이군. 하지만 실망이야. 그렇게 생각했다면 자신이 와야지. 수하를 보내다니. 그렇다고 내가 당신 의도대로 움직여 줄 사람도 아니고."

적풍의 눈에 도광의 양옆에 서 있던 두 노인이 자신을 향해 질주해 오는 것이 보였다.

검은 전갑을 갖춰 입은 그들의 모습은 한눈에 보아도 거친 전장의 삶을 살아온 자들의 모습이었다. 어쩌면 검은 사자의 일원이었을지도 모른다는 생각이 들 정도였다.

우두둑!

적풍이 목을 좌우로 젖혀 근육을 풀었다. 척추를 따라 뼈들이 맞춰지는 소리가 시원하게 들렸다.

그리고 적풍이 몸을 날렸다.

"헛!"

적풍을 향해 좌우에서 달려들던 일불장 이사야와 이불장 오훈의 입에서 헛바람이 새어나왔다.

미처 적풍을 향해 검을 휘두르기도 전에 적풍이 바람처럼 두 사람의 사이를 뚫고 지나갔기 때문이었다.

두 사람이 시선을 돌려 적풍을 행방을 찾았을 때, 적풍은 이미 뒤로 물러나 있던 그들의 주군 십면불 도광을 향해 질주하고 있었다.

"주군을?"

일불장 이사야가 금세 적풍의 의도를 알아챘다.

"주군이 위험하오."

이불장 오훈이 소리쳤다.

"설마 주군이 사황자에게 당하겠는가?"

"사황자에게는 전왕의 검이 있소. 그리고 주군께선 최근…
힘을 길게 쓰지 못하시오."

"음……."

이사야의 입에서 나직한 신음이 흘러나왔다.

비인간적이 사술인 매혈을 시도한 이유는 바로 그런 십면불
도광의 지병 때문이 아니던가.

몇 번의 접전에서 승부를 보지 못하면 결국 십면불 도광이
수세에 몰릴 것을 누구보다 잘 아는 두 사람이었다.

"어쩔 수 없군. 합공을 하는 수밖에. 신혈의 형제들 시선을
신경 쓸 때가 아니지."

이사야가 중얼거렸다.

본래 아바르의 전사들은 일대일의 겨룸을 무척 중요하게 생
각한다.

외족과의 전쟁이 아닌 아바르 전사들 간의 겨룸에서는 특히
더 그러했다.

그래서 오늘 이곳에서 십면불 도광과 두 명의 불장이 적풍
을 합공한다면 우하성의 전사들조차도 도광에게 실망할 것이
분명했다.

그러나 결국 중요한 것은 싸움의 승패다. 그 이후의 일은 나
중에 생각할 문제였다.

두 사람이 적풍의 뒤를 따라 바람처럼 달리기 시작했다.

"좋은 생각이오. 사황자!"

십면불 도광이 자신을 향해 달려오는 적풍을 보며 소리쳤다. 그도 적풍의 의도를 알고 있었다. 적풍이 자신을 범으로써 이 싸움을 단번에 끝낼 생각이라는 것을.

십면불 도광의 손에 기이한 검이 들렸다. 검신의 두께가 보통의 검보다 두 배는 두껍고 길이 역시 한 뼘 정도는 더 긴 장검이었다.

그릉!

도광의 검이 검신을 벗어나는 순간 검이 신룡처럼 울음을 울었다.

뒤를 이어 도광이 장검으로 허공을 반으로 갈랐다.

콰아아!

도광의 검이 만들어내는 검광이 그의 앞에 있는 공기를 반으로 가르며 적풍을 향해 날아갔다.

적풍이 망설이지 않고 도광의 검을 향해 청룡검을 휘둘렀다. 적풍의 검이 만들어내는 검기 역시 파도처럼 공기를 갈랐다.

그리고 두 개의 검이 허공에서 격돌했다.

콰릉!

천둥 치는 소리가 일어나면서 불꽃이 번쩍였다. 두 개의 검이 만들어내는 격돌은 눈부셨다.

강력한 충돌 이후에는 그 무게감에 어울리지 않게 빠르고 부드러운 공수가 어우러졌다.

주로 적풍이 공격을 가하면 도광이 장도를 이용해 부드럽게 적풍의 공격을 받아넘겼다.

'대단한 무공이다.'

적풍은 도광을 상대하면서 그의 무공에 감탄했다.

장검을 쓰는 자 답지 않은 부드러움, 유능제강의 이치가 깃든 도광의 무공은 그가 아바르의 제왕을 꿈꿀 자격이 있다는 것을 증명하고 있었다.

적풍의 검법은 스승 유령마군 사혼의 진천벽력검, 강력하며 살기 충만한 적풍의 검법은 도광의 부드러운 방어에 막혀 번번이 허공을 갈랐다.

그러나 그렇다고 해서 도광이 싸움의 승세를 잡은 것은 아니었다. 적풍의 공격을 장검과 유려한 검법을 이용해 흘려내기는 해도 반격의 기회를 잡기는 어려운 도광이었다.

그래서 싸움이 두 사람의 생각과 달리 길어지기 시작했다. 그리고 좀 더 시간이 지나자 적풍의 눈이 한순간 번쩍였다.

'이자가 힘을 아끼고 있어.'

적풍은 도광이 반격을 하지 못하는 것이 아니라 하지 않는다는 것을 깨달았다.

그리고 그 이유도 분명했다. 그는 힘을 아끼고 있었다.

'힘을 아끼는 이유가 무엇이든 이자는 결국 전력을 다해 싸울 힘이 부족한 것이다.'

힘을 모아 한 번에 쓰려고 할 수도 있었고, 이 싸움을 장기전으로 끌고 가려함일 수도 있었다. 싸움이 길어지면 결국 숫자에서 우위에 있는 우하성의 전사들이 승리를 거둘 거라 생각할 수 있었다.

그러나 그 어떤 경우든 결국 전력을 다하지 않고 힘을 아낀다는 것은 당장 쓸 힘이 부족하다는 것을 의미했다.

"이래서 사몽의 피가 필요했군."

세 번의 초식으로 도광의 머리와 가슴 그리고 다리를 거의 동시에 노리며 적풍이 말했다.

그러자 도광이 검을 미묘하게 사선으로 그어 내리면서 적풍의 세 초식을 모두 흘려내고는 되물었다.

"무슨 소리요? 사황자."

"당신 기력이 부족한 듯해서 말이야. 그게 병증이든 혹은 노쇠한 것이든 이유는 모르겠지만……"

적풍의 말에 도광의 얼굴에 당황한 빛이 서렸다.

그 자신이 단지 좀 더 강해지기 위함이 아니라 약해지는 것을 막기 위해 아이의 피가 필요하다는 것을 적풍이 싸우는 도중에 알아챈 것이다.

"그래서 사황자께서는 반드시 죽어야겠소."

이 상황에서 굳이 부인할 생각은 없었다.

그 사실을 적풍이 알았다고 해서 오늘 싸움의 결과가 달라질 거란 생각은 하지 않았다.

"이런 몸으로는 날 상대할 수 없어."

적풍이 도광의 머리를 향해 강력한 검기를 뿜어내며 말했다. 힘이 부족한 상대라면 힘으로 상대하는 것이 정법이다. 그래서 이번 공격에 실린 적풍의 힘은 태산처럼 무거웠다.

"걱정은 사황자가 해야 할 거요. 겨우 이런 정도 전력으로는 나와 내 수하들을 상대할 수 없소."

도광이 몸을 젖혀 적풍의 강력한 검초를 피해내며 말했다.

그리고 그 순간 적풍을 향해 두 개의 기운이 덮쳐왔다.

적풍이 썰물 빠지듯 도광에게서 멀어졌다. 그러면서 그의 청룡검이 벼락처럼 좌우를 후려쳤다.

카캉!

좌우에서 그를 공격해 들어오던 이사야와 오훈 두 불장이 튕겨지듯 검을 움켜쥐고 뒤로 물러났다.

그사이 적풍이 좀 더 뒤로 물러났다.

그렇게 네 사람이 네 개의 방위를 차지하고 잠시 싸움을 멈췄다.

"사황자의 실력은 인정하겠으나, 어차피 이 싸움의 승패는 결정된 것이었소. 내가 올 줄 알았다면 몸을 피하는 것이 좋았을 것이오. 스스로에 대한 과신이 결국 오늘 사황자를 죽게 할 것이오."

도광이 적풍을 보며 말했다.

그의 말과 행동에 여유가 넘쳤다. 비록 그의 수하들이 차마 살검을 쓰지 못하고 있지만 그래도 싸움의 승기는 숫자의 우위로 완벽하게 잡은 상태였다.

단 하나 문제였던 적풍도 자신과 두 불장이 불명예를 무릅쓰고 합공한다면 곧 쓰러뜨릴 수 있다고 생각하는 모양이었다.

그런데 자신만만한 도광을 보며 적풍이 가벼운 미소와 함께
되물었다.

"그렇다면 이상하지 않은가?"

"무엇이 말이오."

"그렇게 불리한 싸움을 왜 내가 자초했는지 말이야."

"그야 이미 말했듯 스스로를 과신한 탓 아니겠소?"

"다른 이유도 있지 않을까? 예를 들면 이길 방법을 찾았거
나……."

"후후, 이곳은 사황자께서 선택한 협곡의 길, 이런 곳에선 변
수가 발생하기 어려운 법이오."

도광이 말했다.

"하나 더 이상한 점을 발견하지 못했나?"

적풍이 다시 질문을 던졌다.

"생각보다 말이 많구려. 그래, 또 어떤 점을 생각해야 한다는
거요?"

도광이 물었다.

그로선 더 이상 어떤 변수도 생기지 않을 거라 확신하는 모
습이었다.

"애초에 나를 따라 신혈제일성을 나선 사람의 숫자를 파악
하지 않았었나?"

적풍이 물었다.

그러자 도광이 눈빛이 흔들렸다. 그리고 시선을 적풍의 등
뒤, 그의 전사들과 적풍 일행이 살기 없는 싸움을 하는 곳으로

향했다.

잠시 후 도광이 고개를 저으며 중얼거렸다.

"사람의 숫자가 적구려. 그런데… 그게 무슨 변수가 되겠소? 설마 그들이 지원군이라도 데려온다는 것이오?"

"그게 아니지. 그들 스스로가 지원군이지."

"설마 겨우 사라진 십여 명을 믿고 있는 것이오?"

"겨우 십여 명의 힘을 보면 놀라게 될 거야. 아니 그런가? 형제들!"

적풍이 큰 소리로 외쳤다.

그러자 갑자기 길 위 절벽 위에서 우렁찬 목소리가 들려왔다.

"맞습니다. 성주! 그따위 쥐새끼 같은 놈들 우리 열 명이면 충분하지요. 에잇!"

목소리의 주인공은 확인하지 않아도 이위령이었다. 그리고 이위령의 마지막 음성은 화를 내자고 한 소리가 아니었다.

쐐애액!

유성이 떨어지듯 허공에 한 줄기 빛이 흘렀다. 그리고 그 빛은 일직선을 그리며 사람이 피할 수 없는 속도로 하강했다.

그 빛의 끝자락에 한 사람이 있었다.

"헛!"

일불장 이사야가 다급한 목소리를 토해내며 그대로 검을 아래에서 위로 휘둘렀다.

어느새 그의 가슴으로 한 자루의 철장이 내리꽂히고 있었던 것이다.

콰앙!

철창과 일불장 이사야의 검이 격돌하는 순간 이사야의 몸이 크게 휘청거리며 대여섯 걸음 뒤로 밀려난 후에야 몸을 바로 세웠다.

그사이 갑자기 절벽 위쪽에서 화살비가 쏟아지기 시작했다.

퍼퍼퍽!

밤하늘을 뚫고 내려온 화살들이 하나로 이어진 것처럼 줄지어 땅에 꽂혔다. 그러자 거짓말처럼 싸움이 중지됐다.

이상한 것은 기습적인 화살 공격이었는데도 다친 사람이 하나도 없다는 것이었다.

분명히 십면불 도광의 수하들인 우하성 전사들을 향해 쏘아진 화살들인데 이상하게도 단 한 명을 격중시키지 못했다. 그렇다고 화살을 쏜 십자성의 고수들 실력이 모자라서는 결코 아니었다.

"소두괴, 그대의 결정인가?"

적풍이 어두운 절벽 위를 보며 소리쳐 물었다.

화살을 쏘되 우하성의 전사들을 맞히지 않고 그들의 발아래 꽂히게 해 일단 싸움을 멈추게 하려는 판단은 오직 소두괴만이 생각할 수 있는 일이었다.

"그렇습니다. 성주!"

어둠 속에서 소두괴의 대답이 들렸다.

"이유는?"

"싸우시는 모습을 보니 성주께선 그 노욕에 물든 우하성주를 제외하곤 다른 아바르의 형제들을 살상한 생각이 없으신 것 같아서 말입니다. 제가 성주님의 뜻을 잘못 읽었습니까?"

소두괴가 소리쳐 물었다.

그러자 적풍이 대답했다.

"아니, 정확하게 보았다. 우하성의 형제들에게는 살의가 없어. 이 싸움은 오직 자칭 불법을 따른다는 이 늙은 야심가와 나와의 싸움일 뿐이다. 그만 제거하면 되는 일이지."

"알겠습니다. 우하성의 형제들! 모두 성주님의 말씀을 잘 들으셨을 거요. 저분이 누구요? 바로 무황의 사황자시오. 그런 분을 공격하고도 아바르에서 살아갈 수 있겠소? 저 늙은 노괴는 이곳에 있는 모든 사람들 죽여 입을 막으면 된다고 말했겠지만, 이미 우린 전장의 밖에 있소. 또한 다시 싸우겠다면 그땐 우리의 화살도 땅이 아니라 형제들의 가슴을 향하게 될 거요. 그러니 우리 아랫사람들은 이 싸움에 관여치 맙시다. 이 싸움은 저 노괴와 사황자님의 싸움으로 끝내도록 합시다."

어둠 속에서 들려오는 소두괴의 말에 우하성의 전사들이 크게 술렁였다.

화살이 그들의 가슴으로 향할 거란 소두괴의 경고는 문제가 되지 않았다. 그보다는 설혹 그들이 이 싸움에서 승리한다 해도 이곳의 소식이 무황의 귀에 들어갈 수 있다는 사실이 그들을 두렵게 만들었다.

"어떻게 이 위기를 벗어날 것인가?"

우하성 전사들의 동요를 보며 적풍이 십면불 도광에게 물었다. 그러자 도광이 차가운 시선으로 적풍을 노려보며 자신의 수하들에게 말했다.

"좋아. 모두들 지금 그 자리에서 움직이지 말라. 일단 사황자를 제압한 후 향후의 일을 결정하겠다. 내가 패한다면… 너희들의 죄는 용서받을 것이다. 아직은 그 누구도 죽지 않았으므로……."

십면불 도광의 말에 우하성의 전사들 중 일부가 나직하게 안도의 한숨을 내쉬었다.

"그대들도 물러나라."

도광이 두 명의 불장에게 말했다. 그러자 두 사람이 고개를 저었다.

"그럴 수 없습니다. 우린… 주군과 운명을 같이합니다. 그건 주군께서도 막을 수 없습니다."

이사야가 단호하게 말했다.

그러자 도광이 고개를 저었다.

"이 지경이 되었으니 그래도 정당한 대결이었다는 소리를 듣고 싶네. 세 사람이 한 사람을 합공한 것이 아니라 말일세."

"주군……."

이사야가 도광의 보며 말꼬리를 흐렸다. 그런데 그때 적풍이 덤덤한 목소리로 말했다.

"셋 모두 상대해 주지. 그쯤 돼야 앞으로 날 귀찮게 할 사람이 없을 것 같으니."

"사황자… 정말 오만하구려. 우리 셋의 합공을 받아낼 수 있는 사람은 오직 무황뿐이오."

"이제 곧 한 사람 더 생기겠군."

적풍이 대답했다.

그러자 도광이 차가운 미소를 지으며 말했다.

"좋소. 사황자가 원한다면 그리하겠소. 사실 난 아직도 내게 기회가 있다고 생각하오. 아이의 피로 몸을 회복하고, 사황자의 품에 있는 두 개의 신검을 얻은 후, 사황자를 인질로 삼는다면 최소한 우하성에서 자립할 수 있을 것이오. 물론… 아바르의 형제들로부터 비난을 받을지언정… 하지만 결국 시간이 흐르면 그들은 날 필요로 하게 될 거요. 무황의 사후(死後), 이 땅을 지킬 수 있는 사람은 신검을 가진 나뿐일 테니까."

"좋을 대로. 아무튼 시간 끌 일은 아닌 것 같군. 그대에게나 나에게나."

적풍의 말이 끝나자 도광이 두 명의 불장을 보며 고개를 끄덕였다.

그러자 두 명의 불장 이사야와 오훈이 좌우로 벌려서며 적풍을 에워쌌다.

"내려갈까요?"

세 명이 적풍을 합공하려하자 절벽 위에서 이위령이 소리쳐 물었다.

"그거야 말로 날 모욕하는 일이지!"

적풍이 대답했다.

"알겠습니다. 그럼 구경이나 하지요."

이위령의 여유 있는 대답이 우하성의 전사들을 한층 더 불안하게 만들었다.

자신의 주군이 세 명의 강자들을 상대해야 함에도 이런 여유를 보인다는 것은 적풍이 이길 거란 흔들리지 않는 믿음이 있다는 것을 말해주는 것이기 때문이었다.

"신검을 쓰셔도 좋소."

그나마 자존심을 지키고 싶었는지 도광이 말했다. 그러자 적풍이 고개를 저으려다 말고 말했다.

"그것도 나쁘지 않겠군. 우하성의 형제들에게 신검의 위력을 보여주면 이 싸움이 얼마나 무모했는지 알게 될 테니까. 당신에 대한 미련도 사라질 테고."

적풍이 청룡검을 거두고 전왕의 검을 뽑았다.

크릉!

적풍이 붙여준 사자검이란 말에 걸맞게 검집을 벗어난 신검이 사자처럼 으르렁거렸다.

연이어 적풍이 사자검에 진기를 주입하자 신검이 세상의 모든 빛을 빨아들이는 것처럼 투명한 검은 빛을 띠기 시작했고, 주변의 어둠은 더욱 깊게 변했다.

그 속에서 사자검을 들고 서 있는 적풍이 사람들의 눈에는 전신(戰神) 혹은 전마(戰魔)처럼 느껴졌다.

"와라!"

적풍이 사자검이 만든 어둠 속에서 도광을 향해 소리쳤다.

그러자 이미 전의를 끌어 올리고 있던 도광이 두 명의 불장과 눈빛을 교환한 후 적풍을 향해 뛰어들었다.

세 개의 검이 어지럽게 교차하며 강력한 검풍을 일으켰다. 그 검풍 속에 적풍이 서 있었다.

적풍은 자신이 선 자리에서 전후좌우 사방으로 다섯 걸음 이상 움직이지 않고 세 명의 적을 상대했다.

신검 사자검의 기운은 샘솟는 물처럼 끊임없이 신기를 일으켜 적풍을 보호했고, 적풍은 자신이 만든 영역에 들어온 적에게는 가차 없이 반격을 가했다.

싸움은 마치 적풍이 검을 휘두르는 것이 아니라 검이 스스로 적풍을 지키고 적과 싸우는 것처럼 보였다.

도광등 삼 인의 공격도 다시 볼 수 없는 강력한 것이었지만, 신검이 만들어내는 기운을 뚫기에는 역부족으로 보였다.

그렇게 싸움이 한동안 지속됐다.

그러던 한순간 갑자기 적풍이 사자검의 손잡이를 두 손으로 잡았다.

그러자 적풍 주위에 형성되어 있던 사자검의 검은 기운들이 일제히 검신 안으로 빨려 들어갔다.

순간 사자검의 검기가 두어 배 길어졌다. 그리고 적풍이 지금까지와 달리 사자검의 주인으로서 검을 휘두르기 시작했다.

그리고 그 결과가 모두를 경악시켰다.

서걱!

검이 잘려 나가는데 쇳소리가 아니라 무 잘리는 소리가 나왔다. 그리고 검의 반을 잃고 당황하는 이사야의 가슴에 적풍의 발이 닿았다.

쿵!

적풍의 발길질에 가슴을 채인 이사야의 몸이 허공으로 떠오르더니 재차 닥쳐온 적풍의 주먹을 막지 못하고는 십여 걸음 밖으로 튕겨져 나갔다.

쿵!

바닥에 나뒹군 이사야가 몸을 일으키지 못하고, 그 자리에 너부러져 꿈틀거렸다.

적풍이 그런 이사야에게 더 이상 관심을 두지 않고 다른 두 명의 적을 상대하기 위해 몸을 돌렸다.

웅!

묵직한 도광의 검이 이사야를 제압한 적풍의 등 뒤로 날아왔다. 적풍이 그대로 허리를 숙이며 몸을 회전하자 그의 목이 있던 자리를 도광의 검이 무서운 속도로 갈랐다.

그사이 어느새 다가온 이불장 오훈의 검이 땅에 쓸리듯 적풍의 두 다리를 베어갔다.

적풍이 이사야에게 힘을 쏟는 사이 두 사람에게도 기회가 생긴 것이다.

푹!

적풍이 재빨리 사자검을 땅에 꽂으며 두 다리를 허공으로 차올렸다. 그러자 아슬아슬하게 오훈의 검이 그의 발아래로 지나갔다.

순간 적풍이 몸 전체를 비틀며 땅에 꽂힌 사자검을 중심으로 회전했다. 그러자 어느새 그의 발이 지나쳐 가는 오훈의 목덜미를 따라잡았다.

오훈이 다급해졌다. 그가 무리하게 허리를 틀며 자신의 목덜미를 노리는 적풍의 발을 향해 검을 휘둘렀다.

순간 적풍이 두 발을 거둬들여 땅을 밟으면서 반대로 땅에 꽂혔던 검을 뽑아 그대로 오훈의 검을 올려쳤다.

서걱!

다시 무 잘리는 소리가 나며 오훈의 검도 두 동강이 났다.

"음!"

오훈의 입에서 자신도 모르게 신음성이 흘러나오는 순간 사자검이 직각으로 꺾이며 오훈의 가슴을 베었다.

팟!

오훈이 엉겁결에 몸을 피했으나 이미 사자검은 그의 가슴에서 옆구리 쪽으로 길게 검상을 만들어내고 있었다.

"큭!"

오훈의 입에서 비명이 흘러나왔다.

그가 가슴과 옆구리 중 좀 더 깊은 상처를 입은 옆구리 쪽을 누르며 무너지듯 그 자리에 쓰러졌다.

그러자 적풍이 허공으로 떠오르더니 오훈을 날아 넘어 허공에서 그대로 사자검을 내리그었다.

그 검 아래 더 이상 싸울 의욕을 잃은 듯한 도광이 서 있었다.

삭!

미세한 파열음이 사자검 끝에서 일어났다. 그러자 도광이 마치 참선을 하려는 사람처럼 그 자리에 조용히 주저앉았다.

그의 손에서 검이 떨어져 나가고 대신 그의 손은 자신의 어깨를 잡았다. 그러자 손가락 사이로 붉은 피가 배어나왔다.

"으음⋯⋯."

도광의 입에서 그제야 신음이 흘러나왔다.

"왜 검을 거뒀나?"

피를 흘리는 도광을 보며 적풍이 물었다.

"소용없다는 것을 알았기 때문이오. 신검을 상대하기에는⋯⋯."

"단지 신검 때문이라고 생각하나?"

"물론 사황자는 강하시오. 그러나 신검이 아니었다면… 승부는 가늠할 수 없었을 거요."

"아쉽군."

"⋯⋯?"

"괜히 신검을 썼어. 그래서 그대는 패하고도 온전하게 굴복하지 못하는 것 아닌가."

"난… 십병초인 황천산과 마불 승정의 무공을 수련했소. 두 무공 모두 구 성 이상의 성취… 그런 내가 신검을 들지 않은 사 황자에게 질 것이라고는 생각지 않소."

"그러게 믿고 죽는 것도 좋겠지. 알고 있겠지? 살기 어렵다는 것을?"

적풍의 말에 도광이 고개를 돌려 자신의 어깨를 바라봤다. 손가락 사이로 흘러나오는 피는 문제가 아니었다. 어깨로부터 이어져 목 아래까지 닿은 검상이 치명적인 것이었다.

"그렇겠구려."

도광이 담담하게 대답했다.

죽음을 받아들이는 면에 있어서만큼은 그의 별호에 붙은 불 (佛)자가 어울리는 도광이었다.

죽음을 인정한 도광을 보며 적풍이 크게 외쳤다.

"사몽! 이리 오너라."

적풍이 부르자 설루 앞에서 검을 빼들고 서 있던 소년 적사 몽이 화들짝 놀라 설루를 돌아봤다.

그러자 설루가 고개를 끄덕이며 말했다.

"가봐라. 네 마음의 한을 풀어주려는 것일 거야."

"그를 죽이라고요?"

"그런 뜻이 아니다. 네 손에 피를 묻히는 일은 없을 거야."

설루의 말에 용기가 생겼는지 적사몽이 검을 든 채로 적풍 과 도광에게 다가왔다.

도광은 적사몽이 다가오자 흐트러졌던 자세를 바로하고 가부좌를 틀었다.

그리고 적사몽이 그의 앞에 서자 가볍게 고개를 숙였다.

"네게 일어났던 모든 일들에 대해 사과하겠다. 용서받을 수 없다는 것을 안다. 그러나 오늘 내가 죽음으로서 네 마음의 원한도 흩어버리길 바란다. 마음에 욕심이 많은 사람과, 마음에 원한이 큰 사람 모두… 좋은 삶을 살기가 어려운 법이니……."

이상한 일이었다.

도광은 지금까지 모든 힘을 기울여 적사몽을 잡아 그 피를 얻으려 했었다. 그런데 지금 적사몽을 대하는 모습은 마치 노회한 스승이거나 혹은 할아버지가 손자를 대하는 듯한 모습이었다.

그리고 더 이상한 것은 그 모습이 전혀 어색하지 않다는 것이었다.

"왜… 왜 그랬어요?"

적사몽이 손에 힘을 준 채 물었다.

"오직 나의 욕심 때문이었다. 돌이켜 생각해 보면 아바르의 안위나 신혈의 영원한 번영 같은 것은 모두 핑계에 지나지 않았다. 결국 나의 욕심이 나를 망쳤다고 할 수 있다. 애초에 내가 불가의 가르침에 귀를 기울인 것은 내 본성이 탐욕스럽기 때문이었다. 나 자신을 알기에 그 탐욕을 억제하려고 불가의 가르침에 귀 기울인 것인데… 결국 너 한 명을 넘지 못했구나."

적풍은 도광이 생각보다 무척 뛰어난 사람이란 것을 깨달았다. 그는 자신이 한 일과 그 원인에 대해 누구보다 명철하게 인식하고 있었던 것이다.

"왜 꼭 제 피여야 했나요?"

적사몽이 아주 오랜 시간 궁금해 하던 것을 물었다. 신혈의 기운이 강하다한들 그런 피를 지닌 사람을 찾으려면 못 찾을 것도 없는 아바르 땅이었다.

"네 피를 만든 사람이 나니까."

"그게… 무슨 말이죠?"

적사몽이 되물었다. 그러자 도광이 적사몽의 질문에 대답을 하는 대신 적풍을 보며 말했다.

"사황자, 이 아이의 아버지가 되었다고 하셨소?"

"그렇소."

적풍이 대답했다.

"그럼 부모로서 알아야 할 것이 있소. 이 아이의 피가 특별한 것은 그 피 안에 마불 승정이 남긴 신정의 기운이 흐르고 있기 때문이오."

"마불 승정? 이십팔룡의 그 마불 승정을 말하는 건가?"

"그렇소. 난 마불 승정의 유산을 얻을 때 그의 정기가 담긴 신정사리도 얻었소. 그 신정을 복용하면 마불이 생전에 축기한 힘을 모두 얻을 수 있고 나의 지병도 고칠 수 있었소. 그런데 문제가 있었소. 신정을 아무나 복용할 수 없다는 것이었소."

도광의 말에 적풍이 고개를 끄덕였다.

"혈과 기가 맞지 않는 사람이 복용하면 주화입마지."

"맞소. 그런데 난 그와 혈기가 맞지 않았소. 아니 이 세상 그 누구도 마불과 혈기가 맞는 사람은 없었소. 그는 아주 특별한 체질을 가지고 있었기 때문이오. 그래서 난 신정의 흡수를 거의 포기했었소. 그런데… 마치 악마의 유혹처럼 마불의 유품에서 난 한 가지 사실을 알아낼 수 있었소. 그건… 마불이라 불리지만 스스로는 선승을 자처해 홀로 살았던 것으로 알려진 마불 승정에게 사실은 알려지지 않은 후손이 있다는 것이었소."

"그럼……?"

적풍이 조금 놀란 표정으로 적사몽을 돌아봤다.

"맞소. 이 아이는 마불 승정의 피를 잇고 있소. 그 사실을 알게 되자 난 방법을 찾아냈소. 마불의 신정을 흡수할 수 있는 방법을……."

"흡기라. 강호에선 마인들조차도 금지하는 패악한 방법이지."

적풍이 중얼거렸다.

"명분 같은 것은 있었소. 그 힘으로 신혈 아바르를 지키겠다는. 그러나 결국 돌이켜보면 그건 나의 욕심이었을 뿐이지."

도광이 과거가 후회되는지 고개를 저었다. 그러다가 문득 고개를 들어 적사몽을 보며 말했다.

"넌 아주 어릴 때, 네가 기억하지 못하는 시절에 마불 승정의 신정을 복용했다. 물론 처음에 네 부모는 그 일이 나의 선의(善意)로 생긴 일이라고 생각했었다. 그러다가 차츰 그들은 내 진심을 알게 되었지. 네가 마불 승정의 신정의 힘을 네 피 속에 모두 녹여내면 그땐 사악한 흡기의 술로 너의 정기를 빼앗을 거란 걸… 그래서 네 부모는 신혈의 땅을 떠나 숨어 살았던 것이다."

도광은 자신이 한 일을 정확하게 그리고 무척 차분하게 적사몽에게 설명했다.

그 모든 것을 반드시 알아야 한다는 것처럼.

"그래서 결국 그분들은 돌아가셨죠. 당신이 고용한 흑상들에게."

"음… 그 일 역시 씻을 수 없는 나의 죄악이다. 네게 진심으로 사죄한다. 그런데 아이야."

도광이 마치 손자를 부르듯 적사몽을 불렀다.

"더 변명할 말이 있나요?"

적사몽이 물었다.

그러자 도광이 고개를 저었다.

"지금부터는 변명이 아니라 당부다."

도광이 말을 잠시 멈추고 품속에서 작은 동판을 꺼냈다. 동판을 얼마나 얇게 두드렸는지 종이라고 해도 믿을 것 같았다.

"다른 모든 것은 널 거둬주신 사황자께서 주실 수 있을 거다. 그러나 이것 하나만은 오직 나만이 네게 줄 수 있다. 이건 마불 승정의 신공인 밀왕신보다. 오직 이 신보의 비결만이 네 몸에 흐르는 마불 승정의 신정을 통제할 수 있다. 그러니 이 신보를 수련해라. 수련치 않으면 시간이 흘러 신정의 힘이 모두 용해되었을 때 네게 큰 화가 미칠 것이다."

툭!

말을 미처 다하기도 전에 도광의 손에 들려 있던 동판이 손에서 떨어졌다. 그는 이제 도광은 동판을 들고 있을 힘조차 없었다.

그러자 적사몽이 물었다.

"저와 아버지를 미워하지 않나요? 왜 이런 걸 주죠?"

"사황자님과 널 미워하지 않는다. 이 모든 것이 내 죄업이므로. 그리고 밀왕신보를 주는 것은 사죄와 부탁의 뜻이다."

"사죄는 알겠는데 부탁은 뭐죠?"

그러자 도광이 힘겹게 적풍에게 시선을 돌렸다. 그리고 두 손을 모으며 말했다.

"부디… 우하성의 형제들에게 자비를……."

도광이 끝내 말을 잇지 못하고 눈빛으로 적풍에게 자신의 부탁을 말했다.

"이젠 나와 상관없는 일이오. 결정은 무황께서 하시겠지."

적풍이 대답했다.

매정할 수도 있으나 적사몽의 복수는 여기서 끝이라는 답이기도 했기에 도광은 만족한 듯 미소를 지으며 눈을 감았다.

무황이라면 적어도 신혈의 피를 지닌 우하성의 전사들에게 죽음의 벌을 내리지는 않을 것이기 때문이었다.

"끝났나요?"

적사몽이 가부좌를 한 채 죽은 도광을 보며 적풍에게 물었다.

"그런 것 같구나."

적풍이 대답했다.

"그는 대체 어떤 사람이었을까요?"

적사몽이 도광이 보여준 최후가 혼란스러운지 적풍에게 물었다.

"난들 타인의 본모습을 알겠느냐? 다만… 그가 적어도 신혈의 아바르를 아꼈다는 것은 알겠다."

"그를 용서해야 하는 걸까요?"

"용서하고말고가 있겠느냐? 이미 죽은 자를! 마음에서 지워버려라. 그래야 네가 자유롭다."

적풍이 단호하게 말했다.

적사몽이 적풍의 말에 무겁게 고개를 끄덕였다.

제8장
제이의 십자성

도광은 죽었고, 도하성의 이인자들인 삼불장 중 두 명은 살아남았다. 물론 그들 역시 살 수 있다는 장담을 할 수 없을 만큼 심한 부상을 입고 있었다.

그들이 살아 있는 것은 오직 설루의 신속한 치료 때문이었다.

적풍은 설루가 그들을 치료하는 것을 못마땅하게 생각했지만 설루는 이사야와 오훈을 치료했다.

우하성의 전사들과 싸웠던 아바르의 전사들 중에도 다친 사람들이 여럿 있었다. 우하성의 전사들이 살기를 일으키지 않은 상태에서 싸웠기 때문에 죽은 사람은 없었지만, 그래도 싸움은 싸움이라도 크고 작은 부상을 입은 사람이 나올 수밖에 없었다.

하지만 그래도 목숨이 위험한 사람은 없어서 설루가 직접 치료하지 않아도 될 정도의 부상들이었다.

절벽 위에 올라가서 적의 후방을 노리려던 십자성 전사들은 허탈한 모습으로 절벽을 내려왔다.

계획대로 격렬한 싸움이 벌어진 것이 아니어서 그들이 은밀히 절벽을 타고 이동한 보람이 없었을뿐더러, 오랜만에 신혈의 기운을 마음껏 터뜨릴 기회가 무산된 것이 못내 아쉬운 표정들이었다.

그렇게 싸움의 흔적들이 빠르게 지워지고 항복한 우하성의 전사들 수십 명이 진영 한곳에 모여 적풍의 처분을 기다리고 있을 때, 단우하가 나타났다.

그는 그와 비슷한 나이 또래의 두 노인과 함께 나타났는데, 마치 당연히 올 곳을 온 사람처럼 거리낌 없이 적풍의 진영 안으로 들어왔다.

그러고는 적풍 앞에 이르러선 우울한 표정으로 말했다.

"결국 하셨군요."

적풍이 십면불 도광을 제거할 것이라는 건 이미 오래전부터 알고 있었던 일이었다.

"내가 한 게 아니라 그가 한 거요."

적풍이 한쪽에 놓여 있는 도광의 시신을 보며 말했다.

"굳이 죽이실 필요는……."

"그로 인해 죽은 사람이 있소. 내 아들의 가족들이지."

적풍이 단호하게 말했다.

그러자 단우하도 순순히 수긍했다.

"알겠습니다. 그게 사황자님의 법이란 걸 잘 알고 있습니다. 아무튼… 시신은 제가 가져가겠습니다."

"그렇게 하시오. 나도 처리하기 귀찮았으니까."

"그런데… 우하성은 어쩌시렵니까?"

"무슨 소리요?"

적풍이 되물었다.

"이 땅에서는 누군가 정당한 이유로 한 성의 성주를 제거했을 때, 그 사람에게 죽은 성주가 지배하던 성에 대한 권리를 주장할 권한이 있습니다."

"그래서 내게 우하성을 가질 것이냐고 묻는 거요?"

"물론 무황님과 수뇌부의 동의가 있어야 하지만, 사황자께서 우하성을 가지시겠다면 무황께서도 반대하진 않으실 겁니다. 물론 다른 아바르의 수뇌들도 반대할 수는 없겠지요. 오늘 일은 모두에게 증언될 테니까요."

단우하가 우울한 표정으로 말했다. 그러자 적풍이 그제야 단우하와 함께 온 노인들에게 시선을 주었다.

"두 분이 오늘 일의 증인이시오?"

"그렇습니다. 사황자!"

두 노인이 가볍게 고개를 숙여 보였다.

"어떤 분들이오?"

적풍이 단우하에게 두 사람의 신분을 물었다. 그러자 단우하가 두 사람을 돌아보며 말했다.

"이쪽은 쿤란이란 사람이고, 여기 이 사람은 오원몽이라 합니다. 모두 전대의 검은 사자들이지요."

"늦게나마 사황자께 인사드립니다."

두 사람이 적풍에게 적중하게 고개를 숙여 보였다.

"반갑소. 아무튼 처음부터 보고 있었다면 오늘 일로 인해 내가 책임질 일은 없다는 걸 아실 거요."

"물론입니다. 우리 둘 모두 그 사실을 보증할 것입니다. 우하성주가 저지른 악행을 무황님은 물론 아바르의 형제들에게 증언할 것입니다."

"좋소. 그리고… 우하성 문제는……."

적풍이 살짝 인상을 찌푸리다가 다시 입을 열었다.

"난 그 문제에서 빠지겠소."

그러자 단우하와 두 명 노인이 놀란 표정을 지었다.

어떤 전쟁이든, 그것이 크든 적든 싸움에서의 승자는 전리품을 얻는다.

그건 아바르의 전사들도 마찬가지였다.

지금 아바르에는 십 수 개의 성이 존재하고, 각 성에는 성주들이 있다. 그들은 명목적으로 무황의 뜻에 따라 성주가 되었지만, 실질적으로는 과거 아바르 정벌전에서 각 성의 공략에서 가장 큰 공을 세운 사람들이 대부분이었다.

무황은 그런 공적에 따라 각 성의 성주를 정함으로써 혹시라도 있을 논공에 대한 불만들을 사전에 차단했던 것이다.

그래서 신혈의 아바르에서는 승자가 전리품을 취하는 것이 당연한 권리로 여겨지고 있었다.

그러니 전리품을 거부하는 적풍의 태도는 아바르의 전사로 살아온 그들에겐 익숙지 않은 일이었다. 더군다나 그 전리품이 아바르에서 열 손가락 안에 드는 대성(大城) 우하성이 아닌가.

"우하성은 무척 중요한 곳입니다. 북부의 요지고 물산도 풍부합니다. 굳이 새로운 성을 쌓는 것보다는 우하성을 취하시는 것이 장점이 많을 것입니다만……."

단우하가 적풍에게 우하성을 취할 것을 권했다. 그러나 적풍은 단우하의 권유를 거절했다.

"알겠지만 난 이 땅에서 가급적 조용히 머물다 가고 싶은 사람이오. 그러니 우하성 같은 거성을 얻어 번잡하게 살고 싶은 생각이 없소. 옥서스에 지을 성도 아주 작은 성이 될 거요. 성이라고 말하기 뭣할 정도로 말이오."

"그럼… 혹시 누굴 우하성의 성주로 추천하고 싶으신 사람이 있습니까? 적어도 그 정도 권리는 있으십니다만……."

"내가 아바르에 아는 사람이 없지 않소?"

"그렇긴 합니다만……."

"정 뭣하면 그대가 맡으시구려."

적풍이 단우하를 보며 말했다.

"제가요? 안 될 말씀입니다."

단우하가 얼른 고개를 저었다.

"왜 안 된다는 거요?"

"전 무황님의 곁에 머물 뿐, 성을 다스리는 일에는 관심이 없습니다."

"그럼 어쩔 수 없지. 무황께서 좋으실 대로 임명하시는 것 말고는… 아니지. 그대는 어떻소?"

적풍이 갑자기 단우하 옆에 서 있는 두 명의 노인 중 한명에게 물었다.

쿤란이라는 이름을 가진 노인이다.

"저, 저 말입니까?"

쿤란이 갑작스러운 적풍의 지목에 놀라 되물었다.

"그렇소."

"왜 갑자기 제게……."

"마땅히 추천할 사람도 없고, 오늘 일을 증명해 주기 위해 먼 길을 온 선물이라고 합시다."

"너무 과한 선물이라 받을 수 없습니다."

쿤란이 고개를 저었다.

"그럼 나도 모르겠소. 아무튼 무황께서 혹 내 생각을 묻는다면 난 여기 쿤… 란이라 하셨소?"

"그렇습니다만."

"난 이 양반을 추천한다고 전해주시오."

적풍이 단우하를 보며 말했다. 그러자 단우하가 당황한 표정을 지으면서도 고개를 끄덕였다.

"알겠습니다. 말씀은 전하지요."

"쉬었다 가시겠소? 아니면 지금 떠나시겠소?"

적풍이 자신이 할 말은 다했다는 듯 물었다.

"사황자께선 어쩌실 생각이신지?"

"큰 싸움이 벌어진 것은 아니지만 그래도 모두 피곤할 테니 하룻밤 쉬었다 갈 생각이오."

"그럼 저희도 오늘 밤은 이곳에 머물도록 하겠습니다."

"좋소. 그렇게 하시오."

적풍이 고개를 끄덕이고는 몸을 돌려 설루와 적사몽이 있는 곳으로 걸어갔다.

"대체 사황자께서는 무슨 생각으로……?"

얼떨결에 적풍으로부터 우하성의 새로운 성주로 지목된 쿤란이 아직도 정신을 차리지 못하겠는지 고개를 저으며 중얼거렸다.

"아무튼 축하드리오."

오원몽이 조금 퉁명스럽게 말했다.

아마도 자신이 아닌 쿤란이 우하성의 성주로서 지목된 것에 기분이 상한 듯 보였다.

"축하라니 그런 말씀 마시오. 사황자께서 그냥 장난삼아 한 말을 가지고……."

"사황자가 그런 일로 장난이나 할 사람으로 보이시오?"

오원몽이 되물었다.

"그런 건 아니지만… 아무튼 별 의미 없는 말씀이오. 실질 적으로 우하성의 성주는 결국 주군께서 여러 수뇌들의 의견을 받아보시고 결정하실 거요. 사황자의 이 갑작스러운 제안은 아무런 영향을 미치지 못할 거요."

"단 노형께선 어떻게 생각하십니까?"

오원몽이 단우하에게 물었다.

이들은 과거 검은 사자로서 함께 전장을 누볐기에 사석에는 호형호제하는 것이 어색하지 않았다.

"글쎄. 나도 잘 모르겠군. 무황께서 사황자의 말을 얼마나 비중 있게 생각하실지는… 그래도 말씀을 전하긴 할 생각이네. 하지만 역시 농처럼 하신 말씀이라……."

단우하가 별 의미 없는 일이라는 표정으로 말했다. 그러자 오원몽의 표정이 조금 풀렸다.

"하긴, 미리 생각하고 있던 것도 아니고 갑자기 단 노형께서 물으시니 즉흥적으로 대답한 것이긴 하지요."

"자, 우리도 쉴 자리를 찾아보세. 싸움하는 사람도 피곤하지만 구경하는 사람도 피곤하긴 마찬가지니까."

단우하의 말에 쿤란과 오원몽이 고개를 끄덕이며 진영 내 한적한 곳을 찾아 걸음을 옮겼다.

"무슨 생각이십니까?"

하룻밤의 기괴한 싸움이 끝나고 모든 사람이 짧은 잠자리에 들었을 때, 단우하가 조용히 적풍을 찾아왔다.

적풍은 잠을 청하는 대신 숙영지 밖으로 나와 어두운 계곡에 앉아 밤하늘을 바라보고 있었다.

"어서 오시오. 기다린 보람이 있구려."

적풍이 올 줄 알았다는 듯 단우하를 맞았다.

"절 기다리셨습니까?"

"아니면 잠이나 자지 뭣 하러 이곳에 나와 있었겠소. 분명히 그대가 날 찾아올 거라 생각했지. 내 생각을 알고 싶을 테니까."

적풍이 가볍게 미소를 지었다.

단우하에게는 웃음이 인색했던 적풍이었으므로 단우하의 표정이 살짝 변했다.

"사황자님의 생각을 알아야 돌아가서 무황께 제대로 말씀을 드릴 수 있을 것 같습니다만……."

"음… 그대도 알다시피 난 아바르로 오면서 생각지 않았던 사람들을 얻었소. 대부분 사연이 있고. 그 사연들을 해결하기 위해 날 따르게 되었지. 오늘 난 그중 하나를 끝냈소."

"그렇지요. 사몽… 아드님의 과거를 정리했으니까요."

"그리고 이제 다시 한 사람의 문제를 해결하려고 하오."

"그게 쿤란 노제를 우하성의 새로운 성주로 지목한 것과 관련이 있습니까?"

"그렇소."

"줄곧 사황자님과 여행한 저로서는 이해가 가지 않는군요. 쿤란 노제를 우하성의 성주로 지목하는 것이 일행 중 누구의 사연과 관계가 있는 건지……."

단우하가 알 수 없다는 듯 고개를 갸웃했다.

"그대들이 도착했을 때, 사실 난 미리 그대와 함께 온 자들에게 대해 들었소."

"구룡인가요?"

"그렇소."

"그 아이라면 두 사람을 알 만하지요. 석불성주와 친분이 있어 가끔 들리기도 했으니까."

단우하가 고개를 끄덕였다.

그러자 적풍이 계속 말을 이었다.

"구룡의 말에 의하면 두 사람 중 노전사 쿤란은 삼황녀에게 우호적이고, 오원몽은 일황자에 호의를 갖고 있다고 하더구려."

"그렇습니다. 뭐 그분들을 위해 직접적으로 움직이지는 않지만 여러 인연이 얽혀서 심정적으로 그렇게들 생각하지요. 그런데… 그게 왜……?"

"내가 삼황녀에게서 찾아와야 할 사람이 있다는 걸 알지 않소?"

"아!"

순간 단우하가 나직하게 탄식을 흘렸다.

"이제 아시겠소?"

적풍이 되물었다. 그러자 단우하가 어이없는 표정을 지으며 적풍을 바라봤다.

"사황자께선 아바르를 너무 가볍게 생각하시는군요. 우하성 같은 대성의 성주 자리를 그저 누군가 한 사람을 찾아오기 위한 거래 대상으로 생각하시다니요."

"그에게 성주의 자격이 없소?"

적풍이 물었다.

그러자 단우하가 잠시 생각에 잠겼다가 입을 열었다.

"그렇지는 않습니다. 쿤란 노제는 과단한 성정을 지닌 것처럼 보이지만 내심은 인정이 많은 사람이지요. 성주의 일탈로 혼란에 빠진 우하성의 사람들을 추스르는 데는 제격입니다."

"그럼 된 거 아니오?"

적풍이 물었다.

"제가 그의 자격을 두고 드린 말이 아니지 않습니까? 황자께서 아바르의 한 성주를 결정하시는 일을 너무 가볍게 생각하셔서 그런 것이지……."

"이보시오. 단 노사."

"예. 황자님."

"난 생각보다 그릇이 작은 사람이오. 난 내 사람들이 그 누구보다 중하오. 사실 우하성은 나에겐 관심 밖의 일이오. 단지 그 성이 타르두 노인이 딸을 찾아 올 수 있는 좋은 방책이 될 수 있다면 그것으로 족하오. 그리고 사실… 대체 우하성의 성주 자리가 아버지가 딸을 찾는 일보다 왜 더 중요하다는 거요?"

적풍이 되물었다.

그러자 단우하가 말문이 막힌 듯 잠시 적풍을 바라보다 고개를 저으며 말했다.

"어떤 일에 대한 가치는 사람마다 다르지요. 하지만 대부분은……."

"무슨 말인지 알겠소. 하지만 어쨌든 난 타르두 노인과의 약속이 중요하오. 서로 생각이 다른 것은 어쩔 수 없는 일이니 그 일은 더 이상 논쟁하지 맙시다. 대신 한 가지 부탁을 합시다."

"말씀하십시오."

"그 거래를 단 노사께서 맡아주시오."

"제가요?"

"단 노사야말로 가장 부드럽게 이 거래를 마무리할 수 있을 것 같아서 말이오."

"왜 그렇게 생각하십니까?"

단우하가 오늘따라 자신을 신뢰하는 듯한 태도를 보이는 적풍이 이상한 듯 되물었다. 칠왕의 땅으로의 여행 내내 적풍은 단우하를 신뢰하지 않았었다.

"단 노사는 사심이 없지 않소. 오직 무황에 대한 충성심만 있을 뿐, 이 일은 무황께 어떤 악영향을 미치는 일이 아니니 아마도 사심 없이 거래를 성사시켜 주리라 생각하는데… 아니오?"

적풍의 물음에 단우하가 미소를 지으며 대답했다.

"역시 사황자께선 현명한 눈을 가지고 계시는군요. 맞습니다. 무황님께 해가 되는 일이 아니라면 제가 거절할 이유는 없지요. 그리고 사실 이 일로 삼황녀님과 황자님 사이에 신뢰가 형성된다면 그 또한 나쁜 일이 아니고 말입니다."

"그걸 생각한 것은 아니고……."

"압니다. 하지만 때론 의도치 않은 이득이라는 것도 있으니까요."

"아무튼 맡아주시는 것으로 알겠소."

"그러겠습니다. 타르두 노인의 일이라면 저도 뒤로 물러나 있을 수만은 없지요."

단우하가 진심으로 대답했다.

*　　　*　　　*

십여 필의 말이 질풍처럼 초원을 질주했다. 강이 왼쪽으로 흐르고 있어 초원의 질주는 좀 더 시원하게 느껴졌다.

몇 대의 마차가 뒤를 따르고 있었지만, 말을 몰아 초원을 질주하는 사람들은 뒤처지는 마차를 신경 쓰지 않았다.

"마치… 미친 사람들 같아요."

금화가 불만스러운 표정을 투덜거렸다.

그녀는 마부석에 앉아 마차를 몰고 있었는데 마차 안에는 몽금과 설루가 타고 있었다.

마차 앞쪽 초원을 질주하는 사람들은 십자성의 고수들이었다.

그들은 십면불 도광이 일을 해결하고, 또 그 덕분에 타르두의 딸도 되찾아 올 수 있는 기회를 잡은 것에 크게 만족하고 있었다.

치열한 하룻밤이 지나고, 모든 일에서 자유로워지자 초원으로 들어선 십자성의 고수들은 신혈의 질주 본능을 일으켰다.

그래서 그들은 누가 먼저랄 것도 없이 말을 몰아 초원으로 달려 나가 북쪽을 향해 질주하고 있었던 것이다.

"사실 그동안 그 문제가 모두의 마음에 짐이 되고 있긴 했으니까."

몽금이 마차 안에서 말했다.

솔직히 말하자면 그녀 역시 다른 십자성의 고수들과 함께 초원을 질주하고 싶었지만 그녀의 임무 중 가장 중요한 것이 설루를 지키는 일이라 설루와 함께 마차에 남아 있었던 것이다.

금화가 투덜거린 것 역시 마찬가지였다. 그녀는 사실 초원을 질주하는 십자성의 형제들이 부러웠던 것이다.

그 마음을 설루가 모를 리 없었다.

"금화."

"예. 주모님!"

설루의 부름에 금화가 얼른 대답했다.

"이 마차가 얼마나 튼튼한 지 시험해 볼까?"

설루의 말에 금화의 눈빛이 반짝였다.

"그래도 될까요?"

"대신 바퀴가 부서지면 안 돼."

"하하, 걱정 마세요. 이 초원의 풀들은 마치 솜털같이 부드러워서 바퀴가 빠질 일은 없을 거예요. 그럼 달려볼게요."

금화가 더 이상 참지 못하고 두 필의 말에 채찍을 가했다.

"하얏! 가자!"

금화의 날카로운 목소리가 터져 나오자 마차가 질풍처럼 달리기 시작했다.

그러자 마차 뒤쪽에서 조용히 뒤따르고 있던 아바르의 전사들과 항복한 길 잃은 샤들도 덩달아 마차를 쫓아 초원을 질주하기 시작했다.

그렇게 장관이 연출됐다.

초원을 달리는 일백여 필의 말과 다섯 대의 마차, 그 장쾌한 행렬이 초원을 아름답게 수놓았다.

그렇게 적풍 일행은 거의 반나절을 달렸다.

말들이 더 이상 달릴 수 없다고 거칠게 숨을 내쉬고, 초원을 질주한 덕에 억눌렸던 신혈의 기운을 모두 풀어낸 십자성의 고수들이 이젠 그만 달려야 할 때라는 것을 본능이 말해줄 때까지 그들은 달렸다.

그리고 걸음을 멈춰야 할 때가 되었을 때, 그들은 한층 빠르고 거친 물살이 흐르는 아바르 강 상류의 한 지점에 도착해 있었다.

"저곳입니다."

질주를 멈춘 적풍 옆으로 타르두가 빠르게 다가서며 말했다. 그의 얼굴에는 활기가 넘쳐흘렀다.

딸 타린을 큰 찾을 수 있을 거란 기대가 그의 나이조차 거꾸로 흐르게 만드는 것 같았다.

"옥서스인가?"

적풍이 강 너머 이어진 초원 끝에 우뚝 솟은 몇 개의 산봉우리를 보며 물었다.

"그렇습니다. 산 넘어 북쪽에는 흑해로 이어지는 침묵의 강 상류가 위치하지요. 사실… 좋은 땅입니다. 그 괴기스러운 변화만 아니라면. 또 중간 지대의 땅이 아니라면 말이죠."

타르두가 말했다.

"강을 건널 수 있는 위치를 표시해 놨군. 이쪽으로 이동한다."

적풍이 현월문주 가륵이 건넨 지도를 보며 말했다.

거친 아바르 강 상류 지역에서 말과 마차가 배를 타지 않고 건널 수 있는 지점을 찾는 것은 거의 불가능한 일이었다.

그러나 현월문에선 그런 지점을 알고 있었다. 아니 정확하게 말하면 현월문에서 그런 지점을 만든 것이라고 할 수 있었다.

"정말 할 말이 없군요."

소두괴가 유유히 흐르는 아바르 강의 물속을 들여다보며 고개를 저었다.

다른 사람들도 마찬가지였다. 그들 모두 물속에 시선을 주고 있었다.

"수중에 다리를 놓을 수 있다는 건 처음 알았네."

이위령이 신기한 듯 허리를 숙인 채 말했다.

물속에 길이 나 있었다.

거대한 돌을 놓아 만든 길이었는데, 아래쪽으로 커다란 구멍을 만들어서 물이 그 구멍을 통해 하류로 흘러내려 갔다.

보통의 경우 석교를 만든다면 다리 아래 충분한 공간을 확보하고 높이 또한 충분히 수면 위로 올라오게·만들어야 한다. 그런데 이곳에 놓은 석교는 마치 홍수가·나서 물이 석교를 넘쳐흐르는 것처럼 놓여 있었다.

그래서 이곳에 수중 다리가 있다는 것은 이렇게 가까이 와서 물속을 들여다봐야만 발견할 수 있었다.

"상류에 홍수가 난 것은 아니겠지?"

감문이 고개를 들어 강 상류를 보며 중얼거렸다. 상류에 홍수가 났다면 이런 현상이 일어날 수도 있었다.

"물 색깔을 봐요. 어디 홍수 난 물인가."

소두괴가 대답했다.

그의 말처럼 홍수가 나서 물이 불었다면 탁한 물이어야 하는데 석교 위를 넘고 있는 물은 샘물처럼 맑았다.

"그럼 결국 일부러 이렇게 만든 거란 뜻이군."

"비밀스러운 이동을 위해 만들었던 모양이에요. 석교 위에 이끼가 많이 낀 것으로 봐서는 한동안 이용하지 않은 것이 분명하고요. 이곳에 월문의 분타를 만들려고 했던 것이 사실인 거 같군요."

소두괴가 말했다.

"그런데 오래된 것이라면 말과 마차가 건너도 괜찮을까? 중간에 무너지거나 하진 않을까?"

조어장이 걱정스러운 표정으로 물었다.

"그거야 일단 건너가 보면 알겠죠."

소두괴가 대답했다.

"내가 건너가 보지."

역시 이런 일에는 이위령이 제격이다. 그가 적풍을 돌아봤
다.

"조심해서……."

적풍이 이위령의 도강을 허락했다.

"다리가 무너지면 헤엄쳐 나오면 되지요. 위험할 것은 없습
니다."

이위령이 신이 나서 말하고는 훌쩍 말 위에 날아올랐다. 그
러고는 망설이는 말에게 채찍질을 가해 가차 없이 물속으로 말
을 몰아넣었다.

히힝!

처음에는 물속에 들어가기를 두려워하던 말이, 물속에 놓인
석교로 인해 물에 빠질 염려가 없다는 걸 알고는 힘차게 석교
위를 달리기 시작했다.

석교 위로 흐르는 물의 깊이는 어느 지점이나 말의 무릎 아
래여서 말은 나는 듯이 강을 건넜다.

그 모습이 멀리서 보기에는 말이 물 위를 달리는 것처럼 보
여서 신기하기 이를 데 없었다.

이위령은 그렇게 눈 깜짝할 사이에 강을 건넌 후 다시 말머
리를 돌려 석교를 되돌아오기 시작했다.

"으챠!"

석교를 다시 건너온 이위령이 힘차게 말의 허리를 차자 그를 태운 말이 허공으로 솟구치며 물속 석교에서 벗어났다.

"좋습니다. 아주 튼튼합니다."

이위령이 말에 탄 채 적풍에게 소리쳤다.

"좋아. 그럼 모두 건넌다."

적풍의 명이 떨어지자 일행이 망설이지 않고 말을 몰아 물속 석교를 건너기 시작했다.

말과 마차가 마치 물 위를 걷듯 그렇게 아바르 강을 건너는 모습은 일대 장관이었다.

물속 석교는 이위령의 말대로 튼튼해서 백여 필의 말과 다섯 대 마차의 무게를 너끈히 견뎌냈다.

그렇게 단번에 아바르 강을 건넌 일행은 계속 말을 달려 옥서스 동남쪽 중심부까지 내달렸다.

아바르 강변에서부터 이어진 초원이 서서히 거친 지형으로 변하고 드디어 절대금지로 불린다는 산악 지대가 펼쳐지고 있었다.

무극산(無極山)이다.

"여기부터는 조심해야 합니다."

어느새 적풍의 충실한 추종자가 된 길 잃은 샤들의 두목 무혼이 걱정스러운 표정으로 적풍에게 말했다.

"이곳에 와본 적이 있나?"

적풍이 물었다.

"아주 가끔… 일이 잘 풀리지 않아 누군가에게 위협을 받을 때는 간혹……."

숨을 곳이 필요할 때 왔었다는 말이다.

"길을 잃지는 않았는가?"

"두 번 길을 잃고 굶어 죽을 뻔했지요. 하지만 운이 좋아서인지 무극산에서 이어지는 작은 계곡을 따라 나와 살 수 있었습니다. 물론 그 방향이 제가 생각했던 것과는 전혀 다르기는 했지만. 한 번은 우연인가 싶었는데 두 번 그런 일을 당하고 나서는 무극산 주변에만 머물 뿐 절대 안쪽으로는 들어가지 않았습니다."

무혼의 말에 적풍이 고개를 끄덕이며 타르두와 파묵을 불렀다.

"두 사람은 이리 와보시오."

적풍의 부름에 타르두와 파묵이 얼른 달려왔다.

"이걸 받으시오."

적풍이 타르두에게 현월문주 가륵에게서 받은 동으로 된 얇은 지도를 내밀었다.

"이걸 왜……?"

"길을 읽어 나가는 것은 언제나 두 사람에게 맡기겠소. 무극산은 환영이 일어난다니 지도를 가지고 길을 내야 할 거요."

적풍의 말에 타르두가 감동한 듯한 표정을 지었다. 단 하나밖에 없는 지도다. 그걸 자신에게 맡긴다는 것은 자신을 온전히 신뢰한다는 의미가 아닌가.

그래서 더더욱 타르두는 지도를 받을 수 없다고 생각했다.

"일차간만 시간을 주십시오."

타르두가 말했다.

"무슨 일을 하려고 그러시오?"

"지도를 두 장 더 필사하겠습니다. 허락하신다면……."

지도는 무극산 내에서 환영을 피할 수 있는 유일한 방책이다. 그런 지도가 많이 만들어진다는 것은 무극산의 비밀이 세상에 알려질 위험이 늘어난다는 의미기도 했다.

그래서 지도를 필사하는 것은 반드시 적풍의 허락이 필요했다.

"지도는 왜……?"

"감히 이 귀한 것을 제가 가지고 있을 수는 없습니다. 대신 필사본 두 개를 만들어 일행의 전후를 맡는 사람이 가지고 이동하면 길을 잃을 염려가 없을 겁니다."

"음… 알겠소. 그렇게 하시오."

적풍이 망설이지 않고 타르두의 제안을 수락했다.

"감사합니다."

"무슨 말을. 고마운 건 나지."

적풍의 말에 타르두가 다시 한 번 고개를 숙여 보인 후 적풍에게서 받은 구리 지도를 필사하기 위해 한쪽으로 물러났다.

타르두가 지도를 필사하자고 제안한 덕분에 일행은 생각지 않은 휴식 시간을 갖게 되었다.

일행은 무극산 초입에서 생각보다 긴 휴식을 취했다. 타르두의 지도 필사가 끝난 이후에도 일행은 한동안 길을 떠나지 않았다.

오랜 여행의 피로를 풀 겸 충분한 시간을 주려는 적풍의 의도도 있었지만 그들이 휴식을 취하는 장소, 아바르 강이 동쪽으로 보이고 무극산이 북서쪽으로 펼쳐진 그 광활한 옥서스 땅의 풍경이 그들의 걸음을 쉽게 떨어지지 않게 만들었다.

누군가의 시선이나 공격을 걱정하지 않는다면 무극산이 아니라 이곳에 성을 쌓고 싶은 생각이 들 정도였다.

그러나 결국 그들이 성을 쌓을 곳은 이런 초원이 아니라 사람들의 이목이 닿지 않는 산속이어야 했다. 그래서 떠나야 할 길이었고, 적풍의 독려로 일행은 다시 길을 떠났다.

*   *   *

능숙한 길잡이 타르두와 파묵은 일행을 실망시키지 않았다. 그들은 사람의 왕래가 없어 길이 사라진 무극산의 험준한 숲에서도 귀신처럼 길을 만들어냈다.

흑수족이 바람이 만든 길조차 읽는다는 소문이 사실임을 증명하기라도 하듯 그렇게 두 사람은 길을 찾았다.

물론 그들의 손에 들린 지도가 도움이 되기는 했다. 그러나 온전히 지도에 의해서만 길을 갈 수는 없었다. 지도가 가리키는 방향대로 움직이기는 했으나 지도에 나타난 무극산 내의 산

길은 거의 대부분 흔적도 없이 사라지고 없었다.

만약 보통 사람이었다면 지도를 들고도 산속을 헤맬 수밖에 없는 상황이었지만 흑수족인 타르두와 파묵은 달랐다.

그들은 지도를 보는 것만으로도 아주 오래전 이 산에 현월문이 만들었던 길의 흔적을 찾아내는 것이었다.

그들이 길을 찾으면 십자성의 고수들이 도검을 휘둘러 수목을 베어 넘겨 길을 냈다.

일단 수목이 베이면 길은 오래전의 흔적을 고스란히 드러내 마차까지도 이동할 수 있는 형태를 갖췄다.

물론 덕분에 일행의 이동속도는 느렸다. 하루에 전진하는 거리가 십 리가 안 될 때도 있었다.

그러나 애초에 급할 것이 없는 여정이어서 적풍 일행은 느리지만 천천히, 그리고 향후에도 계속 사용할 수 있게끔 확실하게 길을 만들며 앞으로 전진했다.

그렇게 빠른 걸음으로 걸으면 이삼 일이면 족히 도달할 거리. 혹은 십자성 고수들이 무공을 사용해 달리면 하루 안쪽이면 닿을 거리를 일행은 십여 일 동안 이동했다.

그리고 드디어 그들은 오래된 사람의 흔적을 발견했다.

"저기인 듯합니다."

타르두가 손을 들어 거대한 느티나무가 서 있는 산 능선을 가리켰다. 그리 높지 않은 절벽 위로 수백 평에 이르는 너른 공터가 펼쳐져 있었고, 느티나무는 공터 끝자락, 절벽의 시작 지점에, 마치 주변의 모든 것을 감시하는 감시자처럼 서 있었다.

그리고 그 느티나무 뒤쪽 공터 안쪽으로 거친 수풀에 뒤덮인 건물들의 잔해가 보였다.

완벽하게 지어진 것이 아닌, 짓다가 만 건물들은 흉물스러운 모습을 하고 있었지만 공터에 비춰드는 눈부신 햇빛으로 인해 그 흉물스러움이 가려지고 있었다.

만약 해가 진 저녁 무렵에 보았다면 접근하기 어려운 두려움을 느끼게 할 만한 모습이었다.

"길은 우측 사면을 따라 이어졌군요. 숲이 가리고 있어서 길이 없는 것처럼 보이지만 말입니다."

파묵이 말했다.

"좋군."

적풍이 고개를 끄덕였다. 그때 적풍 곁에 서 있던 적사몽이 고개를 갸웃하며 입을 열었다.

"그런데 이상하네요."

"뭐가 말이냐?"

적풍이 물었다.

"비록 옥서스가 북쪽 땅이고, 겨울이 멀지 않았지만 아직 눈이 올 때가 아닌데… 저거 눈 맞죠?"

적사몽이 손을 들어 먼 북쪽 산봉우리를 가리켰다. 사람들의 시선이 일제히 적사몽의 손을 따라 움직였다. 그러고는 이내 웅성거리는 소리가 일어났다.

"야, 정말 눈이네. 아니 어떻게 지금 눈이 오지? 산이 험하기는 하지만 높은 것도 아니고. 단풍이 들기 시작하기는 했지만 아직 초록이 더 많이 남아 있고. 신기한 일일세."

이위령도 믿기 힘들다는 듯 고개를 저었다.

"눈이 오는 게 아니라 만년설인 것 같은데요?"

소두괴가 말했다.

"만년설?"

"보세요. 설봉 위가 햇빛을 받아 반짝이잖습니까?"

"음, 그러고 보니 그러네. 그럼 더 신기한 일 아닌가? 어떻게 저 낮은 봉우리에 만년설이 있을 수 있지?"

"이 지도에 보면 그곳을 설봉으로 표시해 놓았소이다. 처음에는 그저 산봉우리의 이름일 뿐 정말 눈이 쌓인 봉우리라고는 생각지 않았는데. 이제 보니 오래전부터 만년설이 존재했던 모양이오."

타르두가 필사한 지도를 들어 보이며 말했다.

"신기하네. 신기해."

이위령이 연신 감탄사를 터뜨렸다.

"나중에 한번 가봐요."

적사몽이 적풍에게 말했다.

"그렇게 하자. 이곳에서 살려면 주변의 지형과 기후를 세세히 알아야 하니까. 아무튼 일단 이곳에 숙영지를 꾸린다. 내일부터 길을 내고 길이 뚫리면 능선 공터로 올라가 새로운 십자성을 세운다."

"예, 성주!"

일행이 일제히 대답했다.

그러고는 감문의 지휘 아래 서둘러 숙영지를 구축하기 시작했다.

즐거운 시간들이었다.

설봉이 보인다고는 해도 일행이 머무는 곳은 초가을 활동하기 좋은 날씨가 계속됐다.

당연히 일하는 속도도 빨랐다. 애초에 현월문의 법사들이 만들어놓은 길이 있었기에 그동안 자란 나무들을 베어내자 길의 모양은 아직도 그런대로 자리를 잡고 있었다.

길의 바닥을 돋우고, 무너진 곳은 아름드리나무를 박아 넣고 흙을 채워 넣었다. 그렇게 삼 일 동안 손을 보자 금세 능선 위 공터로 이어지는 길이 완성됐다.

길이 완성되자 일행은 숙영지를 걷고 말과 마차에 짐을 실어 능선 위로 올라갔다.

능선 위 공터의 사정은 아래서 보던 것보다 훨씬 좋았다. 현월문의 법사들은 무척 공들여 터를 닦은 것이 분명했다. 수풀이 자라 거칠어 보이기는 해도 일단 수풀을 베어내자 그대로 사용해도 전혀 문제가 없는 석축과 기단들이 모습을 드러냈다.

어떤 곳은 단단한 바위를 잘라 만든 석벽이 건물의 모양을 거의 유지한 채 서 있기도 했다.

그리고 무엇보다 좋은 것은 현월문주 가륵의 말처럼 사용하지 않은 석재들이 수북이 쌓여 있다는 것이었다.

남아 있는 석재들만 이용해도 십자성 고수들이 머물 작은 성은 충분히 지을 수 있을 정도였다.

물론 성 외곽을 방비할 성벽을 구축하기 위한 석재들은 좀 더 구해 와야 할 테지만 일단 살아갈 수 있는 건물을 짓는 것에는 문제가 없는 상태였다.

그렇게 거의 모든 것이 준비된 상태였기에 적풍 일행은 한결 편안하게 새로운 십자성 짓기를 시작할 수 있었다.

새로운 터전에서의 삶이 시작됐다.

일행은 밤낮으로 일을 했고, 쉴 때가 되면 절벽 위, 공터의 끝머리에 서 있는 거대한 느티나무 밑에 모여 식사를 하거나 휴식을 취했다.

모두가 새로운 시작에 대한 기대로 의욕이 충만했고, 재촉하지 않아도 일이 저절로 속도를 냈다.

그렇게 얼마간의 시간이 흐르자 드디어 공터에는 다섯 채의 건물이 완성됐고, 아직은 낮은 높이지만 성벽의 기반도 그 모양이 갖춰지면서 서서히 작고 단단한 성(城)이 모습을 드러내기 시작했다.

제9장
강을 건넌 자들

성벽의 높이가 십여 장에 이르는 곳도 있었다.

성의 축조를 지휘한 사람은 소두괴였다. 소두괴는 무극산이 외적의 침입이 쉽지 않은 곳임에도 불구하고 성벽의 높이를 최대한 높일 것을 주장했다.

외적의 침입은 크게 걱정할 바 아니지만, 소두괴는 이 땅에서 보내게 될 겨울을 걱정했다.

여름에도 설봉(雪峰)이 보이는 무극산이다. 이런 곳에서의 겨울은 생각보다 혹독할 수 있었다.

성벽을 높이 쌓아 설봉이 있는 북쪽에서 불어오는 찬바람을 막지 않으면 한겨울에는 한파로 큰 고생을 할 수 있었다.

물론 무극산 기후의 변화를 정확하게 예측할 수는 없었다.

예상과 달리 온화한 겨울을 날 수도 있었다. 그러나 일단 설봉의 존재를 확인한 이상은 추위를 준비하지 않을 수 없었다.

적풍은 그런 소두괴의 주장을 수용했다.

십자성 무사들도 적풍과 소두괴의 결정을 불만 없이 따랐다. 사실 성을 쌓는 일 말고는 달리 할 일도 없었다.

초가을에 들어온 무극산은 어느새 깊은 가을로 접어들고 있었다.

울긋불긋하던 단풍들도 색이 바래, 산 상층부에는 나무들이 속살을 드러내고 있었고, 북쪽에서 내려오는 바람도 차가워지기 시작했다.

그쯤 성벽을 쌓는 일도 거의 끝이 나서 십자성의 무사들은 성 안쪽을 정비하는 일에 힘을 쏟고 있었다.

겨울을 나기 위해 땔감을 준비하고, 현월문주가 준 지도를 바탕으로 무극산의 지형을 세세하게 살피고 기록하는 일도 게을리하지 않았다.

어느 때는 환각이 일어나는 지점에 직접 가서 그 환각을 경험해 보기도 하는 십자성의 무사들이었다.

그렇게 적풍과 십자성 무사들은 무극산에 익숙해져 갔다. 개중 몇몇은 이젠 지도가 없어도 무극산을 활보할 정도였다.

또 일부의 무사들은 그간 다듬어놓은 산길을 따라 말과 마차를 몰고 무극산 인근의 작은 마을로 나갔다.

겨울을 보내기 위해선 양식이 필요했고, 무극산에서 사냥을 하는 것만으로는 겨울을 날 수 없기 때문이었다.

그렇게 모두가 자신이 맡은 일을 분주하게 하고 있을 때, 적풍과 설루 그리고 적사몽은 드디어 설봉에 올라보기로 결정했다.

겨울이 되면 설봉에 오르는 일이 거의 불가능할 것 같기에 아직 그나마 세상에 온기가 남아 있을 때 설봉에 올라보기로 한 것이다.

뽀득뽀득!

눈 밟히는 소리가 상쾌하게 들렸다.

세 사람이 만드는 발자국은 그들의 몸과 성품에 따라 각기 다른 모양을 만들어냈다.

적풍의 깊고 넓은 발자국과 설루의 가볍고 가지런한 발자국들, 그리고 적사몽의 불규칙한 발자국은 젊은이의 자유로움을 드러냈다.

그렇게 세 가지 모양의 발자국을 남기며 세 사람은 설봉 정상을 향해 쉬지 않고 걸었다.

급하게 걷는 것은 아니지만 일단 쉬게 되면 한기를 견뎌야 하고, 더 지칠 수도 있기에 세 사람은 쉬지 않고 설봉을 올랐다.

산의 높이가 그리 높지 않았으므로 세 사람이 설봉 정상에 오르는 것은 어렵지 않았다.

곳곳에 위태로운 기울기의 산비탈과 절벽이 나타나기는 했지만, 무공을 수련한 그들에겐 큰 방해가 되지 않았다.

"다 온 것 같아."

설루가 잠시 걸음을 멈추고 눈을 들어 눈부신 햇살을 반사하고 있는 설봉 정상을 가리며 말했다.

이제 겨우 삼십여 장 정도 남아 있는 설봉의 정상은 신의 세계로 들어가는 관문처럼 눈부셨다.

"이상한 일이군."

적풍이 고개를 갸웃했다. 그에게는 설봉의 아름다운 정경보다 더 관심을 끄는 것이 있는 모양이었다.

"뭐가?"

설루가 물었다.

"음… 설봉이라 정상에 오르면 무척 추울 줄 알았는데 그런 것도 아닌 것 같아서."

적풍이 손을 들어 그들을 스치고 지나가는 바람을 만지며 말했다. 그러자 적사몽도 적풍과 같은 자세를 취하며 말했다.

"정말 그래요. 장갑을 벗어도 손이 시리지 않아요."

적사몽의 말에 설루도 얼른 손에서 장갑을 벗고 공기를 만졌다.

"정말 신기하네."

설루도 뒤늦게 발견한 사실이 놀라운지 연신 바람을 훔쳐냈다. 그러자 적사몽이 고개를 갸웃하며 말했다.

"그런데 왜 눈이 녹지 않을까요? 이 정도 온기라면 눈이 녹아야 하는 것 아닌가요?"

"그러게 말이다. 이게 어떻게 된 일이지?"

설루는 적풍이 이 수수께기 같은 일의 이유를 알고 있을 거라고 생각했는지, 적풍에게 지나가듯 물었다.

그런데 적풍은 정말 그 이유를 알고 있었다.

"땅이 차기 때문이지."

"응?"

"바람은 자유롭게 이동하니 이곳에도 옥서스에서 불어오는 바람이 불지. 그러나 땅은 달라. 애초에 생긴 대로 머물 뿐이지. 바람은 온화해도 땅이 찬 거야. 지열이 없다고 봐야겠지."

적풍이 말을 하며 무릎을 꿇었다.

그가 손을 가볍게 눈 위에 대자 그의 손이 닿은 곳의 눈이 거짓말처럼 녹기 시작했다.

그렇게 녹아 들어간 눈의 깊이가 반 장 정도에 이르자 드디어 땅이 모습을 드러냈다. 그런데 놀랍게도 눈 안쪽의 땅은 얼음이 보일 정도로 차가웠다.

본래 눈이 덮인 곳이면 그 안쪽의 땅은 눈이 한기를 막아줘서 오히려 온기를 가지고 있게 마련인데, 이 설봉의 땅은 얼음처럼 차가웠던 것이다.

"내 생각이 맞군."

적풍이 땅 위에 만들어진 얼음조각을 손으로 잡아들며 말했다.

"이런 일도 가능한 건가요?"

적사몽이 믿을 수 없다는 듯 물었다.

그러자 설루가 대답했다.

"내가 읽은 천의비문 서책 중에 기서(奇書)에 속하는 것도 있었다. 그때 이런 땅에 대해 읽은 적이 있어. 극음지처라고… 여러 가지 이유에 의해 음기가 극한에 달한 땅을 말하는 거지. 그런데 내 눈으로 직접 보게 될 줄은 몰랐구나."

"대체 이유가 뭘까요?"

"글쎄. 자연의 오묘함을 인간이 어찌 다 알겠느냐? 본래 불의 성이 있던 곳은 극양지처다. 그런 곳은 땅 밑에 화산이 터질 만큼 뜨거운 열기가 잠재해 있기 때문에 극양지처가 되는 것으로 생각할 수 있지만, 이 극음지처에 대해서는 알려진 바가 없구나."

"신기한 곳이네요."

적사몽이 고개를 갸웃하며 다시 주위를 살폈다.

그러자 적풍이 말했다.

"우리로서는 다행이지."

"다행이라니?"

설루가 의아한 표정으로 물었다.

"이곳에 설봉이 존재해서 수원(水原)이 되어주니까. 듣자 하니 옥서스는 강이 없다면 황량한 땅이 됐을 거라 하더군. 다행히 무극산에서 흘러나오는 물줄기들이 북쪽으로는 침묵의 강으로, 동남쪽으로는 아바르 강으로 흘러가면서 초원에 수분을 공급한다고 했어. 사철 건조한 날씨면서도 농사가 가능한 이유지."

"그렇다면 이 설봉은 옥서스 인근에 사는 사람들에게는 축복 같은 것이네. 모두 그 사실을 알고 있는지 모르겠지만……."

"이곳에 설봉이 있다는 사실조차 아는 사람이 거의 없을 거야."

"하긴 주변 사람들은 무극산에 들어오는 것조차를 꺼려하니까."

"아무튼 정상은 밟아 봐야지?"

적풍이 묻자 설루가 적사몽의 손을 잡고 앞으로 달려 나가며 소리쳤다.

"물론 그래야지. 우리가 제일 먼저!"

설봉의 신비는 풀 수 없었지만, 적풍 일가족은 설봉 위에서 즐거운 한때를 보낼 수 있었다.

그 시간 속에서 적풍은 적사몽을 만난 이후 서서히 변하고 있는 자신에 대해 놀라기도 했다.

명계에서조차 이렇게 웃고 떠드는 시간은 거의 없었다. 설혹 그것이 설루와 단둘이 있을 때라 해도 마찬가지였다.

적풍은 언제나 부드럽지만 조용하게 설루를 대했었다.

그런데 적사몽과 인연을 맺고 나선 달랐다. 적풍은 웃었고, 가끔은 수다스러웠으며, 농담도 곧잘 했다.

그리고 가장 중요한 것은 그 변화가 적풍 자신도 싫지 않다는 것이었다. 예전 같으면 실없는 짓거리라고 생각했던 일들이 이제는 아주 가치 있는 일처럼 느껴지기도 했다.

그렇게 적풍은 그 자신도 모르는 사이에 아버지가 되어가고 있었다.

                    *   *   *

네 줄기로 이어진 기마 전사들의 행렬이 어지럽게 초원을 가로질렀다.

초원 한가운데에 고립돼 네 방향에서 공격받는 자들은 용맹하게 적을 맞아 싸웠다.

포위된 자들의 숫자는 대략 이백여 명, 반면 공격에 나선 자들의 숫자는 근 일천에 이르러 보였다.

애초부터 싸움의 승패는 결정되어 있었다.

아무리 대단한 전사들이라고 해도 이 정도 숫자의 차이는 이 너른 초원에서 극복하기가 불가능하다.

더군다나 공격에 나선 자들의 정체를 안다면 더더욱 이 싸움의 결말을 예측하기 쉬울 것이다.

네 개의 깃발, 네 갈래로 갈라져 적을 공격하는 네 무리의 깃발은 그들의 정체를 분명하게 나타내고 있었다.

세 개의 호수가 그려진 깃발은 오손 왕국을 뜻한다. 망치가 그려진 깃발은 석림 왕국을 의미한다. 열두 개의 검이 그려진 깃발은 천인총의 깃발이며, 거대한 전선이 그려진 깃발은 바람의 왕국이라 불리는 남해의 제왕을 나타내는 것이었다.

이들 모두는 이 땅에서 하나의 이름으로 불린다. 신검의 칠왕이 세운 나라들이다.

애초에 일곱 개의 왕국으로 시작된 신검의 역사는 당대에 들어 다섯 개로 줄어들었다. 무황의 신혈족이 아바르가 차지하고 있다고는 해도 칠왕의 정통 후예들은 신혈의 아바르를 결코 칠왕의 일원으로 받아들이지 않았다.

그런데 다섯 개만 남은 칠왕의 왕국 중 네 곳의 깃발이 오늘 초원에서 펄럭이고 있었다.

그것도 그저 다른 왕국을 방문하기 위한 사절단이 아닌 도합 일천여 명의 전사들로 구성된 대병력이었다.

그리고 놀랍게도 그들은 공통의 적을 향해 매서운 공격을 쏟아붓고 있었다.

포위망은 그물처럼 촘촘했으며, 초원 한가운데 몰려 공격받는 자들은 도저히 살아나갈 방도가 없었다.

그럼에도 불구하고 그들은 용맹했다. 처음 이백여 명에 달하던 숫자가 금세 절반으로 줄어들었지만 그들은 항복을 하지 않았고, 오히려 더 용맹하게 적을 향해 달려들었다.

무모하다고 해야 할 만큼 강력한 저항에 네 왕국의 전사들조차 질려 버렸는지 공격의 기세가 수그러들 지경이었다.

"시간이 없다. 단숨에 쓸어버려!"

공격하는 자들의 기세가 누그러지자 누군가 독려의 목소리를 내뱉었다.

그러자 네 왕국의 전사들이 재차 힘을 내 포위한 적들을 향해 달려들기 시작했다.

마지막에 타오르는 불꽃처럼 포위된 자들이 뜨거운 저항과 함께 소멸될 위기에 처했을 때 갑자기 초원 남동쪽으로부터 땅이 갈라질 것 같은 고함이 들려왔다.

"누가 감히 신혈의 아바르를 침범하는가?"

두두두!

뒤를 이어 거친 말발굽 소리가 초원을 뒤흔들었다.

늦가을 초원에 뿌연 연기가 일었다. 어스름한 저녁 무렵의 석양을 맞으며 수백 필의 말이 초원을 질주했다.

"일단 물러난다!"

초원 한가운데서 적을 포위하고 공격하던 네 왕국의 전사들 사이에서 무거운 다급한 명령이 흘러나왔다. 그러자 적의 마지막 숨통을 끊으려던 네 왕국의 전사들이 아쉬움을 삼키며 빠르게 뒤로 물러나 전열을 정비했다.

그사이 석양 속에 나타난 자들이 공격당하던 무리에게로 바람처럼 다가왔다.

"삼황녀님!"

먼지 자욱한 말들의 질주 속에서 굵직한 노인의 목소리가 들려왔다.

"아! 쿤란 노사!"

죽음의 위기를 모면한 자들이 기마 무리를 이끌고 나타난 노인을 보고는 감격한 소리를 토해냈다.

그리고 그들 중에는 온몸이 피로 물들어 있는 아바르의 삼황녀 적화우도 있었다.

"황녀님!"

아바르의 전설 검은 사자 중 한 명인 노전사 쿤란이 말에서 내리지도 않고 적화우를 찾았다.

"여기예요. 어떻게 여길?"

적화우가 거칠게 숨을 쉬며 물었다.

그러자 쿤란이 빠르게 대답했다.

"황녀님의 뵈러 하미성에 들렀다가 침입자들을 추격하고자 출병하셨다는 소리를 듣고 인사나 드리러 오던 참이었습니다. 아무튼 일단 이곳을 벗어나셔야 합니다. 제가 데리고 온 전사의 숫자가 겨우 삼십입니다."

쿤란의 말에 적화우의 얼굴색이 변했다. 수백 필의 말이 달려왔는데 전사가 겨우 삼십이라니. 이 숫자로 네 왕국의 일천 정예를 맞아 싸우는 것은 불가능했다.

그런 적화우의 마음을 알아챈 노전사 쿤란이 급히 말했다.

"황녀님께서 함정에 빠지신 것을 알고 인근 유목민의 말을 몰아 온 것입니다. 적들도 이젠 실상을 알았을 겁니다. 어서 말에 오르십시오."

"알겠어요."

적화우가 상황이 생각보다 다급하다는 것을 알고는 쿤란이 끌고 온 말 중 하나에 올라탔다. 그러자 생존한 아바르의 전사들이 안장도 없는 말에 날아올랐다.

"가자!"

사황녀 적화우가 소리 높여 명령을 내리고는 자신이 먼저 말을 달려 전장을 벗어나기 시작했다.

"헛! 속았군."

세 개의 호수가 그려진 깃발 아래 서 있던 오손의 대전사 하와가 허탈한 목소리로 중얼거렸다.

"그대로 보내줘선 안 되오."

그 옆에 있던 석림의 육대성주 중 수좌에 올라 있는 석도군이 다부진 표정으로 말했다.

"물론 그대로 보낼 수는 없는 일이오. 삼황녀를 잡고 하미성을 취하지 않으면 애초에 강을 넘지 않는 편이 나았을 것이오."

죽음의 사자들이 산다는 천인총의 일영주 부르한이 차가운 살기를 흘려내며 대꾸했다.

"내가 앞을 막겠소."

먼저 추격에 나서겠다고 나선 자는 전선(戰船)의 문양이 새겨진 깃발 아래 서 있던 남해의 지배자인 바람의 왕국의 오대선단주 중 제일 선단을 맡고 있는 장유소라는 노전사였다.

"따라잡을 수 있겠소?"

오손의 하와가 아바르의 삼황녀 적화우가 달아난 거리를 가늠하며 물었다.

"따라잡을 수는 있소. 그러나 막을 수는 없소. 바람의 길을 타고 달릴 수 있는 전사의 숫자가 스물을 넘지 못하오."

"그 정도로 충분하오. 잠시만 저들의 길을 방해하면 우리도 따라붙을 수 있을 것이오. 그때 다시 포위하면 되오."

석림의 석도군이 고개를 끄덕였다.

"그럼 먼저 가보겠소. 바람의 전사들은 날 따르라. 놈들을 추월한다."

장유소가 말을 몰아 나가면서 소리쳤다.

그러자 그를 따르는 바람의 왕국 전사들이 말 그대로 바람처럼 장유소를 따라 초원을 질주하기 시작했다.

"정말 빠르긴 빠르구려."

한순간에 눈에서 멀어지는 바람의 왕국 전사들을 보며 석도군이 감탄했다.

"우리도 갑시다. 조금이라도 늦으면 오히려 저들이 전멸할 것이오."

부르한이 두 노전사를 보며 말했다.

"그럽시다."

다른 두 명의 노전사들이 동의하자 부르한이 먼저 천인총의 전사들을 이끌고 초원을 질주하기 시작했다.

한 줄기 바람이 초원에 거대한 꼬리를 만들면서 밀려갔다. 그 바람은 푸른색 빛을 띠고 있었는데, 자세히 보면 그 바람을 일으키는 것은 자연이 아니라 사람이었다.

두두두!

바람을 일으키는 사람들 아래에선 사람을 태운 말들이 만들어내는 굉음이 사방으로 퍼져 나갔다.

이상한 것은 그 말들이 달리는 속도가 보통의 기병들이 탄 말보다 배는 빠르다는 것이었다.

사람이 달리는 것이 아닌 이상, 말이 사람을 태우고 달리는 속도는 결국 말의 자질에 달려 있게 마련, 그런데 아무리 좋은 말을 구했다 해도 푸른 바람을 일으키는 자들이 탄 말들은 이해할 수 없을 속도를 가지고 있었다.

어쨌든 푸른 바람은 한순간에 도주하던 아바르의 황녀 적화우 일행을 추월했다.

그들은 적화우 일행을 추월한 이후에도 곧바로 앞을 향해 질주하더니 도주자들의 눈에 자신들의 모습이 보이지 않을 정도의 거리에 이르자 그때서야 방향을 바꿔 다시금 적화우 일행을 향해 다가오기 시작했다.

물론 그때는 일행을 추월할 때와 달리 느리게 다가왔고, 일정한 거리로 가까워지자 갑자기 화살을 쏘아대기 시작했다.

퍼퍼퍽!

허공을 가르고 날아온 강전들이 사람과 말들을 향해 폭사했다. 사람들은 화살을 쳐내 몸을 보호할 수 있었지만, 말들은 속절없이 화살에 맞아 달리던 속도 그대로 땅에 허물어졌다.

그러자 일행이 크게 어지러워졌다.

"바람의 왕국 전사들입니다."

아바르의 노전사 쿤란이 적화우에게 말했다.

"그대로 뚫죠."

적화우가 대답했다.

그러자 쿤란 고개를 저었다.

"그랬다가는 다시 포위됩니다. 시간을 지체할 수 없습니다.

뒤를 보십시오."

쿤란의 말에 적화우가 급히 고개를 돌려 후방을 살폈다. 그러자 거대한 먼지구름을 일으키며 달려오는 네 왕국의 전사들이 보였다.

"어렵군요."

적화우가 난감한 표정으로 고개를 저었다. 쿤란의 말처럼 이대로 바람의 왕국 전사들과 격돌하면 그들을 뚫고 나갈 수 있겠지만, 그 와중에 추격자들의 추격을 허용에 다시 포위당할 가능성이 다분했다.

소탐대실, 적은 숫자의 적을 상대하느라 대적에게 포위되는 것은 어리석은 일이었다.

"이제 어쩌죠?"

적화우가 쿤란에게 물었다. 그러나 쿤란이라고 뾰족한 방법이 있을 수는 없었다.

"일단 성으로 돌아가는 것을 포기하고 근방에 있는 적당한 산이라도 찾아 버티는 방법밖에는 없을 것 같습니다. 그사이 신혈제일성에 소식이 갈 겁니다. 무황께서 푸른 호수성의 전사들을 움직이시고, 후군을 끌고 오시면 안쪽에 구원군이 도착할 겁니다."

"보름… 그 정도 시간을 벌 수 있는 장소가 있나요?"

적화우가 쿤란에게 물었다.

"글쎄요. 이 근방의 지리에 익숙하지 못해서……."

쿤란이 망설였다.

그러자 적화우의 보호자를 자처하는 유모 여후가 말했다.

"황벽산이 좋을 것 같습니다."

"황벽산?"

적화우가 되물었다.

"이틀 안쪽 거리에 있고, 일단 산으로 들어가면 절벽과 석봉이 많아 작지만 제법 오래 버틸 만합니다."

유모 여후가 대답했다.

"식수는 어떻소?"

쿤란이 물었다.

"괜찮소. 석산치고는 샘이 많은 편이오."

여후가 대답했다.

"그럼 일단 그쪽으로 가시지요. 다행히 북쪽 방향이 열려 있으니."

쿤란이 적화우에게 말했다.

"좋아요. 서둘러요."

적화우가 동의하자 쿤란이 말머리를 돌리며 소리쳤다.

"북쪽으로 간다. 모든 힘을 쏟아라!"

쿤란의 명에 그를 따라왔던 아바르의 전사들과 애초에 적화우를 따라 출병했던 자들이 뒤섞여 초원의 북쪽을 향해 달리기 시작했다.

"나쁘지 않은 것 같소."

북쪽으로 도주하는 적화우 일행을 바라보며 석림 왕국의 석도군이 말했다.

"시간이 길어지면 어떤 경우든 좋지 않소."

천인총의 제일 영주 부르한이 차가운 말투로 대꾸했다.

"저들이 향하는 곳을 알 것 같아서 하는 말이오."

"대체 그걸 어떻게 안다는 거요?"

부르한이 의아한 표정으로 물었다.

"이곳이 석림과 가까운 곳이라는 것은 아실 거요. 그래서 간
혹 수하 몇만 데리고 아바르 강 동쪽 지형을 살피러 나온 적이
있었소. 그래서 이 근방의 지형을 잘 알고 있소."

"그렇다면 저들이 어디로 갈 것 같소?"

이번에는 오손의 노전사 하와가 물었다.

"분명 황벽산을 갈 거요."

"황벽산이라. 어떤 곳이오?"

"이틀 거리에 있는데 말을 타고 질주하니 절반 이하로 시간
을 줄일 수 있을 거요. 일단 산으로 들어가면 난공불락, 접근
이 쉽지 않고 방어에 유리한 곳이오. 물도 충분하고……."

"그럼 오히려 문제 아니오. 그곳에서 버티면 그 와중에 아바
르의 구원군이 올 것 아니오?"

"하지만 저들은 오래 버티지 못할 것이오."

"대체 그렇게 장담하는 이유가 뭐요?"

바람의 왕국에서 온 장유소가 물었다.

"하미성에서 농성하는 것보다 모든 것이 부족하고, 무황에
게 소식이 전해지는 것 역시 며칠 늦어질 것이오. 저들에게 전

서구가 없는 이상. 또 북쪽으로 도주했으니 그 거리만큼 아바르의 구원대가 올 시간이 길어진다고 할 수 있소. 우린 충분히 그 안에 저들을 공략할 수 있을 것이오."

석도군이 자신 있게 말했다.

"난공불락의 산이라지 않으셨소? 그 황벽산이라는 곳."

장유소가 여전히 불신의 빛을 보이며 물었다.

"그러긴 하지만 그곳은 석산이오. 그리고 난 석림의 사람이고 말이오."

석도군의 말에 오손의 노전사 하와가 무릎을 쳤다.

"듣고 보니 그렇구려. 그대라면 충분히 공략할 방법을 찾으시겠구려. 하하하, 이제 보니 저들은 스스로 독 안으로 들어간 쥐가 된 것이군."

하와가 웃음까지 터뜨렸다.

그러자 천인총의 전사 부르한이 경고하듯 말했다.

"모든 일은 끝나 봐야 결과를 아는 것이오. 일단은 저들이 그 산으로 갈지도 모르는 것이고. 어서 바싹 쫓아봅시다."

부르한이 그 말을 하고는 먼저 말을 몰아 앞으로 달려 나가기 시작했다.

"천인총의 사람들은 확실히 비관적이야."

앞서 달려 나간 부르한을 보며 오손의 하와가 중얼거렸다.

"그렇긴 해도 전장에선 무척 쓸모 있는 사람들이 아니오."

석도군이 대답했다.

"하긴 사람 죽이는 데는 따를 자들이 없으니까. 아무튼 우리도 서두릅시다."

하와가 다른 두 사람을 보며 말하자 두 사람도 서둘러 말을 몰아 앞으로 나가기 시작했다.

*   *   *

지친 발걸음 소리, 사람과 말이 함께 쏟아내는 거친 숨소리, 그리고 밤이 찾아오는 소리가 모두의 마음을 무겁게 만들었다.

적의 추격은 매서웠다. 거의 따라잡힐 뻔한 것이 한두 번이 아니었다. 하지만 결국 일행은 황벽산에 도달했다.

이후부터는 말이 사람을 태우고 걸을 수 없었다. 길은 좁고 험했으며 간혹 무척 가파르기도 했다. 그럴 때마다 사람이 내려서 말을 끌었다.

말들은 좀처럼 산 안으로 들어가려 하지 않았지만, 말까지 버리고 산으로 도주할 수는 없었다.

그렇게 어렵사리 절벽과 바위가 적을 막아줄 수 있는 곳에 도착해서야 일행은 겨우 한숨을 돌렸다.

"요기라도 해야겠습니다."

유모 여후가 나직하게 말했다.

"그렇게 해요."

적화우가 고개를 끄덕였다.

"식량을 아껴야 하오. 보름 분량으로 나누어 먹으라고 해야 하오."

쿤란이 말했다.

"보름이라… 그 안에 구원군이 오겠소?"

여후가 쿤란에게 물었다.

그러자 쿤란이 심각한 표정으로 말했다.

"그걸 어찌 알겠소. 하지만 하미성에서 황녀님과 내가 모두 돌아오지 않는다면 분명 일이 생겼음을 알 것이오. 그 즉시 신혈제일성에 전서를 보내면 보름이면 우리를 찾아낼 거요. 저들의 일천 전사는 숨기기 쉬운 숫자가 아니니까."

"하지만 하미성의 전사들이 신혈제일성에 전서를 보내지 않고 우릴 찾아 초원을 헤맨다면 어찌 되는 거요?"

여후가 최악의 경우를 물었다.

"그렇게 되면 어차피 이곳에 있을 수 없소. 식량도 식량이거니와 저들 중에 석림의 사람들이 있음을 알아야 하오. 그들이라면 아마도 절벽에 길을 만들어서라도 우릴 공략할 방법을 찾을 것이오. 그들은 돌과 바위를 집으로 하고 사는 자들이니까."

"후우… 그렇게 되면 최후의 돌격을 해야겠구려."

"그렇소."

쿤란이 무겁게 고개를 끄덕였다.

그러자 적화우가 옆에서 입을 열었다.

"어쨌거나 지금은 먹고 쉬어요."

"알겠습니다."

여후가 대답을 하고는 자리에서 일어나 아바르의 전사들에게 명했다.

"식량을 보름치로 나눈다. 그중 하루 분으로 요기를 하라. 어차피 오늘은 다 갔으니까. 오늘 저녁만은 충분히 먹도록!"

"알겠습니다."

아바르의 전사들이 대답을 한 후 그들이 챙겨온 식량을 열다섯 뭉치로 나누기 시작했다.

여후가 오늘만큼은 충분히 먹으라고 말했지만 사실 보름치로 나눈 식량은 세 끼는커녕 한 끼로도 충분하지 않았다.

그래서 아바르의 전사들은 무척 천천히 음식을 섭취했다. 입안에 음식이 오래 머물수록 적은 량으로도 배가 든든해진다는 것을 잘 알고 있기 때문이었다.

적화우와 쿤란 등도 다른 아바르의 전사들과 동일한 양의 음식을 먹었다. 적어도 이들에게는 전장에서 일반 전사들과 고락을 함께할 정도의 의리는 있었다.

그렇게 아주 느린 식사가 무거운 분위기 속에서 이어지던 한 순간 갑자기 누군가 한 명이 쿤란 옆으로 다가왔다.

"응?"

쿤란이 놀란 표정으로 자신에게 다가온 사내를 바라봤다.

그러자 사내가 다시 나직한 목소리로 뭔가를 말했다.

"가능하겠는가?"

쿤란이 걱정스러운 표정으로 물었다.

그러자 사내가 한곳으로 시선을 돌렸다. 그곳에는 적화우를 따라온 아바르의 전사들이 식량을 아껴서 음식을 먹고 있었는데, 사내의 눈길은 그들 중 한 여인에게 닿아 있었다.

"음… 그 아인가?"

쿠란이 묻자 사내가 고개를 끄덕였다.

"무슨 일이죠?"

식사를 하다말고 쿤란과 그 수하가 의문스러운 행동을 하자 적화우가 물었다. 그러자 쿤란이 먹고 있던 음식을 내려놓으며 입을 열었다.

"황녀께선 제가 어디로 가던 길인지 아실 겁니다."

"물론이죠. 축하드려요. 우하성의 성주가 되신 것을… 진즉에 그리 결정되어야 하는 것인데 황자들과 다른 성주들이 이런저런 트집을 잡는 바람에 늦어진 일이죠."

적화우가 위기에 처해 있으면서도 쿤란이 드디어 십면불 도광의 뒤를 이어 우하성의 성주가 되었음을 축하해 줬다. 그러자 쿤란이 다시 입을 열었다.

"그럼 제가 신혈제일성에서 황녀님께 드린 부탁을 기억하십니까?"

"음… 그 문제는……."

적화우가 말꼬리를 흐렸다.

그러면서 그녀의 시선이 앞서 쿤란과 그의 수하가 눈길을 주었던 여인에게로 향했다.

여인은 검은 피부에 강단 있는 눈빛을 가지고 있었다.

여인임에도 불구하고 팔에 근육이 붙어 있어 무기를 제법 오랫동안 다뤄왔다는 것을 알 수 있었다.

다만 그 생김새를 자세히 보면 보통의 사람들과 약간 차이가 있었다. 귀가 유난히 발달했고, 긴 하체를 지닌 몸을 가지고 있었다.

"그때 결정을 미루셨는데, 이젠 결정을 내려 주셔야 할 때인 것 같습니다."

"그 일 때문에 절 만나러 오신 건가요?"

적화우가 조금 실망한 표정으로 물었다.

"꼭 그래서는 아니지요. 저로선 우하성으로 가기 전 황녀에 인사를 드리는 것이 당연한 일이었기에 뵈러 왔던 것입니다."

"하지만 아무튼 지금 저 아이의 처분에 대한 대답을 해달라는 것이죠?"

"이렇게 말씀드리겠습니다. 지금이야말로 사황자님의 요구를 들어줘야 할 때라고 말입니다."

쿤란이 단호하게 말했다.

적화우가 쿤란의 말에 반발을 하려는데 그 옆에 있던 유모 여후가 먼저 입을 열었다.

"지금 노사의 말씀은 저 아이에게 자유를 주는 것이 단지 사황자님의 요구 때문만은 아니라는 말씀으로 들리는구려."

"맞소이다. 사황자님의 요구 때문이 아니라 황녀님께 반드시 필요한 일이라서 그렇습니다."

"내게 필요한 일이라니 왜 그렇죠?"

적화우가 물었다.

그러자 쿤란이 진지한 표정으로 말했다.

"지금 이곳에 원군을 보낼 수 있는 곳으로 가장 가까운 곳이 옥서스의 무극산이기 때문입니다. 누군가 이곳을 빠져나갈 수 있다면 무극산으로 가는 것이 가장 빠릅니다. 거리상으로 보면 사황자께서 구원을 오신다면 충분히 보름 안쪽에 도착하실 겁니다."

"그에게 도움을 청하라고요?"

　적화우의 얼굴이 살짝 찌푸려졌다. 혈육이기는 해도 혈육같이 느껴지지 않는 사황자 적풍이기 때문이었다.

"지금으로선 그게 최선입니다. 그 누구보다 빨리 올 수 있는 거리와 능력을 가지고 계시니까요."

"하지만 적은 일천의 대군이에요. 반면 십자성주를 따르는 자들은 일백이 되지 않죠. 이곳에 온다고 무슨 도움이 되겠어요."

　적화우가 부정적으로 말했다.

"그렇지가 않습니다. 사황자께서 오신 것만으로도 저들은 사황자 뒤에 다른 구원군이 따라오고 있다고 생각할 수 있습니다. 그렇게 생각한다면 반드시 저들은 혼란에 빠질 겁니다. 혹은 다른 구원군이 없다는 걸 알아도 저들에겐 큰 압박이 될 겁니다. 특히 사황자님과 십자성 고수들이 힘으로 포위망을 뚫고 들어온다면 더더욱 큰 부담을 가질 겁니다. 사황자님과 신검의 위력을 눈으로 보게 될 테니까요."

"이제 보니 신임 우하성주께선 십자성주에게 완전히 매료되신 듯하군요."

적화우가 빈정거림이 섞인 말투로 말했다.

그러나 쿤란은 그런 적화우의 말을 무던히 받아들였다. 오래 전부터 적화우의 후원자였던 그는 그녀가 자존심 강하고, 다른 사람의 능력을 좀처럼 인정하려 하지 않지만, 사실 그건 태생적으로 갖게 된 편견과 본래는 무척 여렸던 자신이 심성을 감추기 위해 어려서부터 배인 버릇이라는 것을 알고 있기 때문이었다.

"놀라운 분이지요."

적화우의 빈정거림과 상관없이 쿤란이 자신의 진심을 이야기했다.

그러자 적화우의 표정이 변했다. 적화우의 얼굴에 갑작스러운 두려움이 생겨났다. 그리고 조심스럽게 물었다.

"설마… 벌써 그의 사람이 된 건가요?"

적화우에게 있어 쿤란은 유모 여후 못지않게 중요한 사람이다. 여후가 곁에서 그녀를 지켜주는 사람이라면, 쿤란은 하미성 밖에서 그녀를 지켜주는 인물이라고 할 수 있었다.

세월이 흘렀지만 신혈의 아바르를 움직이는 자들은 여전히 검은 사자들, 그 검은 사자들과 그녀를 연결해 주는 유일한 끈이 쿤란이었다.

만약 쿤란이 그녀를 떠난다면 그녀는 그저 무황의 황녀라는 신분으로만 살아가야 할지도 모른다. 권력이라는 매혹적인 세계로부터 멀어져서 하미성에 고립되어 평생을 살아야 할 수도 있었다.

아니 어쩌면 그 하미성조차 내어놓아야 할 수도 있었다.

그 모든 위험에서 그를 지켜주는 존재가 검은 사자 쿤란이었다. 그만큼 쿤란의 후원은 그녀에게 중요한 사람인 것이다.

"그분의 능력에 탄복하고, 그분이 제게 베풀어준 은혜에 감사하고 있지만 그렇다고 제가 황녀님을 떠나는 일은 없을 겁니다. 다만, 이미 그분은 황녀님께 저 아이의 값을 충분히 치렀으니 이제 저 아이를 그분께 보내줘야 한다는 것입니다. 그로 인해 황녀님은 다시 한 번 그분의 도움을 받을 수 있으니, 저 아이의 값을 두 배로 받는 것이지요."

쿤란이 간곡하게 말했다.

그가 자신을 떠나지 않을 거란 말에 적화우의 표정도 조금은 편안해졌다.

"그가 이미 내게 저 아이의 값을 치렀다고 하셨는데 어떤 값을 치렀다는 거죠? 전 받은 기억이 없는데……."

"제가 십면불 도광의 뒤를 이어 우하성의 성주가 되지 않았습니까? 이건… 단지 제가 성주가 된 것 이상의 가치가 있는 일입니다. 우하성과 하미성은 아바르 강을 따라 나란히 위치하지요. 거기에 우하성은 아바르에서 열 손가락 안에 꼽히는 큰 성입니다. 그곳을 제가 지키고 있는 한, 향후 이 땅의 제왕이 누가 되든 아무도 황녀님의 권위를 침범하지 못할 겁니다. 제가 우하성의 성주가 된 것의 의미를 깊이 생각하십시오."

"흠……."

적화우가 나직한 신음을 내며 생각에 잠겼다. 그러자 쿤란이 다시 입을 열었다.

"아바르의 전통에 따라 도광을 제압한 사황자님의 의견에 따라 제가 우하성의 성주가 되는 일은 자연스러운 것이었습니다. 그럼에도 불구하고 반대하는 자들이 많았지요. 그 이유가 뭐겠습니까? 그들도 우하성이 가지는 의미를 잘 알고 있기 때문입니다. 그 덕에 두 달 가까이나 걸린 것이지요."

"알겠어요. 노사의 말대로 하지요. 그런데 누가 이 포위망을 뚫고 우리 소식을 그에게 전하죠?"

적화우가 물었다.

"그래서 지금이 저 아이를 보내줄 때란 것입니다. 아마도 저 아이는 반드시 길을 찾아 옥서스로 갈 수 있을 겁니다. 저 아이는 흑수족이니까요."

"아예 먼 곳으로 떠날 수도 있지 않소? 우리에 대한 원망이 없지 않을 텐데."

여후가 말했다.

"다른 곳으로 보낸다면 그럴지도 모르오. 하지만 옥서스는 다르지요. 그곳에 저 아이의 아버지와 정혼자가 있으니까."

"정혼자와 아버지요?"

적화우가 되물었다.

그리고 그 순간 그들의 주목을 받고 있던 여인이 놀란 눈으로 쿤란을 바라봤다.

"사황자께서 저 아이를 원하는 이유는 저 아이의 아버지를 얻기 위한 대가였다고 하더군요. 저 아이의 아비가 흑수족 중에서도 탁월한 능력을 지닌 자인데, 그를 길잡이로 삼을 때 사황자께서 약속했답니다. 저 아이를 찾아주기로."

"그자가 누구죠?"

"이름은 저도 잘……."

"단 노사는 알고 있지 않나요?"

"물론 그렇습니다만… 말해주지 않더군요."

"단 노사가 말해주지 않을 정도면 대단한 자란 뜻이군. 너, 이리 오너라."

적화우가 여인을 불렀다. 그러자 여인이 빠르게 적화우 앞으로 다가왔다.

"타린, 네 아버지가 누구냐?"

"……."

타린이라 불린 여인이 쉽게 대답하지 못하고 우물거렸다.

"약속하마. 네 아버지가 누구든 널 놓아주는 것은 변함없다."

적화우가 다시 말했다. 그러자 흑수족의 여인 타린이 나직한 목소리로 대답했다.

"제 아비의 이름은… 타르두라 합니다."

순간 여후와 쿤란 그리고 적화우가 동시에 경악스러운 눈으로 타린을 바라봤다.

여후가 확인하듯 물었다.

"그… 천인총의 괴력 난신을 암살한 그 바람의 타르두?"

"예……."

"아… 정말 우리가 위험한 아이를 잡아두고 있었군요."

여후가 적화우를 보며 말했다.

그러자 곁에서 쿤란이 거들었다.

"보내야 합니다. 지금이 좋은 기회입니다. 계속 잡아두고 있었다면 아이의 아비가 무슨 짓을 했을지도 모르는 일입니다. 바람의 타르두… 그자의 능력은 이미 스스로 증명했으니까요."

제10장
그래도 누이라

서설은 아직 내리지 않았다. 그러나 곧 천하가 눈에 덮일 거라는 걸 모르는 사람은 없었다.

날이 차가워진 것이 벌써 여러 날, 더군다나 이틀 전부터 해를 보기 어려울 정도로 먹구름이 모여들고 있었다.

늦가을 초원의 을씨년스러움은 가끔씩 이유 없이 사람의 모골을 송연하게 만든다.

이럴 때 길을 가는 나그네는 긴장을 풀기 위해 자신도 모르게 노랫가락을 흥얼거리게 마련이다.

길 잃은 샤의 생활을 끝내고 아바르의 사황자를 따라 옥서스 무극산에 정착하게 된 무상의 입에서 나직한 노랫소리가 끊이지 않고 흘러나왔다.

근방의 지리에 밝은 무상과 함께 겨울을 나기 위해 필요한 양식을 구하러 나온 십자성의 고수들은 무상의 노랫가락에 취해 길가는 줄 모르고 깊은 상념에 빠져 있었다.

무상의 노랫가락은 구수하면서도 서글퍼서 십자성의 무사들은 자신들이 떠나온 명계 무림에 대한 추억에 빠져들지 않을 수 없었다.

그 옛날, 전설적인 초왕 항우의 정병들을 흩어버린 초가(楚歌) 노랫가락이 이랬을지도 모른다고 일행을 이끌고 있는 소두괴는 생각했다.

그리고 그 즈음 무상의 노래 한 소절이 끝이 났다.

"무슨 노래가 그렇게 구슬픕니까?"

십자성의 젊은 고수 와한이 물었다.

그러자 무상이 대답했다.

"뭐… 가끔 세상을 떠돌던 내 처지를 생각하며 만든 노래다 보니 그런 것 같네."

이제 새로운 십자성에서 출신에 따른 차별이나 어색함은 더 이상 없었다.

지난 두어 달 동안 함께 성을 쌓고, 함께 사냥을 해 먹을 것을 구하면서 적풍을 따라 무극산에 들어온 사람들은 모두가 십자성이라는 이름 아래 한 식구로 동화되어 가고 있었다.

그래서 명계 십자성에 뿌리를 두고 있는 와한이 칠왕의 땅을 떠돌던 길 잃은 샤, 무상에게 존대를 하거나, 혹은 연장자인 무상이 그런 와한에게 하대를 하는 것이 더 이상 어색하지 않았다.

"대체 무 형님은 어쩌다가 세상을 떠돌게 된 것입니까?"

와한이 물었다.

그러자 무상이 회한이 담긴 눈으로 고개를 들어 하늘을 보며 말했다.

"글쎄. 이제야 생각하면 난들 알 수가 없는 팔자네. 어려서 부모님을 잃은 것 때문인 것 같기도 하고, 혹은 그 옛날 누군가에게 받은 상처 때문인 것 같기도 하다가. 또 곰곰이 생각해 보면 이루지 못할 야망에 지쳐 버려서인지도 모르겠네. 하지만 결국 우리 형님 말씀이 맞지 않나 싶기도 하네."

"형님이시라면 무혼 대협 말이시오?"

이번에는 소두괴가 물었다.

"그렇소이다. 형님께선 우리가 떠돌게 된 것이 타고난 성품 때문이라고 했소. 한곳에 정착하지 못하는 성정이 우리 형제에게 있다고… 그러면서 이상하다는 말을 줄곧 했었소."

"뭐가 말이오?"

"무극산에 들어와서는 이상하게도 다시 떠날 마음이 들지 않는다고 말이오."

"무 형도 그러시오?"

소두괴가 다시 물었다.

"그렇소이다. 참 이상한 일이었소. 한곳에 열흘 이상은 머물기 어려웠던 우리 형제인데… 물론 형님은 그에 대해 나름대로 해석을 내놓기는 했지만……"

"무혼 대협은 뭐라시더이까? 그 이유가."

"형님께선 십자성은 몸은 매여 있어도 영혼은 자유로운 곳이라고 했소. 성주께선 십자성의 형제들을 자신의 수하로 대하시기보다는 함께 길을 가는 동료로 대하신다고… 이거 불순한 말이오?"

무상이 걱정스러운 표정으로 물었다.

그러자 소두괴가 고개를 저었다.

"아니오. 정확하게 보신 거요. 성주께선 당신의 야망을 위해 우릴 거두신 게 아니니까. 물론 성주께서 도도한 성정을 가지신 건 사실이오. 하지만 그렇다고 약자를 억압하거나 강제하는 분은 아니니까. 오히려 그런 것을 보면 참지 못하는 성정이시오. 아무튼… 무혼 대협은 참 생각이 깊으신 것 같소. 어찌 보면 세상을 떠돌면서 깨달음을 얻으신 것 같기도 하고……."

"후후, 맞소. 우리 모두 무혼 형님을 별난 사람이라고 생각하고 있었소. 그래서 의지가 되기도 했고……."

그런데 그때였다. 갑자기 일행의 앞쪽에서 누군가의 놀란 목소리가 들렸다.

"저, 저건 사람 아닌가?"

소리를 지른 사람은 길 잃은 샤였던 사람이었다.

"무슨 일인가?"

무상이 물었다.

"강에… 강에 사람이 있습니다. 그런데 설마 아바르 강을 헤엄쳐 건너는 모양입니다. 저런 급류를……."

옥서스는 아바르 상류에 위치한다.

그래서 강의 유속이 무척 급했다. 보통 사람이 헤엄쳐 건너는 것은 거의 불가능했고, 칠왕의 후예나 혹은 신혈의 피를 가진 자들 중에서도 무공을 수련한 인물만이 가능했다.

그러니 그 급류를 헤엄쳐 건너는 사람이라면 당연히 일행의 관심을 끌 만했다.

"어디냐?"

무상이 다시 물었다.

"저깁니다."

사내가 손으로 아바르의 강 건너편을 가리키자 정말 사람으로 보이는 물체가 아바르 강을 맨몸으로 건너고 있었다.

가끔 머리가 물속으로 들어갔다 나오는 것을 보면 물에 무척 익숙한 것 같기도 했고, 혹은 이미 지쳐서 목숨이 위태로운 것처럼 보이기도 했다.

"대체 무슨 사연이 있길래……?"

무상이 중얼거렸다.

이제 모든 일행이 걸음을 멈추고 아바르 강을 헤엄쳐 건너는 자를 주시하기 시작했다.

사람의 심리란 것은 이상해서 자신들과 아무런 연관이 없는 사람일지라도 위험에 도전하는 사람을 응원하게 된다.

십자성의 사람들도 마찬가지였다. 그들은 언제부터인가 자신도 모르게 주먹을 불끈 쥐고 위태롭게 아바르 강을 건너는 자를 응원하기 시작했다.

"좋아. 힘을 내! 이제 반은 넘었다!"

누군가가 큰 소리로 외쳤다.

그러자 강을 건너던 자가 놀란 듯 고개를 들어 이쪽 편을 바라봤다.

"힘을 내시오! 조금만 더 오면 잡을 것을 던져 줄 테니!"

와한이 손에 긴 밧줄을 들고 강변으로 걸어 나가며 소리쳤다. 그러자 물속 인물이 잠시 망설이는 듯하다 다시 헤엄치기 시작했다.

홀로 아바르 강을 헤엄쳐 건너는 사람의 모습은 와한에게 묘한 감동을 줬다.

그는 강변에 서서 강을 건너는 자를 주시하며 들고 있던 밧줄 끝에 작은 나무토막을 매달았다.

줄을 가능한 멀리 던지기 위함이었다.

그러고는 눈을 가늘게 뜨고 얼추 강을 건너는 사람과의 거리를 가늠했다.

물속 인물은 급격하게 지쳐 보였다. 처음보다 훨씬 움직이는 속도가 느렸다. 자칫하다가는 급류에 휘말려 하류로 떠내려 갈 것처럼 보이기도 했다.

"에잇!"

와한이 물속 인물의 위태로워 보이자 제법 거리가 있음에도 힘껏 밧줄을 던졌다.

그의 손에 들린 밧줄이 마치 바람에 밀려 하늘로 올라가는 연줄처럼 빠르게 허공으로 펴져 나갔다.

풍덩!

밧줄에 매단 나무토막이 강물에 떨어졌다. 그러나 강을 건너는 인물의 손에 닿기에는 약간의 거리가 있었다.

밧줄을 매단 나무토막이 강물에 밀려 빠르게 하류로 흘러내려갔다.

"제길!"

와한이 재빨리 줄을 회수하기 시작했다.

그의 손목에 힘이 들어갈 때마다 나무토막이 수 장씩 끌려왔다. 그러자 순식간에 물에 젖은 나무토막이 그의 손에 들어왔다.

그런데 그때 뒤쪽에서 십자성 사람들의 다급한 목소리가 들려왔다.

"어어, 위험하다. 이보슈. 정신 차리시오!"

"좀 더 힘을 내시오. 거의 다 왔소."

강변에서 십자성 사람들이 소리를 질러댔다.

그러나 강을 건너고 있는 인물의 상황은 그리 좋지 않았다. 물속에 머리를 넣는 시간이 짧아졌고, 자연스럽게 그의 몸이 하류로 흘러 내려가기 시작했다.

"어어… 저러다가 죽겠어!"

누군가 다급한 목소리로 소리쳤다.

그 순간 와한의 눈빛이 번뜩였다. 그러고는 허우적거리는 자에게 큰 소리로 외쳤다.

"정신 차리시오. 기회는 이번 한 번뿐이오. 반드시 이 밧줄을 잡으시오."

천둥처럼 울리는 와한의 외침에 하류로 떠내려가던 자가 겨우 고개를 돌려 와한과 시선을 맞췄다. 그 순간 와한이 강변을 달리기 시작했다.

파파팟!

공력을 끌어올린 와한이 강하게 땅을 차며 십여 장을 달렸다. 그러고는 허공으로 도약해 강물 위로 떠올랐다.

교벽을 통과하면서 각성한 그의 신력이 그의 몸을 새처럼 허공으로 밀어 올렸다.

"아!"

순간 와한을 지켜보고 있던 강변의 십자성 사람들 사이에서 탄성이 흘러나왔다.

특히 길 잃은 샤로 살던 사람들에게는 와한의 모습이 그야말로 신장(神將)처럼 보였다.

그사이 허공에 떠오른 와한이 물속에 있는 사람을 향해 줄을 매단 나무토막을 던졌다.

파앗!

나무토막이 마치 화살처럼 물속 인물을 향해 날아갔다.

픽!

이십여 장을 날아간 나무토막이 창이 꽂히듯 물속으로 사라졌다. 그 순간 물 위에 간신히 떠 있던 사람의 머리도 물속으로 들어갔다.

그러고는 갑자기 강 위에 침묵이 찾아들었다.

사람도 나무토막도 쉽게 물 위로 떠오르지 않았다. 찰나의 순간이 억겁처럼 느껴졌다.

그 시간들이 길어지자 사람들 얼굴에 절망감이 감돌았다. 더 이상 사람이 물속에서 살아 있을 수 없는 시간이 흐른 듯 느껴졌다.

"와한, 올라와라. 아무래도 실패한 모양이다."

허리까지 물에 잠긴 채 물속에 서 있는 와한에게 소두괴가 침착하게 말했다.

그러자 와한이 고개를 끄덕이고는 물속에서 흐물거리는 밧줄을 회수하기 위해 줄을 당겼다. 그런데 그 순간 와한의 눈이 커졌다.

"웅!"

갑자기 손에 잡고 있던 줄이 팽팽하게 펼쳐졌다. 그리고 느껴지는 묵직한 무게감, 와한이 힘주어 줄을 당겼다.

그 순간 이십여 장 떨어진 하류에서 한 사람이 물 위로 솟구쳤다.

"푸앗!"

물 위로 솟구친 자가 입에서 물을 뿜어내며 크게 숨을 쉬었다.

"사, 살았어!"

"아니 대체 물고기도 아니고 어떻게……?"

십자성 사람들 사이에서 놀란 목소리가 터져 나왔다. 그도
그럴 것이 물속에서 나타난 자는 사람이라면 도저히 견딜 수
없는 시간 동안 물속에 있었기 때문이었다.

"힘내시오!"

와한이 큰 소리로 외치며 빠르게 줄을 당기기 시작했다. 그
러자 물속에서 모습을 드러낸 자가 마치 낚시에 걸린 고기처럼
꿈틀거리며 와한에게 끌려오기 시작했다.

"뭐야? 여자였어?"

와한에 의해 강변으로 끌어올려진 사람을 보러 몰려온 십자
성의 사람들이 놀란 표정으로 중얼거렸다.

"컥컥!"

그 와중에 강변 모래밭에 무릎을 꿇은 여인이 계속해서 헛
기침을 하며 물을 뱉어내고 있었다.

"대단하군. 여자의 몸으로……."

"그러게 말이야. 보통 사람이 아니야."

십자성 사람들이 나직한 목소리로 중얼거렸다. 그러는 사
이 여인이 겨우 호흡을 가다듬고 두려운 눈으로 고개를 들었
다.

그런데 그녀가 몸을 바로 세우자 그녀의 몸 곳곳에 상처가
모습을 드러냈다.

물에 씻겨 내려갔다고는 해도 검에 베인 옷자락 안쪽으로 혈

흔이 여실히 드러났다.

"대체 당신 누구요?"

소두괴가 앞으로 나서며 물었다. 그러자 여인이 두려운 눈으로 소두괴를 바라볼 뿐 쉽게 입을 열지 않았다.

"걱정 마시오. 당신이 누구든 해치지 않을 테니. 말해보시오. 대체 당신은 누구요?"

소두괴가 다시 물었지만 여인은 좀처럼 입을 열지 않았다. 그러다가 문득 대답을 하는 대신 질문을 던졌다.

"당신들은 누구죠?"

"허허, 이것 참… 생각보다 맹랑한 여인일세. 질문에 대답은 하지 않고. 뭐, 상관없지. 우린 십자성의 사람들이오."

"십자성!"

여인이 놀란 표정으로 소리쳤다. 그러자 소두괴가 의심어린 표정으로 물었다.

"십자성을 아시오?"

"그… 아바르의 사황자께서 옥서스 무극산에 만드신 그 십자성이 맞나요?"

여인이 숨도 쉬지 않고 말했다.

"그렇소. 그런데 벌써 그 소문이 세상에 퍼진 거요?"

"아! 됐어. 이제……."

여인이 다시 소두괴의 물음에 대답하지 않고 뭐가 기쁜지 안도의 한숨을 내쉬며 가슴에 손을 모았다.

"자자, 진정하고 대답해 보시오. 뭐가 됐다는 거요?"

소두괴는 생각보다 침착했다.

그는 여인이 무척 흥분한 상태라는 것을 알고 있기에 여인을 다그치기보다는 부드럽게 달래는 것이 입을 열기에 훨씬 효과적이라는 것을 있었다.

"제 이름은 타린이에요."

"타린? 이상하네. 어디서 들어 본 것 같은데……."

소두괴기 고개를 갸웃했다.

그때 여인을 물속에서 끌어낸 와한이 앞으로 나서며 정색을 한 표정으로 여인에게 물었다.

"정말 당신 이름이 타린이오?"

"네. 그런데… 제 이름을 알고 있나요?"

"그럼 당신 흑수족이오?"

순간 와한의 말을 들은 소두괴도 타린이란 이름을 어디서 들었는지 떠올렸다. 그리고 놀란 눈으로 여인을 바라봤다.

"그… 래요. 난 흑수족이에요."

"그럼 타르두란 노인을 알겠구려."

"정말이군요. 아버지가 십자성에 있다는 말이……."

여인은 와한의 입에서 타르두라는 이름이 나오는 순간 이미 타르두가 십자성에 있다는 것을 확신한 듯했다. 그건 곧 그녀가 이곳에 오기 전 이미 타르두와 십자성에 대한 이야기를 제법 자세히 듣고 왔다는 것을 의미한다.

"대체 누가 당신에게 십자성과 타르두 노인이 그곳에 있다는 걸 말해줬소?"

소두괴가 정색을 하며 물었다.

그러자 타린이 빠르고 분명하게 말했다.

"아바르의 삼황녀 적화우가 말해주었어요. 십자성에 아버지가 있을 테니 그리로 가라고. 가서 구원군을 데려오라고. 그럼 전 자유라고요."

"구… 원군? 무슨 구원군 말이오?"

소두괴가 의아한 표정으로 물었다.

"삼황녀가 공격당해 황벽산에 고립되어 있어요."

"대체 누가 감히 아바르 땅에서 무황의 혈육을 공격한단 말이오?"

"칠왕의 전사들이 아바르 강을 넘었어요."

타린이 두려운 기색으로 말했다.

*   *   *

타르두는 묵묵히 무기를 챙겼다. 참으로 오랜만에 손에 잡아 보는 무기들이다.

작고 날카로운 검이 여러 개, 허벅지까지 오는 장검이 또 하나다. 그리고 검은색의 작은 철궁과 철시는 그가 요 며칠 새 급히 만든 것이었다.

그를 잘 아는 사람들은 이 무기들이 언제 쓰였었는지 알고 있다. 바람의 타르두라는 이름을 그에게 준 신화적인 일, 천인총의 강자 괴력 난신을 죽이고 세상에 흑수족이 살아 있음

을 외쳤던 그 일 이후에는 이 무기들을 쓰지 않았던 타르두
였다.

그런데 지금 그는 다시 그 무기들을 준비하고 있었다.

"글쎄 아버지가 가실 일이 아니라니까요!"

타린이 화가 난 표정으로 소리쳤다.

"누군가 길잡이는 해야지."

타르두가 대답했다.

"그럼 당연히 제가 가야죠. 저만큼 그곳의 지리에 밝은 사람
은 없으니까요. 제가 빠져나온 곳이잖아요."

"넌 갈 수 없다."

타르두가 단호하게 말했다.

"왜요?"

"넌 이곳에 남아 있어라. 파묵과 함께."

타르두의 목소리는 높지 않았지만, 거부할 수 없는 힘을 가
지고 있었다.

그 목소리를 들으면 그가 그저 평범한 흑수족의 길잡이가
아니라 천인총의 영주 괴력 난신을 죽인 바로 그 바람의 타르
두임이 실감났다.

"이 일은 제 일이에요."

"내 일이다. 내가 성주님과 거래를 했고, 성주님은 약속대로
널 찾아주었다. 그럼 난 이제 성주님께 빚을 갚을 때다."

"그 일은 이곳까지 길잡이를 하는 것으로 끝난 것 아닙니
까?"

파묵이 퉁명스럽게 물었다.

"네가 그렇게 생각한다면 너에겐 그렇겠지. 하지만 난 아니다."

"대체 왜 고집을 부리세요. 아버지 연세를 생각하시라고요! 더군다나 지금 준비하는 그것들은 단순히 길 안내를 하겠다는 것이 아니잖아요? 가서 싸우겠다는 거잖아요? 칠왕의 전사들을 상대로……"

타린이 따지듯 물었다. 그러자 타르두가 고개를 들어 타린을 보며 대답했다.

"그래 싸울 거다. 그들과……"

"왜요? 파묵 오라버니의 말처럼 성주님과 하신 거래는 이미 끝났잖아요?"

"새로운 거래가 생겼지."

타르두가 대답했다.

"그게 무슨 말씀이십니까? 언제 성주님과 새로운 거래를 하셨습니까?"

파묵이 놀란 표정으로 물었다.

그러자 타르두가 대답했다.

"넌 벌써 잊었느냐? 우리가 단순한 길잡이가 아닌 십자성의 일원이 되겠다고 했던 그 맹세를!"

"그… 그건……"

분명히 그런 맹세를 했었다. 그리고 자신들을 십자성의 일원으로 받아들여준 적풍이 얼마나 고마웠던가.

"이 일은 흑수족의 타르두로서 하는 일이 아니다. 십자성의 무사 타르두로서 하는 일이지. 그러니 길 안내로 만족할 것도 아니다. 십자성의 무사들이 싸우면 나도 싸운다. 난 십자성의 사람이니까."

타르두가 모든 무기를 챙겨들고 자리에서 일어났다. 그러고는 서둘러 그의 처소를 나갔다.

그러자 타린이 소리쳤다.

"그럼 같이 가요."

"아니, 넌 아직 십자성의 사람이 아니다. 그러니 이 싸움에 낄 자격이 없다."

"그럼 제가 모시겠습니다."

파묵이 얼른 자리를 박차고 일어났다.

"너도 안 된다. 넌 타린을 지켜야지. 다시 한 번 타린을 잃어버리면 내 손에 죽을 거다."

그 말을 끝으로 타르두가 두 사람에게서 멀어졌다.

"대체… 왜 저렇게 변하신 거지? 가능하면 싸움을 피하는 분이지, 싸움을 찾아 나서는 분이 아니었는데……?"

타린이 믿을 수 없다는 듯 중얼거렸다.

"성주님 때문이겠지."

"성주님? 십자성주?"

"음……."

파묵이 대답했다.

"대체 그분이 아버님께 뭘 어쨌는데?"

"뭘 어떻게 한 것은 없어. 단지… 이상하게도 그분을 따르게 된 사람은 누구나 자부심과 용기 그리고… 싸움에 대한 동경 같은 것이 생기더라고."

파묵이 아련한 눈으로 타르두의 뒷모습을 보며 말했다.

"설마 파묵 오라버니도?"

"그래 솔직히 말하면 나도 가고 싶다. 가서… 그 대단하다는 칠왕의 전사들을 상대로 마음껏 검을 휘두르고 싶어……."

파묵이 꿈꾸듯 말했다.

미처 완성되지 못한 성채 앞에 십자성의 모든 사람들이 모였다.

적풍은 이미 말 위에 올라 떠날 준비를 하고 있었고, 뒤늦게 도착한 타르두도 주저 없이 미리 준비된 말 위에 올랐다.

적풍을 따라 출행을 준비한 사람의 숫자는 모두 이십 명, 성에 남는 자의 숫자가 일백여 명이 넘었지만, 그들 대부분은 길 잃은 샤로 살다가 이번에 적풍의 사람이 된 사람들과 그들이 지키려 했던 숨겨놓은 식솔들이었다.

그래서 적풍은 자신을 제외하고 가장 뛰어난 능력을 지닌 사람 중에 한 명인 감문을 성에 남겼다.

무공으로 보자면 교벽을 통과하면서 신혈의 힘을 각성한 와한과 파간이 감문을 능가할 수도 있지만, 노련함에 있어서는 두 사람이 감문을 따를 수 없었다.

명계 십자성의 고수들 중에선 이위령과 소두괴 그리고 젊은 와한과 파간이 적풍을 따라 황벽산으로 가기로 했다.

숫자로 보면 적풍을 따라 출정하는 사람들 중 구룡과 그의 수하들이 가장 많았다.

구룡과 그를 수행하는 석불성의 전사들의 숫자는 신혈제일성을 떠날 때 이십여 명으로 늘어나 있었다.

석불성주 구소담은 구룡의 반대에도 불구하고 자신의 손자를 보호한다는 명목아래 그의 두 호위전사 위언, 위행 형제 말고도 자신이 신뢰하는 스무 명의 석불성 전사들로 하여금 구룡을 따르게 했었다.

그들 중 십여 명이 구룡을 따라 출행을 준비한 덕에 출행하는 사람들의 숫자가 이십여 명으로 늘어나 있었던 것이다.

생각해 보면 명계 십자성 출신 고수들이나 길 잃은 샤들 중에 자원한 몇 사람들보다는 석불성 출신 무사들이 이 구원대에 더 어울리는 사람들일지도 몰랐다. 그들이야말로 십자성의 무사들 중 신혈의 아바르를 가장 아끼는 사람들이기 때문이었다.

어쨌든 그렇게 급하게 구성된 스무 명의 구원대를 이끌고 출행하는 적풍 곁으로 설루가 다가왔다.

"조심해야 해요."

"걱정 마. 난 당신이 더 걱정이야."

"이곳 걱정은 말요. 사람도 적지 않고, 또 이제 이 무극산에서 우릴 공격할 수 있는 자들은 거의 없어요. 길을 우리가 통제하니까. 함부로 들어왔다가는 우리가 손쓸 필요도 없이 환영의 미로에 갇힐 거예요. 현월문이 나서면 또 모를까."

설루가 담담하게 대답했다.

물론 적풍을 안심시키고자 한 말이지만, 사실 아주 틀린 말
도 아니었다.

그동안 적풍과 십자성의 고수들은 무극산에 곳곳에 자연스
럽게 형성되는 착시와 환각을 바탕으로 무림에서 이용되는 환
영진을 더해 무극산 십자성 주변을 누구든 함부로 들어올 수
없는 절지로 만들어놓았기 때문이었다.

"그래도 조심해. 경계를 소홀히 하지 말고."

적풍이 다시 당부했다.

오래전 설루를 다시 만난 후 그녀와 떨어져 있던 시간이 거
의 없었던 적풍이었다.

"글세, 이곳 걱정은 말라니까요? 솔직히 걱정은 싸우러 가는
사람이 걱정이지."

설루가 적풍을 따라 출행하게 된 이십여 명의 무사들을 보
며 말했다.

"이쪽 일은 걱정할 것 없어. 십자성은 어디서든 패하지 않으
니까."

적풍이 덤덤하게 말했다.

"그래도 조심해요. 상대는 칠왕의 전사들이야."

"그들도 이번에 알게 되겠지. 십자성을 적으로 돌리지 말아
야 한다는 사실을⋯⋯."

"좋아요. 그럼 이제 가요. 가서 구해요. 당신의 누이를!"

설루가 가벼운 미소를 지으며 말했다.

그러자 적풍이 고개를 끄덕였다.

"그래야겠지. 그래도 누이니까! 가자!"

적풍이 명령을 내렸다.

그러자 타르두 노인이 말을 달려 일행의 선두로 나서더니 바람처럼 성문을 벗어났다.

두두두!

타르두 노인의 뒤를 따라 적풍과 이십여 명의 십자성 무사들이 질풍처럼 말을 몰았다.

"무사해야 할 텐데……."

멀어지는 적풍을 보며 설루가 중얼거렸다. 그러자 그녀 뒤로 다가선 몽금이 말했다.

"쓸데없는 걱정 마세요. 저분은 대십자성의 성주시라고요."

"하지만 내겐 그저 낭군일 뿐이지."

"아이구, 열녀(烈女) 나셨네."

몽금이 가벼운 농으로 설루의 마음을 위로했다.

*   *   *

쿵쿵쿵!

며칠째 계속되는 거대한 울림이 황벽산을 뒤흔들었다. 그렇다고 고립되어 있는 적화우와 그의 전사들이 공격당하는 소리는 아니었다.

살벌한 전장에서 때 아닌 석공들의 공사가 한창 진행되고 있었던 것이다.

적화우와 쿤란은 황벽산 중턱의 가파른 중턱에 진지를 구축하고 산을 포위한 네 왕국 전사들의 움직임을 걱정스러운 눈으로 바라보고 있었다.

산은 한 명이 능히 백 명을 상대할 수 있는 난공불락의 요새였지만, 네 왕국의 전사들, 아니 정확하게 말하자면 석림의 전사들이 가지고 있는 뛰어난 석공으로서의 능력에 의해 그 난공불락의 험지에 기마 전사까지 질주할 수 있는 길이 만들어지고 있었다.

길을 막은 바위를 무너뜨리고, 가파른 절벽을 뚫어 길을 만들어내는 석림의 전사들의 솜씨는 그야말로 신기에 가까웠다.

물론 그들이라고 해서 절벽과 바위를 다루는 일을 흙을 파듯 빨리 진행할 수는 없었다.

그러나 보통의 석공들이 십여 일 동안 해야 할 일을 그들은 이삼 일이면 해냈다. 그들은 도저히 길을 낼 수 없을 것 같은 지형에서도 아주 쉽게 바위와 절벽을 다뤄 길을 만들어냈다.

"돌의 결을 읽는다고 했던가요?"

적화우가 걱정스러운 표정으로 물었다.

"그렇다고 하더군요. 선천적으로 그런 능력을 지니고 있다고. 그리고 바위와 같이 단단한 신체와 힘을 가진 몸을 지니고 있지요. 석림의 전사들이 무서운 것은 바로 그런 힘과 인내심이지요. 본래 석공들의 인내심은 누구나 인정하는 것이니까요."

여후가 대답했다.

"얼마나 지났죠?"

"오늘로 열 이틀째입니다."

"열 이틀이라… 이제 곧 길이 나겠죠?"

"적어도 사흘 안쪽입니다. 지금 놓고 있는 절벽 사이 계곡의 다리만 완성되면 이곳까지는 굳이 길을 뚫지 않아도 다수의 전사들이 진격할 수 있을 겁니다."

"어렵군요. 그 아이는… 실패했을까요?"

"추격자가 붙었다면 실패했을 수도 있지요."

여후가 대답했다.

"아직은 비관적으로 생각할 것이 아닙니다. 서둘러 온다 해도 아직은 올 때가 아니니까요."

곁에서 쿤란이 위로하듯 말했다.

"지금쯤이면 아버님도 아셨겠지요?"

적화우가 물었다.

"아마 군원대가 출발했을 겁니다. 아무래도 푸른호수의 성전사들이 가장 먼저 도착할 겁니다."

쿤란이 대답했다.

"하지만 상류로 거슬러 오르는 길이라 배를 이용하기 쉽지 않은 것이오."

여후가 그늘진 얼굴로 말했다.

"오 일 거리까지는 충분히 배로 올 수 있을 것이오. 그때부터는 배는 천천히 몰아오고, 선발대가 먼저 말을 몰아 올 것이니 그리 비관적인 것은 아니오. 단지… 언제 출발했는지 그것이 문제일 뿐이지."

쿤란이 말했다.

"오라버니들은 움직이지 않을까요? 거리로 보면 천성주보다 먼저 도착할 수도 있을 텐데……."

적화우가 동쪽 초원을 바라보며 중얼거렸다.

"그분들은… 글쎄요."

여후가 말꼬리를 흐렸다.

"오히려 제가 저들에게 죽거나 잡히기를 원할까요?"

적화우가 씁쓸한 표정으로 되물었다.

"그럴 리야 있겠습니까만은……."

"하지만 먼저 나서지는 않을 거다?"

"아무래도 가장 먼저 도착하는 쪽이 가장 많은 피해를 보게 될 테니까요. 근방까지 도착한다 해도 먼저 나서지는 않을 겁니다."

"후우… 우리 삼남매가 그 정도 사이밖에는 안 되는군요."

"원망 마십시오. 그렇게 성장해 오시지 않았습니까?"

"하긴… 나 역시 마찬가지였겠지요."

적화우가 우울한 표정으로 중얼거렸다.

"역시 믿을 것은 푸른 호수성의 전사들과 사황자님밖에 없습니다. 사황자께서 먼저 도착하셔서 시간을 벌어주시고, 이후 천일란 성주가 푸른호수 성의 전사들을 이끌고 온다면… 그게 가장 좋은 진행이지요."

쿤란이 말했다.

"성으로 돌아올 때 하미성의 전사들을 신혈제일성에 대다수 남기고 온 것이 실수였어요. 그들이 하미성에 있었다면 이렇게 고립되어 있지는 않았을 텐데……."

적화우가 아쉬운 표정으로 말했다.

"그야 어쩔 수 없는 일이었지요. 무황님의 명이 있으셨으니……."

여후도 말은 그렇게 했지만 아쉬운 모양이었다.

그런데 그때였다.

갑자기 산 아래 절벽 사이에 다리를 놓고 있던 석림의 전사들 사이에서 크게 환호성이 일어났다.

"와아아!"

갑작스러운 함성소리에 적화우 등 삼 인이 급히 다리가 놓이는 곳으로 시선을 돌렸다.

그러자 어느새 양쪽 절벽 사이에 굵은 밧줄 네 개가 걸려 있었다. 그리고 그 줄을 따라 석림성의 전사 몇몇이 적화우 등이 있는 절벽 반대쪽으로 건너오고 있었다.

"결국 성공했군요. 공격해야겠어요."

"그래야겠군요. 일단 최대한 시간을 벌어야 하니까요."

여후가 고개를 끄덕였다.

"가시죠."

쿤란이 앞서 걸음을 옮겼다.

한 번 줄이 걸리자 석림 전사들의 움직임은 더욱 기민해졌다.

양쪽 절벽 위에 바위를 깎아 만든 거대한 지지대가 네 개씩 만들어졌고, 그 네 개의 지지대에 어른 팔뚝만 한 굵기의 밧줄이 걸렸다.

일단 밧줄이 걸리자 석림의 전사들이 부지런히 목재를 날라 밧줄과 엮기 시작했다.

그간 그들이 만들어온 길을 따라 말들이 쉴 틈 없이 내달렸다. 목재는 단숨에 서쪽 절벽에 산처럼 쌓이고 석림 전사들의 능숙한 손놀림에 줄다리가 빠르게 나무다리로 변하고 있었다.

그러던 한순간 갑자기 동쪽 하늘에서 날카로운 파공음이 일어나더니 화살비가 쏟아지기 시작했다.

쐐애액!

공기 가르며 날아든 수백 대의 화살이 거의 동시에 소낙비처럼 줄다리 위에 쏟아졌다.

퍼퍼퍽!

"악!"

"으아아!"

화살에 맞고 즉사하는 자들과, 중심을 잃고 다리 아래로 떨어지는 자들이 질러대는 비명이 순식간에 계곡을 가득 메웠다.

"방패 앞으로, 선봉은 줄을 타고 먼저 계곡을 건넌다. 건너편 절벽 위에 방어선을 구축하고 다리가 완성될 때까지 접근하는 자들을 죽음으로 막아라."

서쪽 절벽 위에서 다리를 만드는 일을 직접 지휘하고 있던 석림의 노전사 석도군이 침착한 목소리로 명을 내렸다.

그러자 석림의 전사들이 능숙하게 방패로 하늘을 가리며 줄다리 위를 전진했다.

그 방패에 숨어 수십 명의 전사들이 원숭이처럼 줄을 타고 건너편으로 건너갔다.

그리고 그들은 위태로운 절벽 위에 방어진을 형성했다.

화살은 계속해서 날아들었다. 그러나 처음 기습할 때처럼 석림의 전사들에게 위협이 되지는 않았다.

석림의 전사들은 방패로 화살을 막아내면서 꾸역꾸역 다리를 만들어 나갔다.

속도의 차이가 있을 뿐, 오늘 안에 든든한 다리가 완성되어 네 왕국의 전사들이 황벽산에 들어간 적화우 일행을 공격할 것은 분명해 보였다.

아바르 전사들의 화살 공격 역시 더 이상은 위력을 발휘하지 못했다.

기습이 아닌 이상 그들의 화살은 석림 전사들의 방패를 뚫지 못했다.

더군다나 동쪽 절벽에 세워진 석림 전사들의 방어진은 점점 더 견고해져서 화살이 뚫고 들어갈 틈조차 없어 보였다.

그래서 결국 적화우의 아바르 전사들은 정면 대결을 선택할 수밖에 없었다.

다리가 완성되고 네 왕국의 일천 전사들이 다리를 통과하는 것을 기다리는 것은 패배를 자초하는 일이다.

지금이라도 동쪽 절벽에 만들어진 석림 전사들의 방어선을 무너뜨리고 다리의 완성을 제지하는 것만이 그나마 구원군을 기다릴 시간을 벌 수 있는 유일한 방책이었다.

그 사실을 모를 리 없는 적화우와 쿤란 그리고 여후가 아바르 전사들을 이끌고 석림 전사들의 방어진을 향해 돌격을 감행했다.

신혈의 기운을 한껏 끌어 올린 그들의 공세는 검은 사자들을 연상시킬 정도로 맹렬했다.

그러나 석림의 석도군은 노련한 전사였다.

"활을 쏴라. 놈들의 접근을 막아!"

석도군의 명이 떨어지자 그의 주변에 늘어선 수십 명의 석림 전사들이 일제히 석궁을 들어 다리 넘어 방어진을 구축하고 있는 동료들 머리 위로 화살을 날렸다.

하늘을 가득 메운 화살이 계곡을 날아 넘어오는 것을 본 적화우와 아바르 전사들이 바위와 나무 뒤에 몸을 숨겨 화살을 피했다.

퍼퍼퍽!

곳곳에 꽂혀대는 화살로 인해 아바르 전사들은 단 한 발자국도 움직일 수 없었다.

그러니 공격을 나서기는커녕 이대로 후퇴하는 것조차 어려운 지경이 되었다.

이대로라면 그들은 나무와 바위 뒤에 숨은 채 다리가 완성되는 것을, 그리고 그 다리로 일천의 적이 건너는 것을 지켜볼 수밖에 없었다.

그리고 그 이후의 일은 누구나 예상할 수 있었다. 전멸하거나 혹은 포로가 되어 수치스러운 삶을 살 것이다.

"죽더라도 싸워요."

적화우가 바위 뒤에서 이를 앙다물며 말했다.

"무모한 일입니다."

쿤란은 침착했다.

그는 여전히 바위 너머 적들의 진영을 살피며 기회를 보고 있었다.

"이대로 있다가는 다 죽어요."

적화우가 신경질적으로 소리쳤다.

"목숨은 그렇게 함부로 버리는 것이 아닙니다."

쿤란은 냉정하게 충고했다.

"그럼 적의 포로가 되잔 건가요? 치욕스럽게 목숨을 구걸하자고요?"

"그럴 수는 없지요."

"그럼 대체 어떡하자는 건가요?"

흥분한 적화우가 악에 바친 듯 물었다.

그러자 쿤란이 대답했다.

"끈기를 갖고 기다려, 적이 혼란해 지면 그때… 싸우면 됩니다. 아바르의 전사들답게."

쿤란의 대답에 적화우가 어이없는 표정을 지으며 질책했다.

"가만히 있으면 적들이 알아서 혼란해질 것 같아요? 차라리 하늘에서 벼락이 떨어지길 기다리자고 하세요."

적화우의 비웃음에도 쿤란의 표정은 변하지 않았다. 대신 그가 위로하듯 적화우에게 말했다.

"하늘의 벼락은 몰라도 땅 위의 태풍은 일어날 것 같군요. 그러니 황녀께서도 준비하십시오."

"대체 그게 무슨 말이에요?"

적화우가 화가 난 듯 소리쳤다.

그러자 쿤란이 대답했다.

"드디어 사황자께서 오신 모양입니다."

"뭐라고요?"

적화우가 화들짝 놀라며 몸을 틀었다. 그리고 재빨리 고개를 바위 위로 올려 황벽산 아래를 바라봤다.

그러자 그녀의 눈에 황벽산을 포위하고 있는 네 왕국의 전사들 진영을 가르며 질주해 오는 검은 구름의 폭풍이 들어왔다.

"저게… 정말 그인가요?"

"그렇습니다."

쿤란이 대답했다.

"어떻게 확신하시죠?"

"오직… 전왕의 검만이 저런 검은 기운의 폭풍을 만들어낼 수 있으니까요."

대답하는 쿤란의 얼굴에 과거 두 세계를 거침없이 질주했던 시절 가졌던 검은 사자의 전의가 꿈틀거리며 일어나기 시작했다.

『십자성—칠왕의 땅』 14권에 계속…

초대형 24시 만화방

신간 100%, 샤워실, 흡연실, 수면실(침대석), 커플석, 세탁기 완비

▪ 시흥 정왕25시점 ▪

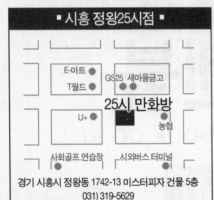

경기 시흥시 정왕동 1742-13 미스터피자 건물 5층
031) 319-5629

▪ 강북 노원역점 ▪

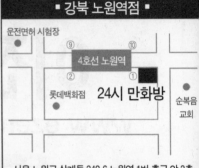

서울 노원구 상계동 340-6 노원역 1번 출구 앞 3층
02) 951-8324 (화용빌딩 3층)

▪ 일산 정발산역점 ▪

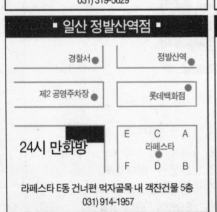

라페스타 E동 건너편 먹자골목 내 객잔건물 5층
031) 914-1957

▪ 일산 화정역점 ▪

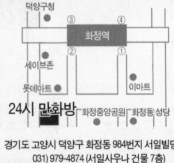

경기도 고양시 덕양구 화정동 984번지 서일빌딩 7층
031) 979-4874 (서일사우나 건물 7층)

▪ 부천 역곡역점 ▪

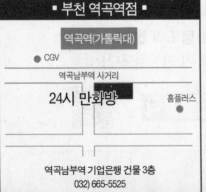

역곡남부역 기업은행 건물 3층
032) 665-5525

▪ 부평역점 ▪

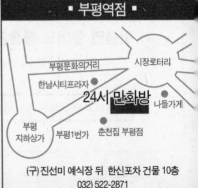

(구)진선미 예식장 뒤 한신포차 건물 10층
032) 522-2871